一妻當關 3

風文創 1113

不繫舟 著

目錄

第二十一章

整個祁縣，除了這塊匾，那是再也找不出第二個由當今天子御筆親題的東西了，就連當初宣旨用的那道聖旨，也是由翰林院負責擬的。

沈驚春的聲音在一邊涼涼地響了起來。「怎麼，這位官爺是對聖上有什麼不滿嗎？想要故意損壞這御賜之物撒氣？」

那頭兒被沈驚春說得雙腳一軟。

故意損壞御賜之物，這往小了說叫對皇帝不滿、蔑視皇權；往大了說，皇帝要是追究起來，是可以按謀逆來治罪的！

他正腿軟，就見裡面他表弟孫有才尖叫著往外衝了出來，瞧見外面的衙役，幾乎喜極而泣，大叫著「表哥救我」，就往他身邊跑。

頭兒還沒來得及提醒，孫有才已經跑到了那塊匾額旁邊，只聽「砰」的一聲，本來被沈驚春拄著的匾額不知道怎麼的就打了個轉倒了，孫有才一抬腳，正正踩在那個紅色的印章之上！

外面一下子安靜下來，剛才所有聽到對話的人，全都齊刷刷地看向了孫有才。

這章是皇帝的私印，並非傳國玉璽，用的是篆體。要不是陳淮當時給她解釋了，沈驚春根本就不知道這堆彎彎曲曲的字寫的到底是什麼。但顯然這群衙役不知道這是皇帝的私印，一個個臉都嚇白了。

尤其是孫有才的表哥，大夏天的直接就嚇出了一身汗來，說話的聲音都帶著顫。「表、表弟……你……你先抬腳過來。」

孫有才那個身形，說難聽點，那就是一屁股坐下去估計都能坐死一個人的，這匾額這麼單薄的一層，哪禁得起他這千斤墜？

「哦……」沈驚春低頭一瞧，這匾額本來是黑底金字紅章，現在那紅章上面印著一個非常清晰的大腳印。她嘆息一聲，搖了搖頭，十分惋惜地彎腰將匾額扶了起來。「就算大家以前鬧了點不愉快，孫公子對我們夫妻有什麼意見，衝著我來也就是了，這匾額又怎麼惹到你了呢？你非要將這匾踩在腳下。」

孫有才剛才急著往外跑找外援，看到表哥帶著人來早就喜出望外，連門口站著的沈驚春都沒注意到，更別說一塊匾額了。

可當沈驚春開口說話，他看清她的臉，心中就被憤怒給占滿了，張嘴罵道：「好啊，果然是妳這個臭婊子！我就說平山村那群慫蛋怎麼敢到我孫家喊打喊殺呢？」他說著看了一眼被沈驚春重新扶起來的匾額，抬腳就要去踹，嘴裡還嚷嚷道：「一塊破匾額我踩就踩了，妳奈我何！」

一身的肥肉看著胖，手腳還挺靈活的，孫有才的表哥還沒來得及去拉他，就見自家表弟的腳已經衝著那匾額去了！

眼看鞋底就要挨上匾額了，旁邊一條腿突然斜斜地伸了過來，一腳就踩在了沈有才踹過來的腿上。

沈驚春這一腳的力氣很大，直接踩著他的腿就往下用力壓，猝不及防之下，孫有才被迫劈腿。

殺豬般的慘叫聲頓時響徹了整條街道，連孫家院子裡傳來的打砸聲都蓋了過去，孫有才更是痛得滿地打滾。

沈驚春淡定地收回了腳。「雖然我跟孫公子有些私仇，但我畢竟是個善良的人，總不能看著他犯下大錯。他這一腳下去，那可是對天子不敬，不說株連九族，殺頭肯定是夠了。我這一腳也是被迫無奈想要救他，我覺得孫公子肯定是能理解的吧？你們說對不對？」

對個屁！

找場子就找場子，還帶著這塊匾額，是個什麼意思當誰看不出？

可就算看出來了又怎麼樣？誰敢真的對著這塊匾額動手不成？

沈驚春身材纖瘦，扶著匾額站在那兒卻有一種「一夫當關，萬夫莫敵」的氣勢。

幾名衙役扶了孫有才起來，瞧著那塊匾，有些束手束腳，根本不敢上前硬闖。鬼知道在他們往前衝的時候，那塊匾額會不會又忽然出現在他們身前？

一時間，整條街道上就只剩下裡面的打砸聲和嚎天喊地的聲音。

很快地，孫家的三進院子就被這些人給打砸完了，一行人滿臉笑容地從裡面走了出來。

沈驚春一回頭，指了指沿街的鋪面。「旁邊這間鋪子也是孫家的吧？砸了。」

一間豬肉鋪並不需要那麼大的鋪面，所以孫家沿街的鋪面直接一分為二，旁邊是自家經營的一間米麵鋪子。

平山村的人聽到沈驚春的話，一點都沒遲疑，直接一揮手就要往鋪子裡衝。

那些衙役到底還是忍不住了，上前怒喝道：「夠了！當著公差的面這樣打打殺殺，你們眼裡還有沒有大周律？」

平山村的人被這話說得腳步一頓。

沈驚春微微笑道：「這位官爺可真是雙重標準，不過就是平頭百姓的一點小摩擦，怎麼就扯到大周律了？還是說，這小小的祁縣，人也分三六九等？孫屠戶這樣的城裡人就能隨便到我們村裡打打殺殺，而我們鄉下人進城不過就是摔些東西罷了，這都還沒動手傷人呢！要說大周律是嗎？大哥、四哥，你們過來一下。」

沈驚秋和沈志清聞言，便反身走了過來，在沈驚春身邊站定，其他人則衝進了米麵鋪子開始打砸。

沈驚春指著兩人身上的細布道：「瞧見沒？這可是孫家人打傷的！官爺要說大周律，是不是得先將孫家人抓起來，問問他們眼裡有沒有大周律？俗話說士農工商，雖說如今科舉改革，天子隆恩，特許商戶也能參加科舉，但我們這些窮苦種地的沒落到罵不還口、打不還手的地步吧？何況當今聖上更曾親口說過，農業發展乃是『立國之本』，更是採取了一連串督促鼓勵組織農業生產的舉措。我們平山村謹遵上諭，大力支持，但鄉親們開墾荒田又豈是那麼容易的事情？我家辛苦開出六十畝荒地種了農作物，莫非就是為了讓孫家這樣的人去摧殘的嗎？」

沈驚春的嘴張張合合，語速很快，一段又一段的話直接砸在了這群衙役的臉上，說得他們根本無從辯駁。

不僅平山村的人被沈驚春這段話說得激動不已，連周圍圍觀的人都忍不住喝彩。

一間米麵鋪子並沒有多大，很快就砸完了。

平山村都是農民，知道種田的辛苦，雖然沈驚春說的是什麼都不許留，但他們只是打砸了屋內的擺設，糧食卻是分毫未動的。

砸完鋪子後，四十多人默默地站在了沈驚春身後，與對面那十幾名衙役形成了鮮明的對比。

「都說君子報仇，十年不晚，但我不是個君子，我只是個小女子，對於報仇這種事，一天我都嫌晚！今天還只是個開始，但凡你姓孫的還在這祁縣一天，這事就不算完！當然，我歡迎你去縣衙告我，正好我也想問問新來的縣太爺，故意損壞御賜之物、蔑視皇權、將聖上的印章踩在腳下是個什麼罪名？」

這是光明正大的威脅。

沈驚春冷冷一笑，將匾額往上一提，抱在了懷中，那腳印清晰地展現在眾人的眼前，她一揮手道：「我們走！」

從頭到尾，平山村的人都沒說話，沈驚春說什麼就是什麼，她一說走，幾十人就安靜地拿著棍子走，衙役們根本不敢攔。

從縣城出來，太陽已經西斜，橘色的陽光灑在一行人的身上，剛才那種劍拔弩張的沈重氣氛彷彿都消散了。

沈默中，忽然有人開口道：「好痛快啊！」

這話一出，眾人都忍不住哈哈笑了起來。

「確實，方才我在砸東西的時候都忍不住想，這麼爽快，難怪孫屠戶這些爛人喜歡仗勢欺人了。」

「你這話就不對了，孫屠戶那是喪良心、不幹人事，咱們今天這趟那可是以牙還牙，怎麼能跟他一樣？」

「就是就是，咱可都是大好人，可不能幹壞事！」

一行五十人三五成群的結伴，說說笑笑地往回走。

很快到了村口，沈驚春之前雖然說只要跟著去的就給一兩銀子的謝禮，可誰也沒有主動提起這個事就散了，只有沈志清跟著一起回了沈家院子。

沈族長一家人已經回了家，沈家院子裡只有自家幾個人。

去族學上學的兩個小的也散學回來了，瞧見姑姑進門，就要往那邊撲，還是方氏見閨女臉色不太好，拉住了兩人。

三個人進了堂屋後，沈志清一屁股在椅子上坐下，捂著臉悶聲道：「這個作坊我看別做了，就算要做妳也別帶著我們家做了。我知道妳是想拉我們家一把，可也不是誰都值得的，以妳的能力，單幹完全沒問題。」

沈志清整張臉都埋在雙手間，眼淚無聲地流了出來，順著指縫吧嗒吧嗒地滴落在地板上。

他不懂，他真的不懂。

這麼有奔頭的日子不過，為什麼一家子非要作？

這次的事情說是三叔弄出來的，可他知道源頭遠不只三叔一個，三房人都各懷鬼胎。兩位叔叔如此的肆無忌憚，只怕是沈驚春給他們五成股引起的，覺得她一家被淨身出戶，老宅那邊早就靠不住了，而方嬸娘早跟娘家斷了親，所以沈驚春一家除了他們就沒有其他的親友了。

可他們為什麼不想想，沈驚春如果有錢，多少奴僕買不來？這世上沒有親族的人多了去了，人家不照樣活得好好的？遠的不說，就說那來沈家大鬧的孫屠戶吧，人家祖父當初可比沈驚春還不如，是被除族的，可三代之後，照樣成了祁縣一霸，人家打上門來，村裡那些慫蛋還不是照樣不敢正面硬碰？

他年紀不大，可心明眼亮，看得分明。沈驚春不過就是看在同族的分上才拉他們一把，再由他們家將整個沈氏一族慢慢帶起來。

連他都能看明白的事情，他不相信家裡長輩沒有一個明白的，可卻仍然仗著沈驚春這份好意，幹著別人無法容忍的事情。

沈志清身前那塊地板，很快就被眼淚浸濕了大片。

沈驚春沈默地看著他好一會兒才道：「等鄉試過後，不論淮哥能不能中舉，我都準備帶著全家人去京城了。京城那邊還有三百畝的爵田，我家的情況你也知道，淮哥要科舉，我哥只有一把蠻力，我需要一個幫手。」原本她就想好了以後在京城待著不回來，但沈家的根還在祁縣，還在平山村，今年開出來的那些荒地，不拘是留張大柱一家下來種著還是租出去，總還算與這邊有個聯繫。可是現在，就如沈志清說的一般，有的人真的不值得。「辣椒作坊到了京城我肯定會繼續做的，但我還有些其他的事情要辦，分身乏術，管不到那麼多，我覺得四哥你是個很合適的人。」

沈志清性格爽朗大方但並非毫無城府，這樣的人天生就適合跟別人打交道。

唯一的不足，大概便是沈志清還沒結婚。

鄉下人像他這麼大的，大多都已經成親了，結婚早的恐怕孩子都已經有了。他還沒結婚，他爺爺和爹未必會願意讓他跟著一起去京城。

沈志清連哭都忘記了，一抬頭露出一張沾滿淚水的臉來，呆呆地看著沈驚春問道：「幫手？妳是什麼意思？」他直接被這個消息給驚住了。

沈驚春看著他那副呆樣，現在也沒啥心情跟他細說，乾脆揮揮手道：「你先回家吧，我這一路從慶陽回來也累了，先睡一覺，明天再說。」

沈志清一把抹乾了眼淚，點點頭就回家去了。

等人一走，沈驚春就洩了氣，靠在椅子上不動了。

院子裡的動靜很小，每個人說話都是儘量壓低了聲音，沒有人來問她怎麼了，需不需要陪著說話，似乎生怕多問一句就會惹怒她一般。

這一刻，她真的好想陳淮啊……

第二天，沈驚春一睜眼就覺得神清氣爽，原地滿血復活了，前一天覺得煩心的事情，現在想來根本就不是事。

人既然用著不順手，那就換掉好了。

辦法總比困難多，有錢的才是大爺。錢在自己手裡攥著，難道還能讓別人逼死不成？

早上起來吃了個早飯，沈驚春就叫小暑去族長家喊了他們家人過來商量事情。

出了這麼大的事，沈族長心裡也明白逃避無用，這事早晚得給沈驚春一個交代，因此來得還算快，他父子四人加上沈志清兄弟幾個，來得很齊全。

可剛一進門屁股還沒挨著椅子，就被沈驚春說出來的話給驚到了。

「出了這樣的事，這個作坊肯定是合作不下去了。」

沈驚春話音未落，沈延東三兄弟就一臉驚詫地看了過去。

沈延西更是直接道：「驚春丫頭，我知道這次的事情是我不對，妳這麼生氣也無可厚非，但我已經知道錯了，以後不敢了，妳不能在氣頭上做出什麼後悔的決定來啊！滿村如今可就我們兩家最親厚了，再說咱可是還簽了書契的！」

沈族長還算老當益壯，事發那天劈頭蓋臉一頓打，沈延西臉上的瘀青到現在都沒消，五彩繽紛的，配著此刻驚詫萬分的表情，顯得有點滑稽。

沈志清在他剛開口時就忍不住翻了個白眼，聽完自家三叔的話，更是忍不住出聲嘲諷道：「三叔你可要點臉吧，現在知道是簽了書契的了？那你當時背著我們想拿中間差價的時候，怎麼不想想書契？」

沈延西老臉一紅。他是做錯了事，可自家老爹和沈驚春指責他就算了，怎麼也輪不到沈志清這個做晚輩的開口說他！他當即有點下不來臺，梗著脖子就要問沈延東是怎麼教兒子的。嘴一張，聲音還沒出來，就聽見沈驚春笑道——

「大爺爺也是這樣想的？」

沈族長沈著一張臉，被沈驚春問得又羞又愧，深吸了一口氣，站起來手一揮，就是一巴掌甩在了沈延西臉上。「知道錯了還不閉嘴？哪有你說話的分！」

沈驚春呵呵一笑。「事情已經變成這樣，大爺爺現在就是把三叔打死也無濟於事，被毀掉的辣椒也不可能重新長起來。」她頓了頓，看了一圈其他人的反應，才繼續道：「前後兩批辣椒加起來六十畝，可現在十不存一。我這裡有兩個方案，其一是工坊給你們，地裡剩下的辣椒也給你們，如今已經製成的辣椒和已經賣出去的錢歸我；其二是所有的東西兩家仍舊按照書契上寫的平分，但是之後三叔得將地裡的辣椒錢賠償給我，價格我也不多要，仍然按照之前說的給。」

沈家跟來的人已經飛快地轉動了腦筋，算起了帳。

沈志清看了看兄弟們，又看了看長輩們，再看看滿臉笑容的沈驚春，默默地往後退了一步，腦中不由得浮現起昨天沈驚春說的，要他跟著一起去京城的事情。

沈驚春說那話的時候，他是聽清楚了的，只是覺得有點不可置信，才會多問了一句。回家之後，他翻來覆去，大半夜都在想這個事情，想得睡不著，直到天快亮時才算睡了會兒。如今看到一家人的反應，他忽然覺得跟著一起去京城或許才是最正確的做法。

他爹如果狠不下心來不管二房、三房，就憑二叔跟三叔的個性，這生意是肯定做不成的，說不定才開始，就會為了利益鬧起來了，到時必然又是他爹這個當大哥的退讓。

若是這個作坊能夠一拍兩散，那是最好的。

可惜眾人還沒算清楚這筆帳，沈族長就開了口——

「我們就要作坊，地裡剩下的辣椒我們不要，只要到時候能夠給我們一些種子就行。」

他的聲音裡透著一股有氣無力。

這筆帳根本不用算，地裡那些辣椒被連根拔起，再種回去肯定是種不活了。許多完整、沒被踩碎的辣椒現在還堆在作坊的倉庫裡，這些辣椒若全部熬成醬賣出去，必然有不少錢，更不要說沈驚春去慶陽的這大半個月裡，那辣椒本來就已經賣出去很多了。

不論怎麼算，都是平分了錢再按照當時說好的價格賠償要划算些。

可沈族長開不了這個口，也不知道應該怎麼開口。

他雙手用力地交握在一起，才能讓自己的手看起來不抖。好一會兒後，他才從懷裡將當初簽的那份書契摸了出來，遞給了沈驚春。

沈驚春接過書契。

「是我教子無方，我們家辜負了妳的信任。這燒椒醬的方子絕不會從我家洩漏出去，丫頭妳再信我最後一次。」說完這話，沈族長彷彿一瞬間蒼老了好幾歲一般。他雖然沒哭，可眼睛很明顯紅了，往日裡無論何時都挺直的背，如今也顯得有點佝僂。

沈延東兄弟幾個看著這樣的爹，都有點不知所措。

還是沈志清喊了一聲「爺爺」，小跑著上去扶著他往外走。

老爺子都走了，其餘的人也沒臉繼續待下去。

等人走光，沈驚春才拿了草帽出來，慢悠悠地往自家地裡去了。

原本連成一排的辣椒地，已經被破壞得不成樣子，被連根拔起的辣椒事後被沈族長帶著人給種了回去，但是現在六、七月正是一年最熱的時候，白天溫度那麼高，經過半天的曝晒，早就不能成活，此刻栽回去的辣椒全都耷拉著葉片。

被折斷了根或是用腳踩壞的辣椒，當天就已經被採摘回去，製成了燒椒醬。

地裡第一波種下去的辣椒全毀了，餘下第二波種下去的辣椒東拼西湊加起來，也不過三、四畝罷了。

沈驚春轉了一圈，心中有了數，又轉道去了棉田那邊。

張大柱一家子包括白露在內，都算得上是種田好手，沈驚春去慶陽之前就交代了他們一家的注意力主要放在棉田這邊，每天都要去棉田看看棉花的生長情況。

她走之前這片棉花才剛進入花鈴期，大半個月過去，枝上的花已經很少，大部分都長成了綠色的棉鈴，按照這個進度下去，想必七月分就能開始吐絮，在他們出發去京城之前，應該能夠完成收穫。

她看了一眼張大柱，道：「看得出來張叔打理這片棉田十分的用心，辛苦張叔了。」

張大柱黝黑的臉上露出一抹笑來。「我們一家子其他的事不會，幫不到娘子，也就是在這種田上還能使上幾分力了。娘子交代的施肥、澆水的事情我們都記著呢，平日裡也帶著做，就是這整理打枝的事還沒來得及。」

沈驚春擺擺手道：「這不怪你們，這幾天事情有點多，我是知道的。下午我要去一趟聞道書院，明日一早把家裡人都叫上，過來打枝，爭取早點做完。」

中午吃完了飯，沈驚春又從自家菜地裡掰了玉米，拔了些水靈靈的小菜，用個竹簍子裝好，等太陽稍微沒那麼烈了，才叫張大柱駕著騾車，載著她往聞道書院去了。

書院建在山腳下，從山門前的大牌坊一路往上，地勢越來越高，騾車彎彎繞繞地到了書院正式的大門前。

騾車不能進去，直接在大門前的空地上停好了，沈驚春自己揹著東西到了門房處。

聞道書院身為民辦學院的高等學府，門房大爺卻沒有絲毫的頤指氣使，騾車剛一停，門房裡的人就出來了。

沈驚春簡單地說明了來意。

「還請這位娘子稍等一會兒，我去通報一聲。」

沈驚春點點頭，朝他道了聲謝，就老老實實地站在一邊的樹蔭下等著。

過沒一會兒，陸昀身邊的小廝順才就小跑著來了，隔老遠就聽到他打招呼的聲音傳來——

「沈娘子安好！好久不見了！」等跑近了，又熱情地將沈驚春手上的東西給接了過去。

沈驚春笑道：「是挺久了。陸先生這些日子還好嗎？」

「挺好的，就是一直記掛著院試，最近有點著急上火，嘴上起了疱。」順才嘿嘿笑了一聲。「我們老爺向來就是嘴硬，明明擔心得不得了，還非要裝作沒事的樣子，也不許家裡報信過來。沈娘子從慶陽回來，肯定是家裡託妳帶信過來了吧？」

「你倒是聰明呢！」沈驚春笑道：「你家文翰少爺已經過了院試。」

二人一路閒聊，很快就穿過了書院到了後院。

陸昀身為書院的院長，吃喝住行卻與普通的先生並無什麼不同，他的院子只是個小小的院落，三間正房和兩間倒座房。

沈驚春一進門，他只抬頭看了一眼，說了聲「丫頭來了啊」，就又低頭看書去了。

沈驚春看他捏著書的手指用力得都有點發白了，偏還裝作無所謂的樣子，忍不住噗哧一笑。「恭喜先生啊，文翰小少爺這次院試排在三十七名！」

陸昀聽了，渾身一鬆，卻還嘴硬道：「哼，名次這麼低，這小子就是被他那迂腐的老子給教壞了，要是跟在我老頭子身邊，怎麼也能考進前十！」

「是啊是啊，誰不知道您老人家的威名，多少人想拜入您老的門下都沒這個機會呢！依我看啊，為了文翰鄉試的時候不至於名次太難看，丟了陸家的臉面，您老乾脆去一封信給大師兄，把文翰送到祁縣來，由您老悉心調教個三年，到時候鄉試中個解元，陸家面上也有光啊！」

陸昀的眉頭動了動。「妳大老遠的跑來書院，就是為了說這個？陳淮那個臭小子還在慶陽沒回來吧？」他乾脆放下書，從躺椅上坐了起來，指了指一邊的凳子，叫沈驚春坐下。

「是，如今六月末了，八月就要鄉試，要是回來祁縣，到時候再去慶陽考試，路上來回都要十天，一直奔波，身體也吃不消。他倒是想回來，我怕到時候影響考試的狀態，就叫他留在了慶陽。」

陸昀點頭道：「這麼做才是對的，有這來回跑的時間，倒不如多看幾套往年的試題。」

順才很快就上了茶，正是沈驚春之前送給陸昀的、自家炒的那個茶葉。

「看到茶，我倒是聽說了妳被徐家綁走的事情，就是為了這個茶葉吧？」陸昀輕啜一口，嘆道：「說起來，倒是我的不是了。妳送給老程的茶葉，他帶回京城後，在一群老傢伙中炫耀了一番，結果不知道怎麼地就入了聖上的眼，老程去請平安脈的時候，聖上順口提了一句，這才有了妳這場無妄之災。」

沈驚春聽得一陣無語。

她就說呢，就算這茶葉確實不錯，但也不至於讓徐夫人喪心病狂到綁架別人的地步吧？沒想到中間還有這一事。

現在徐夫人的事情是解決了，但因為皇帝的一句話，肯定還會有其他的人惦記著這個事情，只有千日作賊，哪有千日防賊的？要是一直這麼提心弔膽的，確實不是個事啊！

「這事我幫妳想過了，與其到時候便宜了別人，不如將主動權握在自己手中。妳將那茶葉挑出好的來，我叫人替妳呈上去，只要在聖上面前過了明路，其他人必然不敢再明著找妳麻煩了。」

沈驚春看著他，有些遲疑。「這……」陳淮可是說過的，陸昀不想再入官場的事，甚至連朝廷讓他回去接手國子監他都推了，如今要為了自家這點事情動用人情，將茶葉呈到皇帝面前去，這可不是欠人情那麼簡單的事了。

「妳這丫頭不是最愛錢嗎？這樣的好事送到面前還要想？」陸昀「嘖」了一聲。「事情沒有妳想得那麼複雜，妳只需要將茶葉送來就好了，其他的事情不需要妳操心。當然，這茶葉最好不要多，一、兩斤就好了，多了就不值錢。」

從聞道書院出來後，沈驚春才從這種天上掉餡餅的喜悅中回過神來。

陸昀雖然沒有直說，但後來他透露出來的意思卻不難讓人猜到，他是打算回京了。

他與皇帝到底有什麼說不清的故事，沈驚春不知道，但她卻知道皇帝還是個皇子時，他曾是皇帝的老師。

後來皇帝登基，這對師徒不知道因為什麼原因鬧翻了，陸昀憤而辭官，並且不許家裡的後輩再入朝為官。

如今陸大夫人的胡攪蠻纏，打破了陸昀的計劃，所以他現在是打算接受朝廷的詔令，回去當這個國子監祭酒了。

聞道書院之行後，沈驚春徹底陷入了忙碌之中。

陸昀後面說的話，讓她覺得非常的正確，薑果然還是老的辣。

妳想要靠種田養家而不被人覬覦，那妳首先得有個強大的保護傘，而這大周朝裡，最強的莫過於當今天子，只要能抱上他的大粗腿，讓所有長了眼睛的人都知道妳是皇帝罩著的人，那麼，還有誰敢來找妳的麻煩呢？

——陸昀的原話當然不是這樣，但差不多就是這個意思。

她回來後，挨家挨戶給幫忙打架的人送了銀子，就開始想這個事情。

種辣椒和種玉米對沈驚春來說本質上並沒有什麼區別，都是賺錢。

對於富人而言，也只是多了樣可以吃的東西，僅此而已，是屬於那種有當然好，沒有也行的東西。

而執政者想的必然是民生大計，最簡單的說法，就是吃得飽、穿得暖。

吃得飽這項，沈驚春暫時沒有辦法。

可穿得暖她本來可以輕易做到，之前卻因為種辣椒的小錢而放棄了這個機會。

好在陸昀直接把她點醒了，從現在開始努力也不算晚。

六、七月正是一年中最熱的時候，連著在棉花地裡跑了一個月，哪怕每天都偷偷摸摸地噴防曬，白天避開中午太陽最毒的時段出門，晚上躲在房裡做護膚，沈驚春的膚色還是不可控制地黑了一個色階。

可辛苦的成果非常喜人。

棉花地裡的棉鈴已經相繼開始吐絮，白色的棉花潔白如雪，捏在手中蓬鬆而柔軟。

等第一件棉襖趕製出來後，沈驚春第一時間就拿著棉襖和新採的棉花去了聞道書院。

她將背簍放到桌上，從裡面拿出用粗布包著的棉襖。

陸昀探頭一看，見裡面裝的不是吃食，奇道：「這是什麼？一件衣服？」

「這可不是普通的衣服，這是一件棉襖。」

陸昀瞧著沈驚春將衣服放在桌上展開。「棉……襖？木棉做的襖子？」

沈驚春搖頭道：「不是，是棉花做的襖子。先生穿上試試。」

夏天穿得單薄，不用特意脫了外衣，陸昀將袖子一捲，就穿上了這件棉襖。

外面的布料摸上去並不算很好，但整件衣服摸著很厚實，繫帶還沒繫上，他就已經感覺到熱了。等他繫好了，忍不住長出了一口氣。

沈驚春問道：「先生感覺如何？」

陸昀道：「熱。」

熱就對了，要的就是這個效果！

沈驚春笑咪咪地道：「先生覺得，這棉襖可以幫助北方的將士們禦寒嗎？」

陸昀被問得一怔，伸手摸了摸身上的衣服，本來充棉不多的薄襖子此時似乎重逾千斤。祁縣這邊地處南邊，冬天氣溫還可以，但陸昀是在北邊生活過的。勛貴世家禦寒辦法多，填充鴨絨而製成的衣物穿上去輕便又保暖，再有各類動物皮毛製成的衣服，根本不用怕冬天。

但普通民眾哪有這個財力？一到冬天，外出的人都少了大半，全都窩在家裡烤火禦寒。可如果有了這個棉襖……陸昀想想都覺得熱血沸騰！

「這棉花可好種植？」

他一問，沈驚春就從背簍裡摸出一包棉花來。「我家今年種了五畝，村裡族長家也種了五畝，如今開始收棉。我大致估算了一下，一畝籽棉的產量大約是二百斤至五百斤左右。」她說著又將最下面一本小冊子拿出來道：「先生手上拿的這件棉襖大約用了一斤多左右無籽的棉花，稍微薄了些。若是寒冬，不拘是多加些棉花進去，或者穿兩件這樣的薄襖都可，當然，這樣穿可能不太輕便。這冊子上，是我做的一些從棉花曬種、育苗到收穫的詳細紀錄，還有我家裡目前做的一些棉襖、棉被的用量。一事不煩二主，先生您看是不是能……」沈驚春搓了搓手，頗有幾分狗腿地看著陸昀。

這大概就是債多了不愁。要是為了這棉花的事情再找別的關係，卻放著陸昀這麼大的關係不用，那真的是腦子進水了。

沈驚春很光棍地想著，反正已經麻煩過他了，欠別人還不如繼續欠陸昀，而且這事如果是由他呈報上去，對他家也有好處啊！

陸昀脫了棉襖放在一邊，抓了一把棉花在手裡揉了揉，感受了一下，然後又翻開了小冊子，首先就對這一筆比狗爬好不了多少的字發出了無情的嘲諷。「我就是撒把米在紙上，那小雞崽子都比妳寫得好！妳好歹出身宣平侯府，崔氏更是五姓七望之一，居然能忍得了妳這筆字，真是稀奇！」

沈驚春嘿嘿一笑。「看先生這話說的，徐家世代為將，也就是這兩代才開始走文人的路子，正所謂尺有所短，寸有所長，我沒學到崔氏的一分本事，可我學了徐家的本事啊！等您回京了找人問問，滿京城能不能找得出可以挨我一拳的閨秀？」她揚了揚拳頭，帶起一陣風來。

陸昀無語地搖了搖頭，開始翻冊子。

他向來不是那種只知道讀死書的人，聞道書院就有自己的田地，偶爾他也會跟著學子們下地，平日裡也會讀些農書，對農事雖然說不上多精通，但起碼不會說起來兩眼摸黑。

等看完冊子，他就對種棉花一事有了大致的瞭解。「這冊子呈上去後，明年朝廷必然會派人試種。妳上面雖寫了這棉花以前是觀賞花卉，但畢竟妳是第一個把它當農作物種的，只怕會找妳過去同戶部的農官一起試種。」

這事沈驚春早就考慮過了，甚至已經開始規劃這件事的可操作性。

若是這個事她能作主自然最好，若是她只是從旁指導，其他一切都要聽農官的，那就先看看農官是誰，是個什麼態度，如果不是個好相與的，沈驚春少不得要給他來一招釜底抽薪。

「先前牛痘的事情，朝廷封賞了妳二十頃的爵田，如果棉花試種完了證明妳所言非虛，這次怕是要賞下一個低等爵位來了。」

「有爵位就不錯了。」

原本她還想著，要是棉花還不夠分量抱上皇帝的大粗腿，她就再努力一把，將空間裡的雜交水稻和小麥種出來。

但是陸昀既然這麼說，顯然就有很大的可能性，朝廷真的會看在她獻出棉花的分上，給她一個爵位。如此水稻和小麥的事情就不用急了，後續可以慢慢不靠異能實踐出來。

棉花的事情就交由陸昀搞定。

沈驚春總算覺得有了些底氣。

京城於她而言，除了茶葉帶來的影響，還有一個就是宣平侯府的壓迫。

崔氏和徐長寧是不會希望看到她再次出現在京城的，崔氏娘家顯赫、滿門清貴，若是她沒有點靠山，很難與崔氏抗衡。她自己倒是無所謂，可她哥還要治病，陳淮還要科舉當官，她並不想因為自己的原因帶累身邊的人。

壓力沒了，人也跟著輕鬆起來，沈驚春的變化幾乎整個平山村都能感受到。

往日裡雖然她也很熱情，逢人三分笑，但都笑得很客套。可現在不一樣了，她每天進進出出，臉上都是很輕鬆、很開懷的笑容。

別人不知道她具體是為了什麼，還當她是因為陳淮而笑。

院試的結果早就從慶陽府傳到了祁縣，陳淮在兩千多人中脫穎而出，一舉奪得院試案首的事情輾轉相傳，再加上他小三元的名頭，如今平山村裡連打醬油的小孩都知道，沈家可算是撿到寶了。

一時間，來沈氏族學報名下一年入學的人暴增了幾倍不止。

沈驚春對此笑而不語，也不解釋，每天依舊扛著鋤頭樂呵呵地在地頭轉悠，閒了就跟沈驚秋上山打打獵。

時間眨眼就到了八月初。

自從知道鄉試是八月初九開始，方氏就沒一天睡好過，每天必做的事情就是不停的碎碎唸，希望諸天神佛可以保佑陳淮考個好成績。

到了八月初七更是拉著沈驚春上山去了沈延平和陳瑩墳前，話來回說了大半天，不外乎就是希望陳淮親娘和岳父在天有靈，保佑陳淮高中解元，沈驚春聽得一陣無語。前幾日還希望諸天神佛保佑鄉試考過，這才過了幾天，竟然就直接三級跳，保佑他高中解元了。

沈驚春翻白眼說乾脆直接叫陳淮的親娘和他岳父保佑他高中狀元得了，也省得明年春闈的時候再來求一遍。

方氏一聽居然覺得很有道理，回到家就收拾了衣物，準備去趙廣教寺。

沈驚春心情複雜，看著收拾東西的方氏，終於還是忍不住勸道：「我的親娘啊，不用這麼誇張吧？」

方氏看著親閨女，一臉的恨鐵不成鋼。「妳一天到晚就知道擺弄妳地裡的活，阿淮都要考試了，也不知道抽點時間出來關心關心他的事！」

沈驚春簡直委屈極了。

天地良心啊！這還是她親娘，不是婆婆呢！

不知道的還以為陳淮才是她親生的，而閨女是撿來的吧？

她忍不住為自己辯解了幾句。「娘妳這麼說可就過分了，陳淮院試的時候還不是我跟著過去照顧他的啊？再說了，他人都還在慶陽呢，我抽時間出來也沒法關心啊！難不成我還得飛到慶陽去關心他啊？」

方氏抿著嘴，長長地出了一口氣，一臉「我跟妳這種人沒話說」的表情，將她往旁邊一推，就繼續收拾衣服了。

「真不是我說，陳淮考科舉，妳去廣教寺有什麼用？人家也不管這個啊！妳真要拜也該去拜拜文昌帝君吧？人家才是掌管士人功名利祿的神仙呢！」

方氏頭也不回地道：「那我不管，東翠山又沒有這個廟。說到頭還不都是天上的，人家說不定有交情認識呢！到時候稍微提個幾句，總會有點用吧？」

這親娘是沒救了，沈驚春也管不了了。

如今方氏一門心思要去廣教寺祈福，還沒想到她身上來，沈驚春一溜煙就跑出了門，生怕方氏想起來，非要拉著她一起去廣教寺。

當天下午，方氏就帶著大雪去了廣教寺。

方氏在廣教寺一待就是六天，中秋前才回來。

去年因為才被淨身出戶，家裡的中秋過得很簡單，就是一家人吃了個飯，連個月餅都沒吃。今年雖然買了月餅，卻因為鄉試的原因，依舊過得很簡單，十五這天正是鄉試第三場入場時間，一桌子好菜，沒幾個人真的有心情吃。

十五過後，方氏就漸漸平靜下來，每天沒事幹就去村裡的大樹下跟一群大娘、大嬸聊天、做針線，實際上是盯著村口，生怕陳淮忽然從慶陽回來。
沈驚春很想跟她說，陳淮沒那麼早回來，按照現在的科舉制度，所有考鄉試的秀才們，要等到鄉試放榜之後才會相繼回鄉，因為放榜次日，學政會設宴，宴請新科舉人和當地一些有名望的富紳。
所以陳淮要回祁縣，起碼得等到八月底。
又過了十來天，方氏沒等到她女婿從慶陽回來，反倒是等到了縣衙來報喜的衙役。
那衙役上回院試報喜時已經來過一次，一回生、二回熟，這次直接騎著匹高頭大馬，一路高聲喊著「恭喜平山村學子陳淮高中頭名解元」，進了村，直往沈家奔。
整個村子都沸騰了，所有人都跟在那衙役後面往沈家跑，方氏更是一路被人簇擁著。
中舉了啊！只要是舉人就有機會當官了，譬如陳家的陳正行，如今在祁縣可是風光得很呢，更別說陳淮還是第一名啊！
這麼想著，所有人都有點酸。
要說這陳家，到底是什麼風水啊？這幾十年來，平山村唯二兩個中舉的，都是出自陳家。陳正行也就算了，始終都是陳家人，可陳淮給人當了上門女婿，現在可是沈家人了！一時間，大家都不知道是應該羡慕陳家，還是羨慕沈家了。
所有人裡面，唯有陳淮的幾個舅舅、舅母最為後悔，當初把他們母子趕出去的時候，誰也不知道陳淮在讀書上的天分能比他爹還高啊！周桐當年也不過就是個亞元罷了。

先前知道陳淮過了院試的時候，他們還能安慰自己，說不過就是個秀才，要知道這天底下不曉得有多少人一輩子就卡在秀才上呢！誰知道這才多久，陳淮就搖身一變，成了舉人老爺了！

他幾個舅舅到底還是要些臉面，做不出自己打臉的事情來，但幾個舅母就有點沒皮沒臉了，厚著臉皮就往上湊，滿臉為自家外甥自豪的樣子往沈家院子裡擠，可惜還沒等擠進去，就反被那些鄰居給擠出來了。

方氏走在最前頭，還沒進院子，就一迭連聲地請相熟的人去地裡幫忙請沈驚春回來。

中秋前後正是種冬小麥的時候，本來沈家的地裡全都種了辣椒，應該趕不及這一批冬小麥的，可孫屠戶帶著人把辣椒毀掉了之後，沈驚春乾脆又整了五畝地出來種小麥，如今那剩下的幾畝辣椒也不太管了，每天一門心思撲在小麥上。

那架勢，知道的說是在種小麥，不知道的還當她那五畝地裡能種出銀子呢！

沈驚春從來都不是吝嗇的人，自從家裡有了餘錢，他們一家人身上都沒缺過錢，連兩個孩子身上日常都揣著十幾個大錢。

方氏進了門，摸了二兩銀子塞到那衙役手裡，笑道：「煩勞官爺跑這一趟，一點心意，沾沾喜氣！」

沒一會兒，一群人就匆匆從地裡回來了。

如今家裡除了沈明榆帶著妹妹和年紀小一些的小雪每天在學堂裡，其餘的人除了方氏外，都跟著沈驚春下地。

一幫人到了家，還沒來得及換個乾淨衣服，縣衙正式來報喜的那幫人也吹吹打打的到了。

方氏忙前忙後，謹記著閨女的話——中舉對於女婿來說可是大事，萬不能小氣，給人留下話柄！因此後面這群上門來的，也是一人一兩銀子地給了喜錢，才客客氣氣地將人送走了。

等報喜的人一走，又叫大雪和白露拿家裡備下的瓜子、點心、蜜餞、飴糖出來散給鄉親們，一邊又吩咐張大柱趕快套了車去縣城買東西回來祭祖。

本來依照她的想法，這麼大的事情上個墳告知沈延平和陳瑩也就是了，沈家祖先可沒保佑過陳淮，費這錢買什麼供品祭祖，那都是浪費。但村裡人都盯著，沈驚春又千叮嚀、萬囑咐，說千萬不要在這個關口叫人說閒話。

沈家院子裡一時間人滿為患，各種恭賀聲吵得沈驚春的腦袋都快要炸了。

不管是跟沈家有仇的、沒仇的都拿著東西來送賀禮，沈驚春自己根本頂不住，乾脆將沈志清兄弟抓來，幫著記禮單。

好不容易打發了本村的人，外村那些拐著十八道彎的親戚們也聽見消息上了門。有些家底的送的都是布疋、糕點之類的，家底稍薄一些的送的也是一籃子雞蛋、一條肉之類的。

好不容易將這群拐著彎的親戚打發走，後面祁縣的富紳又上了門。

好在這些人家到底還是比親戚們矜持些，知道陳淮還在慶陽沒回來，也沒有親自上門，只叫了家中管事備了厚禮送到沈家。

沈驚春還好些，到底在現代的時候也是寫過不知道多少題本的人；沈志清兄弟就慘了，本來就沒正經讀過幾年書，一筆狗爬的字比沈驚春還不如，寫到後面拿筆的手都在微微顫抖。

等人徹底送走後，堂兄妹三人往椅背上一靠，總算是鬆了口氣。

白露見已經無事了，才走上前低聲道：「娘子，我跟我爹去縣裡買祭品的時候，碰到了那孫屠戶，就跟在咱家騾車後面過來的，已經在外面等候多時，娘子看要不要見一見他？」

家裡幾個人，張大柱夫妻身上事情最多，沒空學習，但是幾個年輕的，白露、大雪、小暑幾人，都由沈驚春作主，到了晚上叫沈明榆兄妹當個小老師，教幾人認字，幾個月下來倒比以前懂得多了。

沈驚春聽了沒什麼反應，一直跟著跑前跑後的沈志津就揚了揚小拳頭，惡狠狠地罵道：「這個老東西居然還敢上門來？驚春姊，我帶幾個人去把他趕走！」

「胡鬧！有你什麼事？」沈志清喝斥一聲，又朝沈驚春道：「孫屠戶這個人，雖然名聲一向不好，但是做事向來不會做絕，上次他不管不顧地到村裡來鬧，我就覺得奇怪了，不如把他叫進來問問？」

沈驚春點點頭。

孫屠戶到底為什麼來鬧，她其實無所謂知不知道。

自從上次帶人去砸了孫家之後，後面沈驚春又帶著自家大哥去鬧過幾次，每當聽去縣城的村民說孫家收拾好了豬肉鋪，準備重新開張，沈驚春就去鬧。

匾額太大，一直抱著實在是有點束手束腳，她乾脆又將匾額重新掛回了沈家祠堂，轉而帶著那道聖旨。

孫屠戶父子倆加起來都打不過她，只要叫人來，她就攤開聖旨，一副「你有本事就來打我」的樣子。

與孫屠戶交好的那些街頭混混平日裡膽子再大，也不敢動聖旨啊！幾次下來，搞得孫家人精疲力盡不說，那些混混任憑孫屠戶再怎麼喊，也不敢上門跟沈驚春打架了。

門外一直等著的孫屠戶很快就跟在白露身後進了門。

他身形本來就胖，雖說現在已經八月底不熱了，可站這麼長時間下來也累得夠嗆，額頭上都掛著虛汗，進了院子就微微彎著腰，朝沈驚春問好。「見過舉人娘子。」一邊又吩咐身後跟著的家奴。「還不快把禮物奉上來！」

那些禮物全都包裹得嚴嚴實實的，不拆開根本不知道裡面放了些什麼東西。

沈驚春只看了一眼就收回了目光，指了一邊的椅子請孫屠戶坐下，這才問道：「孫掌櫃的店裡不忙嗎？今日怎麼有空登我沈家的門？」

孫屠戶笑容一僵，真的很想破口大罵。

孫家並非只有豬肉鋪和米麵鋪子，其他幾家鋪子在沈驚春第一次上門的時候並沒有被砸，但是後來不知道她從哪裡聽說了這事，又高價雇了幾個潑皮無賴成天地去鋪子裡找麻煩。

這些人都是縣裡的老油條了，跑起來比誰都快，等閒根本抓不著，等放棄抓他們了，他們又像個狗皮膏藥一樣纏了上來，煩得要死。

此刻聽沈驚春這麼問，他雖然很想罵人，可到底還是忍住了，賠笑道：「舉人娘子這話，就算是再忙，也得抽出時間來恭賀陳公子中舉不是？」說著抹了把額頭上的汗，又從袖袋裡摸了只荷包出來，親自遞給沈驚春道：「小小心意，還望舉人娘子不要嫌棄才是。」

沈驚春順手接過一捏，就發現這荷包裡面裝的並不是銀子，而是一疊銀票，面額多大暫時還不清楚，但就捏在手裡的厚度而言，起碼也有二十張。

孫屠戶見她沒有拒絕，就先鬆了口氣，視線在堂屋內一掃，道：「咱們兩家本來也沒什麼仇，上次的事情實在是有點誤會，娘子妳看是不是……能借一步說話？」

其他親戚早就告辭了，如今堂屋裡只有沈志清三兄弟和沈驚春兄妹在。

孫屠戶的意思很明顯，就是想單獨跟沈驚春說這件事。

沈驚春道：「不必了，在場的都是自己人，孫掌櫃有什麼事直接說就好。」

孫屠戶一邊惱怒沈驚春這個臭丫頭連這點面子都不給自己，一邊又不得不忍著火氣開始說正事。「不瞞沈娘子說，孫某一向敬佩讀書人，我本人一直不想跟陳舉人和沈娘子有什麼衝突，要不然當初沈娘子讓我那不成器的兒子吃了虧，我就該找上門來的，當然，也怪犬子不爭氣。」

沈驚春點了點頭，算是同意了孫屠戶這話。

去年在菊園第一次衝突，沈驚春就把孫有才扔下水，後面孫屠戶的確沒上門找麻煩，而是孫有才自己買通了菊園的僕人報復性地毀了她的幾盆菊花；再後面買莊子，也是夫妻兩人一唱一和坑了孫有才，孫屠戶依舊沒有上門找麻煩。

孫屠戶嘆了口氣。「我帶人上沈家來鬧，實在是被逼無奈，受了別人的脅迫。」他說完就等著屋裡的人來問他是受了誰的脅迫，可等了半天也沒人理他。

最後還是沈志清敷衍地問了一句。「哦，那不知道這威脅孫掌櫃的人是誰？」

孫屠戶滿懷感激地看了沈志清一眼，道：「正是那縣衙的另一位主簿，趙主簿！」

他一張嘴，一股腦兒地開始將事情的前因後果給說清楚了。

祁縣是個大縣，配有一名縣令、一名縣丞、兩名主簿、典史小吏若干。

在高縣令還在任時，就曾透露過這空懸的縣丞之位就在兩位主簿裡面挑，這才有了陳主簿叫陳里正鼓勵村民開荒的事情來，這些事情都會算入考核之中，那趙主簿就落了下乘。

原先高縣令還在時，趙主簿還不敢過於放肆，可等高縣令一走，他就計劃著要找陳主簿的麻煩，而平山村是陳主簿的家族所在，自然首當其衝，又聽說這些荒地都是在沈家的帶頭下才開出來的，這第一把火才燒到了沈家的辣椒地裡去了。

這趙主簿跟孫屠戶是拐著彎的親戚，加上孫屠戶隔三差五的孝敬，趙主簿很是照顧孫家，一來二去的兩人就差不多綁到了一條船上，趙主簿有事吩咐，孫屠戶真沒那個膽子拒絕。

沈驚春聽完後皺了皺眉。「我姑且相信你說的，可你現在跑來我家賠禮道歉，不怕趙主簿找你麻煩嗎？我夫君如今說白了也只是個舉人罷了。」

孫屠戶奇道：「沈娘子竟然不知道？」

沈驚春一臉懵。她應該知道什麼嗎？

孫屠戶道：「上個月新的縣令到任，也帶來了新的縣丞的委任令，陳主簿現在已經被提為縣丞了。」

沈家幾人面面相覷。

還真別說，要不是孫屠戶說出來，他們真沒一個人知道這個事情。

而且，這陳家也過分低調了吧？這麼大的事情，陳氏一族居然沒有一個人出來炫耀？

孫屠戶一看兄妹幾個的表情，就知道這事他們是真的不知道。「事情就是這樣，希望沈娘子大人大量，能將孫某當個屁給放了。」

沈驚春很想說「我還真是放不出你這麼大的屁」，但冤家宜解不宜結，到底不是什麼奪妻殺父的生死大仇，自己也帶著人去將孫家打砸了，後來她又找沈志清幾人瞭解了一下，孫家算是個暴發戶，屋裡擺設都很費錢，一通打砸下來，估計損失的錢比地裡的辣椒錢還多，當即便笑道：「這是哪裡的話？孫掌櫃好歹也是祁縣有頭有臉的人，過幾日等我夫君回來設宴宴請祁縣鄉紳時，還請孫掌櫃千萬賞臉才是。」

這就是握手言和的意思了。

孫掌櫃哪有不應之理？忙答應不說，又說以後家裡要吃肉什麼的，儘管去孫家鋪子。

等把孫屠戶送出門，一轉頭沈驚春的臉色就冷了下來。

當官的人還想著往上爬的，有幾個會是蠢的？

趙主簿指使孫屠戶來找沈家麻煩的時候，陳正行或許不知道，但事後他不可能不知道，然而從事發到現在這麼久了，他卻一點表示都沒有。

沈驚春不知道這事也就算了，現在知道了，這事就沒這麼容易過去，哪怕現在他們還不具備跟陳正行抗衡的能力，以後總要找機會坑他一次才行。

沈家兄弟都是明白人，知道忙活了一天，大家都累了，估計沈驚春還要帶著人清點這些送過來的禮物，因此沈志輝就帶著兩個弟弟告辭回家去了。

方氏本來還說叫他們留下來吃晚飯，見他們執意要走，也沒有強留，忙拿了兩包別人送來的點心給他們帶回家了。

第二十二章

沈家三兄弟一走，沈驚春就直接關門，回到堂屋第一件事，就是將桌上孫屠戶送來的那個荷包打開來看。

一拿出來，所有人都看直了眼睛。

這一疊銀票捲成了一團，俱是二十兩一張的，一共二十張，這就是四百兩了。

沈驚春見所有人的眼睛都看直了，乾脆藉著這個機會道：「之前在牙行買你們的時候，我說過，我們家暫時是沒有月錢的，但是現在情況不一樣了。你們姑爺如今考中了舉人，我也不瞞著你們，等他回來，咱們家忙完這邊的事情，就要去京城了，但老家這邊肯定是要留兩個人看宅子的。你們先說說各自的意願，我不強求。」

她話音一落，張大柱等人就呆住了。

他們還沒從自家姑爺中舉的喜悅中回過神來，沈驚春就又丟了這麼個爆炸性的消息出來。

他們可都是簽的死契的，除非是沈家主動發賣他們，否則這一輩子都得待在沈家，自然是希望沈家越來越好。

陳淮如今雖然才中舉人，可他是頭名解元，自然前途無量，且沈驚春在京城還有個二十頃的爵田，這事家裡人都知道，無論如何都是跟著一起去京城更好。

可她又說了，這家裡肯定要留兩個人看家，一時間竟沒人開口。

沈驚春看著幾個人表情各異，也沒催，只靜靜的坐著等。

好一會兒，張大柱才道：「我們兩口子這輩子沒出過祁縣，又大字不識，跟著娘子去京城只怕也是給娘子丟臉，倒不如就在村裡給娘子看好家吧。」

白露兄妹兩個不安地看著自家爹娘，但當著沈驚春的面，到底不敢說什麼。

沈驚春點點頭。「倒是跟我原先想的一樣，那就這麼定了吧，張叔和楊嬸到時候就留在老家這邊，咱們騾車和牛都留下來給你們。晚上你們兩口子商量商量，咱們家現在這些田，你們能種多少，餘下的都租出去。雖是才開出來一年的荒田，但因著是免稅的，應該會有人租。」

現在的科舉制度，是中舉之後名下便可有八十畝地免稅，若是前十名則有一百畝免稅的額度，如陳淮這樣的解元，免稅的田地更是多達兩百畝。

下等田之所以種的人少，根本原因是因為地力不肥、產出少，而稅收卻高，一年下來忙死忙活，年成好的時候還能賺些，年成不好的時候說不定還要倒貼進去。

張大柱和楊嬸點頭應好。

「這是其一，第二個就是關於月例的事情。這幾天我也想了一下，咱們家現在能幹活的，譬如張叔、楊嬸，兩人是五百文一個月；接著下面是大暑、小暑、大雪三百文一個月；最後是白露和小雪一百文一個月。」

沈家不僅開始發月錢，為了慶祝陳淮中舉，沈驚春還一口氣發了兩個月的月錢，上到沈驚秋，下到小雪，全都高興得像是過年一樣。

唯有方氏算過帳之後擔心得很。

就家裡這幾個人，一個月都要發出去二兩多，一年下來要二十多兩，而且還是包吃、包住、包四季衣裳，這一整套下來，可要不少錢。

方氏自問她是沒這個本事掙錢，但這些錢都是她閨女千辛萬苦掙來的。

她雖沒把話說出來，可臉上的表情跟說出來也沒啥兩樣了。

好在張大柱他們領了月錢後都出去了，沒人看到她不高興的樣子。

沈驚春勸道：「這都是小錢，娘妳要這麼想，咱們家可有不少地呢，就是請長工也不只這個錢啊，對不對？而且這不是妳閨女我能掙錢嗎？這一年下來也沒幾個錢，隨便賣點辣椒就回來了。自從楊嬸他們來家裡之後，娘妳好好地養了幾個月，我瞧著妳現在氣色都好了。咱現在也不求其他的，最重要的就是娘妳養好身體，哥能治好病，咱們一家人健健康康的就好了，錢財什麼的都是身外之物，生不帶來，死不帶去。」

方氏被閨女幾句話就哄得開了懷。細細一想，真是這樣，枉她活了幾十年，結果還不如閨女一個十幾歲的人想得明白。

第二日一早，不僅沈家人忙了起來，連沈氏族裡的人都紛紛過來幫忙。雖然陳淮還在慶陽沒回來，但沈驚春已經開始準備開流水席了。

所謂流水席，並不是一般說的桌子就擺在那兒，這個吃完，後面的人接著吃。而是指菜色有許多，上起菜來如流水一般。一般是先上八冷碟，然後一個帶湯的鍋子，後面再是各種熱菜。

因為菜色種類繁多，往往菜還沒上完，人就離席了，是屬於那種人固定、菜不固定的宴席。

菜單是方氏定的，八冷碟不算，一共二十八道熱菜。

沈驚春聽到的時候都差點驚呆了。「娘啊，這也太多了吧？」她在現代的時候吃席也不過十來道菜，一般菜還沒上一半就吃飽了，二十八道，真有人能吃得完嗎？

方氏搖了搖頭，嘆道：「妳還年輕，不知道這裡面的彎彎繞繞。菜多不多、吃不吃得完不重要，重要的是，前些年陳正行中舉的時候，是十八道菜的流水席，辦了三天……」說著，方氏一拍腦袋。「陳正行都辦了三天，咱只辦一天不好吧？要不咱也辦三天吧？」

沈驚春聽得一陣頭大。「我的親娘啊，這真的沒必要啊！陳淮就是中個舉而已，妳就要二十八道熱菜辦三天，要是到時候陳淮考過了會試，我再誇張一點的說，要是他考中了狀元，難道妳還要擺半個月流水席不成？二十八道菜已經很夠了，咱把分量放足些就行了。娘妳可別忘了，陳淮是個上門女婿，真要擺三天，沒得人家閒話說咱們家撿到寶，小人得志呢！」

沈驚春好說歹說，才勸得自家老娘打消了辦三天流水席的打算。

辦這種席面，要忙的事情太多，買菜、洗菜、切菜，還有蒸、炸、煎、煮，樣樣都離不開人，到時候因為桌數太多，還要不少上菜的人。

沈驚春沒見過這種大世面，捉襟見肘時，還是陳里正站了出來，接過了指揮權，幫著開始調度人員。

從沈驚春獻上牛痘被朝廷嘉獎開始，陳里正心裡就有點不平衡，但經過了這幾個月的時間，也算是想明白了，有的東西說白了就是命，是強求不來的。

他們陳氏一族就沒有這個飛黃騰達的命。

現在再酸也沒有用了，就目前而言，陳淮未來的成就肯定要比陳正行高得多，這小子現在又一副「我只是個贅婿」的樣子，把沈驚春看得比什麼都重要，真要為了這點心理不平衡得罪沈家、開罪陳淮，才是真的得不償失。

農村辦事，一般有親族的都是請親友來幫忙，沈氏一族人也算多，現在又一門心思巴結陳淮，自然輪不到其他兩姓人來幫忙。

洗菜、燒菜的活都由沈氏一族的婆娘包下了，菜色什麼的，如雞、鴨、豬肉這些，村裡有的都優先從村裡購買，沈驚春也沒壓價，給得倒比縣裡來收豬的屠戶還要高一些，那些家裡養了豬的人自然高興。

餘下村裡買不到的，則由沈延東帶著人去縣裡採購。

忙碌了一整天，總算是勉強將宴席要用的東西置辦齊全了。

第三天一大早，天還矇矇亮，一陣陣淒厲的豬叫聲就響徹了平山村的上空，拉開了流水席的序幕。

沒到年底，豬養得還不夠肥，這頓流水席一共在村裡買了十頭豬，都是兩百斤不到的樣子，殺豬匠白刀子進、紅刀子出，淒厲慘叫的豬很快就徹底斷了氣安靜了下來，豬血裝了幾盆。

原本按照殺豬的規矩，殺完豬之後下水這些東西都要給殺豬匠帶走的，但因為今天的菜色需要這些，沈驚春便說另外給個紅包，這些東西全部留下來做菜。

這邊殺豬的動了手，那邊殺雞、殺魚的也開始動手。

各家各戶也都將桌椅送了過來，就擺在大路上，一路過去擺了幾十桌。

等到太陽升起，這些準備工作也都做完了，沈家的少年郎們開始跑前跑後上冷碟。

沈家院子裡，前一晚就開始燉的雞也燉爛了，本來香氣就濃，一揭開鍋蓋，更是香出幾里地去，外面已經坐在席上等著開席的人被香得口水都要出來了。

沈驚春坐在書房裡，也被香得頭暈目眩。

幾十桌的席面，可不是一、兩口鍋能搞定的，沈家周圍本來人就不多，為了方便調度，沒有借用別人家的鍋灶，而是在院子裡又壘了好些臨時的鍋灶出來。

這些雞昨晚就是在這些鍋裡燉的，沈驚春一整晚都被無孔不入的香氣給勾得睡不著。

一切的事情都有陳里正調度，沈驚春只需要掏錢就行，她正在書房裡待得無聊，就聽見外面一陣喧鬧聲傳來，隱隱有人喊道——

「陳淮回來啦！陳舉人回來啦！」

怕不是被香氣香得精神恍惚了吧？沈驚春用力甩了甩頭。

這時，沈明榆就跟個小炮彈一樣，從外面衝進了書房，一向穩重得與年紀有些不相符的臉上全是興奮，撲到沈驚春跟前就道：「姑父回來啦！」

「你說什麼？」

科舉是大事，放榜後會以最快的速度發往各州縣，而陳淮這樣的新進舉人只怕在慶陽各種吃席都要吃好幾天呢，怎麼可能現在回來？

沈明榆見姑姑不信，也不廢話，直接拖著她往外走。

院子裡原本準備燒菜的人聽到消息，也一窩蜂地衝出門看解元去了。

沈驚春被姪子拉著到大門前時，陳淮已經到了門口，他就一個人、一匹馬、一個小小的包袱，下巴上是一圈淺淺的青色鬍渣，黑眼圈很重，看上去風塵僕僕的，沒有半分往日裡的清貴樣，可整個人又透著一股朝氣蓬勃的精氣神。

夫妻二人一個在馬上、一個在馬下，四目相對。

陳淮的嘴剛一動，耳邊就響起了豆芽的聲音——

「大家不要擠在這裡啊！都散了散了！還想不想吃席了？」一邊說著、一邊又叫那幾個掌勺的嬸子跟嫂子們進院子忙活。

都說小別勝新婚，可惜豆芽這一嗓子，直接就把那種氣氛給沖散了。

陳淮無奈地翻身下了馬。

等在一邊的張大柱就牽著馬往後院去了。

兩人進去院子便直接回了書房，門一關上，陳淮就緊緊抱住了自家媳婦，聞著她身上熟悉的馨香，浮躁了一個多月的心才平靜下來。

沈驚春被他抱得腰都瘦了，終於忍不住推了陳淮一把。

陳淮被推開也不惱，笑道：「剛一路進來，村裡在辦什麼大事？怎麼連院子裡都架了這麼多鍋？」

「慶祝你中舉唄，還能是啥？你先去洗個澡，收拾一下，其他的等你洗好再說。」

院子裡架了那麼多鍋，反倒是廚房裡面因為地方太小，不太能施展開，乾脆用來燒熱水備用。沈驚春直接打了熱水進洗澡間，叫陳淮先洗著，又回房將他的衣服找了出來送進去。

等他洗好澡又洗了頭、刮了鬍子，兩人才重新坐在書房開始說話。

「你怎麼這麼快就回來了？大暑呢？」

陳淮一雙眼睛恨不得黏在自家媳婦身上，沈驚春走到哪兒，他的視線就跟到哪兒，聽她這麼問，隨口就道：「大暑暫時還留在那裡。考試成績太好了，請我吃飯的帖子都堆成了山，都是慶陽有頭有臉的人物，吃了這個的、不吃那個的也不太好，要不是鹿鳴宴躲不過去，只怕我第二天就回來了。」當然，最主要的原因還是因為太想媳婦了。

沈驚春「哦」了一聲。「陸文翰考得怎麼樣？」

「落榜了。」對於陸家的事情，陳淮並不想多說。「家裡這段時間怎麼樣？」

「那真說得上是一言難盡了。」

沈驚春儘量簡潔地將這段時間發生的事情說了一遍。

「其他的都是小事，只是陳正行這事做得不地道。」沈驚春冷哼一聲道：「本來是兩方打擂，那趙主簿叫孫屠戶來找碴，我們就算要找，也該去找趙主簿，可這事完全是因為陳正行而起，不說要他負主要責任，但登門道個歉總沒什麼吧？我們作為苦主，心裡也能好受些。」可偏偏他就是裝聾作啞，裝作好像一切與他無關，根本沒有這件事一樣。

孫屠戶說的那些話，她並不是全信，但既然孫屠戶能說得出來這些話，恐怕並非空穴來風，因此沈驚春特意叫沈志清去縣城打聽過了，陳正行的確是提了縣丞，這段時間可謂是春風得意，成了整個祁縣富紳都捧著的人物，連那新上任縣令的風頭都被他壓過了幾分，而趙主簿現在則是夾緊了尾巴做人。

種種跡象都表明，孫屠戶說的話是真的。

「他能提縣丞，我們開荒的這幾十畝地可以說得上是厥功甚偉，可偏偏辣椒地這件事跟他沒有直接的關係，找不到他頭上去，想想都覺得憋屈。」沈驚春說著舒了口氣。「算了，不說這個了。我從慶陽回來之後，就在準備進京的事情，所以才有你人還沒回來，我就先把流水席給辦掉的事情。今天等事情結束，明天就找人去修墳吧，其他的事情我也安排得差不多了，只等我爹和婆母的墳墓修好，就能出發去京城了。」

這些事情向來都是沈驚春安排的，陳淮一向都沒有其他的意見。

沈驚春夫妻兩人在裡面說了這麼會兒話，外面早都吃了起來。

沒一會兒，桌上的男人們幾杯酒下肚，就有人仗著酒勁鬧了起來。

陳里正如今是想通了，覺得與其天天這樣眼紅別人，倒不如將關係打好，陳淮再如何不喜歡陳氏一族，但沈家的根可是在平山村，未來陳淮當了官，總能照拂村裡幾分。

可陳家有得是想不開的人。

陳淮的舅舅們原先在衙役前來報喜的時候還能穩得住，可後面上門恭喜的人一撥接一撥，連縣裡富紳、官吏都派人送了禮物來之後，心裡就有了不平衡，再加上回家之後自家婆娘一直在唸叨著陳淮日後肯定要當官的，就算光宗耀祖也是耀沈家的祖，他幾個舅舅就有些坐不住了。

原本陳里正交代了所有陳氏子弟都不能鬧事，他們雖聽進去了，可今日在席上，他們作為陳淮的親舅舅卻不能坐在主桌，只能眼睜睜地看著沈家那些八竿子都打不著的親戚受著村裡人的追捧不說，他們自己桌上還有人用話刺他們，話裡話外都是幸災樂禍。

於是幾杯酒下肚後，他們乾脆借著酒勁鬧了起來。

陳大舅更是一拳頭打在了那嘲諷他的男人臉上。

那男人是個幹活的好手，會被打中原本就是因為沒注意，現在被打了自然不想善罷甘休，一口唾沫吐在陳大舅臉上，拳頭就揮了過去。

兩人你一拳、我一拳，打得對方鼻血直流。

周圍人倒是想勸架，可還沒近身，就被揮舞的拳頭給打到了。

常年在地裡忙活的漢子，那手勁可不是鬧著玩的，再有陳二舅看大哥跟人動起手來，忙上去拉架，沒兩下就把對方按在地上，只有挨揍的分了。

被打的人又不是孤家寡人，他也是有兄弟、兒子的，因此一時間場面無比混亂。

沈驚春和陳淮聽到動靜出門時，打架的那一圈已經沒一個好碗碟了，湯湯水水撒了一地，倒是桌椅還算堅固，沒有被打散。

陳里正再想勸，現在也沒辦法勸了。一個、兩個他能勸，可現在都已經變成打群架了，這怎麼勸？

看見沈驚春出來，他簡直像是看到了救星，兩步就衝了過去。「驚春啊，現在只有妳能讓他們別打了！」十幾個人打架，憑沈驚春那把子力氣，還不是隨隨便便一拉就給勸住了？

可沈驚春根本不想勸啊！她四下看了看，找了條乾淨的凳子，坐在了稍遠一些的地方，還不忘招呼周圍的人。「大家別乾看著，都坐啊！幾位叔伯費心費力給咱們演上這麼一齣好戲，咱可不能浪費人家的良苦用心！」

周圍人聽得面面相覷。

「要是在場有哪位叔伯也想表演打群架，儘管上，只要不把人打死，就算是打殘了，我沈家也能養得起，大家放心！」她聲音很大，足夠在場的人都聽清。
本來他們夫妻兩個聽到動靜出來時，打架的人就注意到他們這邊了。陳家人希望陳淮能開口斥責這群不知天高地厚的沈家人；沈家人則希望陳淮能擺正自己的位置，看清楚這群不要臉的陳家人的真面目。
可誰也沒想到沈驚春出來了不僅不拉架，還一副看熱鬧的樣子坐在了一邊。而且，什麼叫只要不打死，沈家都能養得起？
雙方遲疑地比劃了幾下，有些打不下去了。
沈驚春笑咪咪地掃視了一圈。「打啊！怎麼不打了？這就停了？」
陳大舅一臉惱怒。「我再如何也是陳淮的親舅舅，外甥媳婦就是這麼跟長輩說話的？」
沈驚春「咦」了一聲，上上下下將陳大舅打量了好幾遍，才奇道：「我那可憐的婆母一個人孤零零地躺在那邊的山頭上，連祖墳都不能入，淮哥到我家來之前，住的那個破房子也是漏風又漏雨的，我還以為他沒親戚了呢！你居然還有舅舅嗎？我竟然從未聽說過！」後面這兩句話自然是朝身邊的陳淮說的。
可陳家人聽在耳中，猶如被人一巴掌打在臉上。
陳淮的兩個舅舅更是被沈驚春這話臊得滿臉通紅。
陳淮淡淡地道：「以前是有的，只是我娘帶著我回到村裡時，我兩個舅舅說嫁出去的閨女、潑出去的水，陳家容不下她那樣和離的婦人，沒得還帶壞了家裡其他姑娘的名聲，不僅將我們母子倆趕出了家門，還說要斷絕關係。假如我兩個舅舅說話算話的話，我現在應該是沒有舅舅的。」

來吃席的人分成了三個陣營，沈家人現在當然是絕對站在陳淮這邊的；一部分不清楚情況的外村人和徐家站在一起看熱鬧；陳家人有的跟徐家一個態度，不偏不幫，一部分則是站在陳大舅那邊。

聽陳淮這麼說，就有人忍不住道：「阿淮，你這麼說可就喪了良心了，這打斷骨頭還連著筋呢，何況你兩個舅舅也不是沒管你們娘兒倆吧？你們住在村後那個房子裡，你舅舅可是給你們送過糧食，是你娘死要面子非不要的。」

有人幫嘴，陳家兄弟那點好不容易升起來的羞愧之心很快就散了。

陳二舅立刻理直氣壯地道：「就是，我們又不是沒送過！」

沈驚春差點被氣笑。見過不要臉的，沒見過這麼不要臉的！她突然起身就要說話，陳淮卻拉了她一把，往前一步站在她面前，朝陳家人微微一笑。

沈驚春想替他出頭，陳淮不是不知道。可夫妻本來就是一體，沒得每次都要她來當這個惡人。

「我長到九歲都是我娘獨自養活，我們母子缺的難道是那五斤斷絕關係的米？」多可笑，當初五斤用來斷絕關係的米、麵，現在居然也能拿出來說嘴？「我真的不明白，你們活了一輩子，到了這個年紀了，怎麼還做得出這麼無恥的事情來？不過也好，借著這個契機，我今日索性把事情說清楚。我能長這麼大，靠的全是我那日夜操勞、最後累壞了眼睛的母親，現在還能讀書進學考科舉，則是我媳婦的支持。

「這些年我吃的、喝的、穿的、住的，全都是她們辛苦換來的。我娘福薄，生養我一場，一天福都沒享到就去了，我只祈求上蒼讓我們下輩子還做母子，我再好好孝順她。而驚春既是我媳婦，於我而言也有救命之恩，我這輩子必定是要好好對她的。

「曾經對我施以援手的，我都記在心裡，其他的我只能說句抱歉了，我能力有限，實在是分身乏術，管不了那麼多。今日多謝大家捧場，各位吃好喝好，希望沒被這場小意外攪和了一天的好心情，陳淮拜謝。」他面朝大家，鄭重地施了一禮，躬身一拜。

沈氏的人聽了這話，都喜出望外。

陳淮這話已經說得相當明白了，對他有恩的他不會忘記，而當初看著他們母子被趕出家門也沒有伸出過援手的，對不起，他現在雖然出息了，但是那些冷眼旁觀的也別想著湊上來。

整個陳氏一族，當初幫過陳淮母子的不過三、四戶人家。

陳里正的心情是最複雜的。

他是當初為數不多、幫助過陳淮母子的人之一。陳瑩去世之後，他的孫子要讀書，找到了陳淮，陳淮也沒有任何推脫，將自己當年啟蒙用的書都給了他家小孫子，還說有什麼不懂的盡可以去找他。

陳里正既是本村的里正，又是陳氏的族長，於公於私他都希望陳淮出息了之後能夠幫扶族裡、幫扶村裡，但這話他是真的說不出來。

出了今天這種事，陳淮只是說出來的話重了一些，要是換成他，說不定還要報復那些落井下石的。

陳里正看了一眼還想說話的陳家兄弟，喝斥道：「還嫌不夠丟人？愛吃就吃，不吃趁早滾蛋，別在這裡丟人現眼、影響其他人！」

陳大舅向來欺軟怕硬，先前也是被自家婆娘說了幾句，才敢壯著膽子借著酒勁發瘋，現在陳淮當著一眾鄉親的面一點面子都不給他，再有陳里正也不站在他們這邊，陳大舅直接就慫了，流水席也沒臉吃了，耷拉著腦袋就跑了。

他一跑，陳二舅也待不下去了，跟在後面就走了。

倒是他們的婆娘還跟個沒事人一樣，又坐回了桌前，厚著臉皮吃吃喝喝。

陳淮和沈驚春回了院子，一家人坐在堂屋裡，聽著外面鬧烘烘的聲音，心情都很差。

沈默了好一會兒後，方氏才道：「之前還打算等棉花收完了我們再去京城，依我看現在也別等了，趕快找人把你們爹和親家的墳修了，咱們就出發吧。」

家裡可不只陳家舅舅這一家惡親戚。

雖然以自家現在的情況，完全不用怕他們，可到底女婿如今已經是舉人了，這種事情鬧多了，只怕他臉上無光，倒不如早點去京城的好。

到了京城之後，總沒有那些亂七八糟的親戚再纏上來吧？

沈驚春點點頭。「我本來也是這麼想的，家裡現在收的棉花，管咱們一家人是盡夠了，但是京城居，大不易，到了那邊之後什麼都要花錢。我等會兒去找大爺爺商量看看，用咱家地裡的棉花換他們現在已經收回來的棉花，帶到京城去，倒手也能賺一些。」

他們家這邊沈驚春算了一筆帳，一床冬天的棉被大約需要七至十斤左右的棉花，春秋的薄被大概需要四至六斤。

家裡這些人，基本都是兩人睡一張床，量抓大一些，秋冬的被子加起來就按十五斤一床被子，加上孝敬陸昀的，撐死不過兩百斤。做棉衣需要的棉花就更少了，一人十斤棉花的量，全部加起來也不過一百多斤。

她這五畝棉花地伺候得很盡心，雖然地不太肥，但有異能做後盾，畝產也有三百多斤，自家用的棉花兩畝地是盡夠了，餘下三畝地將近一千斤的棉花帶到京城去，絕對會大賣。多的不敢說，負擔他們去京城的路費和這一年的嚼用，肯定是夠的。

方氏十分贊同閨女的話。

她現在急著進京，一來是不想女婿一直被這些親戚給拖累，二來也是想早點去京城給兒子看病，可這不代表她不著急錢的事情。

「這麼想來，之前說要把老張夫妻兩個留在村裡看宅子就不行了，尤其是老張，今年種棉花和辣椒都多虧了他。妳京城那邊不是說還有三百畝地嗎？沒個種莊稼的老把式看著到底還是不行。這老家的宅子就這麼放著好了，交一把鑰匙給妳延東大伯，請他隔段時間來開門透透風也就是了。」

如今家裡只有這幾十畝地，都忙得沈驚春團團轉了，更何況是三百畝呢？

方氏看著閨女明顯曬黑了的皮膚就有點心疼，現在的她跟去年剛從京城回來的她，雖說還不到判若兩人的地步，可到底姑娘家還是細皮嫩肉的好看。

沈驚春本來就無所謂這些，原本叫張大柱兩口子留在村裡，也是因為這村裡到底是方氏他們待了多年的，若是以後再回來，也方便有個落腳的地方，不至於一路舟車勞頓還要打掃環境，連口熱茶都沒得喝。

「還有修墳的事情。」沈驚春看向陳淮道：「依我看，也別修墳了，直接遷墳算了，墓園那一塊附近，倒是有塊地勢平坦的地，地方也挺大的，將我爹和婆婆的墳都遷過去。尤其是婆婆，乾脆從她老人家開始算，直接另起一支吧，以後就不跟陳家這群人算在一起了。」

她越想越覺得這個辦法可行。

陳家那群人當初不是死都不願意接納陳瑩嗎？現在就算是求著陳淮將他娘的墳遷回去，也得看他們願不願意、高不高興呢！

原本成親的時候，陳淮就自己提起要將戶口遷到沈家這邊來，但沈驚春沒同意。她嘴上雖然說著要招婿，可為的不過是方便照顧她哥，並非一定要人家當這個上門女婿，尤其是陳淮自己提起後，她就更加無所謂這個了。

因族譜上只會寫名字，並不會寫其他的東西，所以到目前為止，只有他們自家人和陳里正知道陳淮的戶籍還在原來那個破房子裡。當然，陳里正有沒有告訴其他人，沈驚春就不知道了。

當初的決定現在倒是方便行事了，要不然陳瑩不遷回陳家墓園，陳淮死後再埋在沈家這邊的話，那陳瑩就真的是孤零零一座墳了。

沈驚春這些在她看來很稀鬆平常的話，聽在陳淮耳中，卻讓他心中一酸。

看著他眼中湧動的淚意，沈驚春就有點受不了，這個男人哪裡都好，就是太容易被感動了，屁大點事情就總是感動得不行。

她趕快轉開了視線，朝自家老娘道：「既然要遷墳，我爹現在都已經過繼到五爺爺名下了，乾脆將他們的墳也都遷出來吧？我瞧著明榆是個聰明的，以後肯定要走科舉路子，趁著這次一塊兒把事情都辦完了，也省得等明榆以後大了再麻煩。」

「行，不過遷妳爹的墳咱們自家能作主，遷妳五爺爺他們的墳卻是要族裡同意的。妳年紀還小，這事不太好出面，等明天忙完了我去跟族裡說一聲吧。盡快把事情辦完，我們就動身去京城，省得夜長夢多。」

第二日一早，一家人就忙活開了。

沈驚春跟張大柱一群人去地裡將能收的棉花全都收了，方氏去族裡跟族老們商量遷墳的事情，陳淮則去了縣城準備買地。

他們家看中的那塊地雖然大，但是平山村人多，保不齊原本墓園這邊的地不夠了，大家就把主意打到那邊的地上去，所以乾脆直接將地買下來算了，反正山地比下面的荒地還不值錢，且陳淮現在還是個舉人，說不定買地還能有些折扣。

舉人的名頭果然很好用，以前即便是塞了錢，辦事都有點磨蹭的衙役們，現在幾乎是陳淮前腳剛到，後腳他們就派了人過來丈量土地。

像這種山地，三兩銀子就能買一畝，陳淮中舉又是解元，朝廷那邊有賞銀，他乾脆直接買了一百畝，囊括了山腳下墓園這邊的小半個小山頭。

到了晚上，方氏說族裡同意他們家這邊遷墳了，只不過五爺爺這邊，他還有其他的族親健在，所以就算是族老允許遷墳，也只能遷五爺爺兩口子的墳過去。

方氏巴不得這樣，這還給自家省錢省事。

所有事情辦妥後，陳淮那邊忙著應付縣城的各種宴請；方氏則專程去了廣教寺一趟，請大師們算了算，將動土的時間定在三天後。

到了正日子這天，一大早天邊就霞光漫天，一彎碩大的彩虹遠遠掛在蒼穹之下，而東翠山的西邊則出現了美輪美奐的佛光。

這兩個奇景同時出現，震驚了整個祁縣。

方氏雖然激動，但到底理智還在。

平山村一些人則是說什麼陳淮是文曲星下凡，他那親娘和岳父怕是託了他的關係上天當神仙去了，傳得有理有據。

沈驚春一陣無語，要不是她來自現代，知道這兩種自然現象都有科學依據，她都差點信了。

今日來幫忙遷墳的都是族裡人，本來就因為陳淮的原因態度特別好，經過一大早這兩大奇觀的事，遷墳的過程更是畢恭畢敬，全程都沒有一個人敢大聲說話。

遷墳就在一種肅穆到有些詭異的氣氛中完成了。

遷完墳，剩下的基本就是田地的事情了。

沈驚春直接去找了沈延東。自從出了辣椒地那件事之後，她就不愛找族長說事了，有什麼事沈志清能辦的就找沈志清，他辦不了的就找沈延東，反正就是不想找族長。

「家裡這些地，那五畝棉花地和五畝種了小麥的地，我自己留著，想請大伯幫著種，這些田都不用交稅，收完也只收四成租，大伯你看行不行？」

一般家裡有地的大地主要不就是家裡養著長工，要不就是雇傭短工種地，因為租出去的地要收七成的租，所以這年頭的佃農其實並不多。

沈族長一家子一直都幫著沈驚春種地，對她家的地也有一定的認知，雖然很想租這些地，可是遲疑了一會兒，還是道：「不如將這些地租給妳四叔種吧？」

沈驚春一愣。「四叔？沈延安？」她已經很久沒有聽到關於老宅那邊的消息了，而且沈延安這樣一個遊手好閒的人，怎麼可能靜下心來種地？

沈延東顯然也是清楚沈延安是個什麼樣的人，見沈驚春反應這麼大，自己都有點不好意思了，但還是開口幫沈延安解釋道：「延安這個人其實秉性並不壞。」

沈驚春當然知道沈延安人不壞，甚至可以說，他是老宅那一群人裡面唯一一個善良的人了。要換做一般人，沈延富得了天花，連他老婆、孩子都不跟去伺候，別人怎麼可能會去？

可沈延安在不知道自己可以免疫天花的時候就去了。

沈驚春奇怪的點只是在於，沈延安居然會種田？

「妳大伯去了之後，李氏就一直在鬧著分家，妳爺奶這些年的錢都供妳大伯讀書了，家裡看著風光，其實並沒有什麼錢，大房跟二房為了這事吵得不可開交，撕扯了不知幾次，最後以延安的退讓結束。家裡的良田都給前面兩房分了，他自己只得了幾畝下等田，和你們家原來住的那兩間倒座房。」

沈驚春一陣無語。

真不知道該說沈延安是太善良還是太蠢了，幾畝下等田能幹啥？現在沒了沈延富這個秀才免稅，忙一年下來除去本錢和糧稅後，他還能剩下多少？

「行，這事我再去找他說。還有另外的那些地，大伯你買不買？四兩銀子一畝，地還是掛在淮哥名下，可以免稅。還有牛車、騾車，這一去京城兩千里路，這些東西都不太好帶，我打算全都處理掉。」

沈延東一聽，眼睛就亮了。

免稅的田，哪怕是下等田，那也是好東西啊！更何況沈驚春家這些田還都是很不錯的田呢！先前那十畝只收四成租的田他可以拒絕，但這些田他是真的拒絕不了。

可五十畝田，四兩一畝也要二百兩，再加上牛車、騾車這些，只怕沒有三百兩是肯定拿不下來的。

他們家早早就分了產，家裡他們夫妻兩個和三個兒子都不是懶人，這些年也存了些錢，但是大兒子娶親花了不少，兒媳婦雖然有陪嫁，可他做不出那種惦記兒媳婦嫁妝的事來。本來今年跟著沈驚春種辣椒，是能存下錢的，可偏偏老三作死。

他們夫妻兩個早就將家裡的銀錢拿出來算了一筆帳，現銀不過二十兩不到，離三百兩那是差了十萬八千里。

可如果放任這些田從自己眼前溜走，他又實在不甘心，想了想遂咬咬牙道：「一時半刻實在是湊不出這麼多錢，要是可以的話，這田能不能也收四成租，讓我們先種著，等湊夠了錢再買地？」如同開不了口問兒媳婦要嫁妝銀子一樣，沈延東一樣開不了口讓沈驚春先將地給他們種，後面再慢慢還錢。

「這樣也行，不過我們去了京城，家裡的房子還要大伯多看顧才是，所以這田租就給三成吧。我們到了京城可能一年半載的也回不來，到時候會託人送信回來，攢夠了錢給我們送個信過去就是。」

沈驚春沒說什麼「地先種著，錢不用急」的話，親兄弟明算帳，人都說小恩養貴人，大恩養仇人，即便是親戚之間也是如此。有的時候過於大的恩情反倒會讓對方養成一種習慣，一旦哪次別人需要你的幫助，你沒幫，那麼在他心中就會變成你的不對。

沈延東這次沒拒絕，滿懷感激地朝沈驚春道了謝。

從族長家出來後，沈驚春直接拐到了老宅那邊。

原本當初剛回平山村，老宅給她的感覺就是過於安靜，現在沈延富死了之後，大房跟二房之間的雞飛狗跳，反倒是讓這座宅子多了幾分生活的煙火氣息，隔得老遠都能聽見李氏的大嗓門。

老宅的大門虛掩著，伸手就能推開，沈驚春卻沒推門，只站在門外高聲喊：「四叔在嗎？我是沈驚春，找你有點事！」

門裡李氏破口大罵的聲音戛然而止，一陣急匆匆的腳步傳來，大門被人拉開，露出李氏那張大盤子臉來。

這麼幾個月沒見，老宅三天一小吵、五天一大吵的狀態，李氏居然還能長胖，笑起來下巴上的肉都要疊出三層來了。

一見沈驚春，李氏就滿臉笑容地道：「哎呀，是驚春來了啊？快進來坐坐！餓不餓啊？鍋裡剛蒸好了白麵饅頭，我給妳拿兩個吃！」

「不用了，我找四叔的，他在家嗎？」

沈驚春禮貌地微笑，順便往後退了一步，視線越過李氏碩大的身軀，往院子裡看。

這麼久沒來老宅，裡面似乎與上一次看到的時候並沒有什麼區別。

李氏被沈驚春拒絕，也不生氣，張嘴就準備喊閨女出來陪沈驚春說說話。用村裡那些婦人們的話來說，沈驚春現在是手裡漏點出來，就夠他們一輩子的嚼用了，所以適時的低頭那真的沒什麼。

她剛喊了一聲，裡面沈延安就低著頭快步走出來了。

出了門也只是看了一眼沈驚春，就往一邊沒人的角落裡過去了。

辣椒地被毀的時候，沈驚春讓沈志清去叫村裡的青壯年，也不知道是他沒叫沈延安，還是沈延安自己不肯去，反正沈驚春沒見著他。

與李氏的情況截然相反，這麼久沒見，沈延安整個人都瘦了幾圈，原本還算壯實的身形現在簡直單薄得像張紙，周身都籠罩在一種莫名的喪氣之中。

沈驚春看了眼還在老宅門口探頭探腦的李氏，飛快地闡述了一下來意。

沈延安想也不想就拒絕了。「多謝妳的好意，不過不用了，我不想在村裡繼續待下去了，正好有朋友在鏢局那邊，說是最近在招鏢師，我學過幾年拳腳，打算去試試。」

既然沈延安不想種田，沈驚春也就沒多廢話，直接又去了族長家，將那十畝地也一併託付給了沈延東。

沒過兩天，家裡東西全部打包好，一家人在一個天還沒亮的清晨安靜地離開了平山村。

家裡的大件東西一樣都沒帶，但因帶了許多棉花和辣椒之類的物件，光是馬車就雇了好幾輛，靠掛在一個往京城去的商隊裡。

因著商隊還要去慶陽收提貨，所以一行人也要跟著一塊兒去慶陽，在那邊待上兩天，再從慶陽的貨運碼頭跟另外一支商隊會合後一起登船，接著一路順著運河去往京城。

這也是為了安全著想，現在雖然是太平盛世，但是難免會遇到匪徒，人數越多的商隊，那些匪徒越是不敢動手。

聯繫船隊的事情，有靠掛的商隊一併解決，只要交夠了銀子即可。

沈驚春好歹也是往返過一趟慶陽的人了，再一次坐上通往慶陽的馬車，對那種高強度的顛簸居然有了一種詭異的適應感，陳淮更是遊刃有餘。

方氏和兩個小丫頭卻是有點暈車，一天的馬車坐下來，直接吐了七、八回，搞得整個車廂之中都是一股怪味。

等到四、五天的路趕下來，車隊停在慶陽的碼頭時，方氏整個人都虛弱得不成樣子，反倒是一開始暈得七葷八素的白露和小雪已經適應了那種高強度的顛簸，臉色好看了不少。

「接下來兩天大家可以自由行動，第三天辰時船隊會在慶陽碼頭靠岸停一上午，未時之前出發，所以大家一定要記好時間，如果錯過了時間，船隊是不會因為你們個人的原因停下來等的。」商隊的管事站在兩個大箱子上高聲囑咐眾人。「沿著碼頭這條街道過去沒多遠，有一家名叫遠方來客的客棧，是我們商隊往來常住的客棧，在慶陽沒有房子的可以到那邊看看，離碼頭也近，後天登船方便。」說完這些，就跳了下來，朝陳淮笑道：「陳舉人去了客棧之後報我李老四的名字就行，掌櫃的給你們安排的一定是舒適的房子。」

陳淮朝他一拱手道：「如此就多謝李大哥了。」

當即，在慶陽有房的都回自家去了，沒房的也排著隊往李老四說的那間客棧趕。

陳淮在慶陽雖有一間小院，但位置卻在城南，而這座客似雲來的貨運碼頭卻在慶陽城外的東北方向，到時候往這邊來又是一件麻煩事，且那間小院子也住不下這麼多人，索性就直接去客棧安頓下來，到時也方便行事。

這間叫遠方來客的客棧做的就是碼頭來往商隊的生意，早早就有數名夥計等在門口接待，車隊一停，就迎上前來詢問。

張大柱等人到底是鄉下來的，到過最遠的地方不過是祁縣，一下子到了慶陽，有點不習慣這樣的大場面，行為難免有些畏首畏尾。

陳淮也沒指望他們下去跟客棧的人交涉，好在前面的車上已經有人下了車朝那夥計說話。

「咱們這一行人都是李四爺介紹過來的。」

那夥計一聽，臉上的笑容就燦爛了兩分，忙道：「原來都是四爺介紹來的，快裡面請！

不知道諸位貴客一行多少人？咱們好安排住宿。」

那人道：「咱們人多，不知道貴客棧可還有空著的院子？」

「有的有的！貴客請先進門，馬車自有人安排妥貼。」

沈驚春這邊將兩個小的抱了下來，另一邊豆芽也將方氏扶著下了馬車，張大柱等人則待在車上看著車裡的東西。

一行人進了客棧的大堂，那夥計一開口，掌櫃便道：「貴客們來得倒是巧，單獨的院落還有兩處，一處大些能住人的屋子有八間，一處小些的只有四間房。」

大暑還留在陳家院子那邊，沈驚春這一行大大小小共十六人；另一邊也是一大家子，人數比沈驚春這邊還多些，足足有二十三人。

大家都是去京城的，有一路同行的情分在，日後說不定能常來常往，那一家子有心想跟陳淮這個舉人結交，可又實在不想一家人去擠小院子或是分開去住客房，正猶豫間，便聽陳淮道——

「煩勞掌櫃給我們安排小一些的院子。」

像這種專做往來客商生意的客棧，別的不多就是床多，四間房雖然住不下全部的人，可也能勉強擠下大半，他和沈驚春直接去自家院子住兩晚也使得。

陳淮主動開口，自然再好不過。

跟著領路的夥計到了客棧後院，張大柱等人早已跟客棧的夥計等在那邊，確定好住哪個院子之後，一行人就飛快地往院子裡卸東西。

來的路上沈驚春就交代了，客棧的東西不一定乾淨，到了地方之後，要換上自家帶的被褥。

大雪等人在外面雖有些畏首畏尾的，但進了院子之後第一時間就開始動作起來，鋪好了床，就扶著方氏休息去了。

沈驚春站在外面看著夥計們卸貨，忍不住朝陳淮道：「我想了想，以後等你考完當官，咱們家總歸還是要添下人的，與其到時候到了京城再買，還不如直接在慶陽買了帶過去，不過是多花些路費罷了。」慶陽買的下人，到了京城之後人生地不熟，總歸會對他們家忠心一些。

陳淮笑道：「妳想得倒是周全，那等會兒吃過午飯，我們就喊輛馬車來，直接去西城區的牙行看看吧。」

西城住的都是權貴，人口買賣的質量自然要比其他城區的牙行高得多，從那邊發賣出來的，幾乎全都是調教得差不多、買回來就能直接用的人。

吃了頓簡便的午飯，二人交代了張大柱等人一聲，就直接出門往西城去了。

西城雖說住的都是權貴，其實也有家境豐厚的書香世家，街道比南城那邊要開闊不少，但路上行人卻不如那邊多，尤其是路邊的小攤販，這邊更是看不見。

馬車很快就穩穩地停在了西城牙行的門口。

進了門，裡面的牙郎也不如南城表現得那般熱情，態度可以說得上是不卑不亢，先不問二人有什麼需求，反倒是雙方落坐之後，第一時間叫店裡的夥計上了兩盞熱茶、一盤子點心。

沈驚春是吃不慣這個朝代的茶的，點心又有些乾，也就坐著沒動。

陳淮呷了一口茶，才道明來意。

來的路上夫妻倆就商量好了，家裡如今這幾個人，大暑現在看著不錯，人也還算機靈，就是吃了沒見過世面的虧，缺的就是個歷練。其他幾個小丫頭也大多如此，她們缺的就是個能夠調教她們的人。

因此這次準備再買一男一女，最好是年輕一些、二十來歲左右、懂大戶人家規矩的最好，這樣的人換了地方更容易對新主家產生歸屬感。若是實在沒有，那只能多花些錢買個男管事和老嬤嬤了。

那牙郎聽了他們的要求，想也沒想就道：「客人來得巧，昨日正有一批犯官家裡的奴僕送來要發賣，其中有幾人倒是符合要求。客人稍坐一會兒，喝點茶水歇息一番，小人叫人去將人帶過來看看。」

陳淮朝他一頷首，牙郎便走到後院入口，朝外面的夥計交代了一番。

不一會兒，後面便有夥計領著十來人進了前廳。

一般像這種府裡下人全部被發賣的，最輕也是個抄家流放的罪名，因此一眾人員除了身上穿的，其餘任何東西都是不准帶出來的。

被夥計領出來的這十幾人，瞧著頗有幾分狼狽，大約是因為只有身上穿的這套衣服，沒有其他換洗衣物的原因，這一行人臉上、手上雖然看著乾淨，但衣服上卻有些污漬。

七、八個男人倒還好，看著就是大戶人家府裡當差的打扮，但這些女人身上的衣物瞧著比沈驚春還要好上不少。

一行人進了廳堂，也只在走動的時候抬頭看了一眼買家，就微垂著腦袋走到前面，一字排開站好了。

「這些都是符合陳公子要求的人，男的原來都是在府裡老爺、少爺身邊當差的，女的都是府裡太太、姑娘們身邊的大丫鬟。因人才送來，具體的事宜這邊還沒有詳細瞭解，陳公子您看是你們自己問，還是我來替你們問問？」

陳淮道：「我們自己問就行。」

牙郎點點頭，就坐在一邊喝茶不語了。

沈驚春便朝那幾名女人道：「妳們原先在府裡都在什麼人身邊當差？領的是什麼差事？」

女人們從左到右開始回答，態度十分恭敬謙卑。

幾人都是大宅院裡歷練出來的，自問看人還有幾分準頭。

現在慶陽府裡大戶人家買人，都是叫牙郎把人領到府裡去挑，親自到牙行買人的，尤其還是西城這邊的牙行，肯定都是新起來的人家，且被帶來的都是大丫鬟，更加證明這一點。

這對這群丫鬟而言無疑是一個機會，因此都變著法子表現自己。

沈驚春聽她們一一敘述完，首先就排除了幾個以前幫忙管著首飾、衣物的。他們家目前也就這點事，她更是沒有多少首飾，自己管著就行了，哪用得著專門的人來管？

那幾個被剔除的丫鬟一時間都傻了；而剩下幾個雖然竭力掩飾，可還是不難看出臉上的喜悅來。

餘下幾人原先不是管著日常起居，就是管著針織、繡花，沈驚春想了想，就把管日常起居的又給剔除了。

這樣一來，就只剩下了三人，其中兩人更是卯足了勁想叫沈驚春選自己。

不想沈驚春手一抬，指著一邊沈默不語的一個道：「就她吧。」

別說其他的丫鬟不敢相信，連那名被選中的丫鬟自己都有點不可置信，瞪大眼睛呆了一瞬，就反應了過來，直接跪下來給沈驚春磕了頭。

沈驚春這邊選好，陳淮那邊就簡單了，他要的不過就是個能帶出去的人，因此隨便問了幾句，就指了一個二十出頭、還未婚配的人。

等將需要的兩人定了下來，牙郎便讓人將剩下的人帶了回去。

不需要兩人親自去府衙處理，牙郎直接將手續給辦齊了，賣身契和籍契都交到了二人手中。

出了牙行的門，夫妻倆就帶著新買的兩個下人先去了一趟南城自家小院，接了大暑一起，又重新帶著人回到了貨運碼頭那邊的客棧裡。

「咱們家人口簡單，上面只有我娘，一路舟車勞頓，如今還在歇著，稍晚些等她起來再拜見不遲。這是我大哥，你們稱大爺就是。」沈驚春指著沈驚秋道。

新來的兩人雖然不明白為什麼不是稱「舅老爺」，但主家的事，做下人的也不好多問，當即便口稱大爺。

餘下幾人就是徵得家中長輩同意去京城做事的沈志清和豆芽還有沈明榆兄妹，一一介紹了一番。

等人都介紹完，又給新來的兩人改了名，女的改名叫夏至，男的改名叫冬至，又說以後家裡其他人要兩人帶著教些規矩。

大暑以後則調去沈驚秋身邊當差。

交代完了事情，看著天色也不早了，沈驚春乾脆跟陳淮又回到了陳家小院。

第二十三章

第二天一整天，沈驚春夫妻兩人就在家裡待著，哪兒也沒去。

等登船這日，早早地雇了馬車去了客棧，才發現院子裡的氣氛有點不對勁。

豆芽見到沈驚春來了，不由得狠狠地鬆了一口氣，鬼鬼祟祟地將她拉出門才小聲道：「可尷尬死我了！張叔夫妻兩個和小暑、小雪還好些，沒什麼特別的反應，我看大暑倒是很不服氣調到大哥身邊去呢！還有白露和大雪，原本兩人就暗地裡別苗頭，面和心不太和，現在這個夏至一來，倒是一致對外了，暗地裡排擠夏至呢！」

豆芽好歹是在宣平侯府的後宅待過的，一下子就發現了平靜表面下的暗流。

「鬧起來了？」沈驚春問道。

大暑幾人排擠新來的夏至和冬至，沈驚春倒是不覺得奇怪。

本來就都是年紀不大的少男、少女，考慮事情未必有那麼周全，況且夏至、冬至這個情況，相當於現代職場裡的空降了。老員工兢兢業業上班，還以為主管之位必定是手到擒來，結果卻空降個人下來，恐怕任誰都沒法兒一點也不計較。

「那倒是沒有。」豆芽搖了搖頭。「白露本來是想去乾娘面前說的，但是夏至不知道跟她說了什麼，我看她雖然很不服氣，但到底後面沒去提了。」

「沒鬧起來就行，不用管她們，妳就當不知道這事。從慶陽到京城，一路也要好些天呢，讓她們自己適應適應，等到了京城要是兩個小丫頭還轉不過彎來，以後就跟著張大柱去種地吧，也不用待在我娘面前伺候了。」

豆芽點點頭表示知道。

接下來的日子，豆芽說不管就不管，後面就算白露她們不敢去找方氏主持公道，轉而鬧到她面前來，豆芽也只裝作不知道，打哈哈糊弄過去。

幾次下來，也不知是不是小雪背地裡勸過她姊，反正這個大雪是消停了，開始老老實實跟著夏至學規矩，唯有白露和大暑還有些不服氣。

兩個商隊併到一起之後，隊伍一下子擴大了一倍不止，人一多船隻空間就有些緊湊，但沈驚春捨得花錢，再加上陳淮好歹是個舉人，李老四願意賣他個面子結個善緣，沈家一行人便單獨占了一條二層高的小貨船。

在船上閒著無事，沈驚春便整日裡一邊在甲板上曬太陽，一邊觀察家裡這些下人。

慶陽外這條運河可以直達京城，水路上一走就是二十多天，終於在十月之前抵達了京城。

他們跟著的既然是商隊，那麼自然不能在客運碼頭停靠，幾十條大大小小的船排著隊往貨運碼頭那邊靠。

前面專門運送貨物的大船裝的東西多，李老四便直接叫後面跟著的這些稍小一些的船先靠岸。

這回跟著一起從慶陽過來的，都是些來京城做生意的小商賈，唯有陳淮一個有功名在身，眾人便讓他家包的那條船先行。

陳淮立在甲板上朝周圍船上站著的眾人拱手道謝，也沒客氣，直接就叫船伕們讓船先行靠岸。

岸上人來人往、摩肩擦踵，全都是人，站在船上遠遠地就能瞧見遠方京城的輪廓。

船一靠岸，便有許多牙人一擁而上，嘴裡不停地說著話招攬生意。

方氏一行人出了船艙，全站在了甲板上，看得頭皮一陣發麻，這人也太多了些！

沈驚春正猶豫間，便聽不遠處似乎有人在喊自己。

她舉目望去，瞧見那群牙人後面，有兩名年輕人正蹦跳著往這邊招手，嘴裡還不停地喊著——

「可是慶陽府祁縣來的沈驚春沈娘子？」

雖然周圍嘈雜的聲音將那兩人的喊聲遮蓋了不少，但因為兩人持續不停的喊著，倒是勉強能將這話聽個囫圇。

夫妻二人對望一眼，都有點莫名其妙。

沈驚春在京城的熟人滿打滿算也就宣平侯府，但她怎麼可能聯繫徐家呢？

陳淮在京城更是一個熟人都沒有，且即便有熟人，夫妻兩人也都不是喜歡麻煩別人的人，根本沒有通知任何人來接。

但對方又能夠明確地叫出沈驚春的名字。

陳淮有些遲疑地說：「難不成是宣平侯知道妳回京，叫人來接妳？」

沈驚春一臉見鬼的表情。「怎麼可能？他就算念著以前那點父女之情，也不可能這麼光明正大地叫人來接啊，崔氏可不是個好相與的。再說了，宣平侯府的人怎麼可能叫我沈娘子？」

「那倒是。多想無益，乾脆把人叫過來問問。」

冬至一直跟在陳淮身邊，聽他這麼一說，當即便朗聲朝圍過來的牙人喊道：「還請諸位兄弟讓讓，後面有人來接！」

牙人們一聽，立刻便如潮水一般又退了回去，往另外幾個停靠的碼頭去拉活了。

後面那高聲喊叫的兩個年輕人逆著人潮擠到了運河邊時，已經滿頭大汗。「小人程江、程河，問沈娘子、陳舉人安。」

「姓程？你們是程太醫府上的？」

程江道：「正是。這邊說話多有不便，小人先去喊人過來搬東西，咱們上了馬車再說。」

程江說完話，兩兄弟就分別往兩個方向跑去喊人了，沒多久，就又領著一群人，趕著八、九輛車過來了。

程太醫派來接人的，都是些身強力壯的青壯年，沈家帶的東西本來就不太多，很快就卸完了。

眾人分別坐上馬車，程江趕著車往城門那邊走。

過了碼頭這一段最熱鬧的地段，周圍嘈雜聲遠去，他才道：「前些日子陸老爺來信，說娘子一家已經動身往京城來了，託我家老爺幫忙找個落腳的地方。」

陸昀的年紀雖然比程遠之大一輪，但兩人卻是平輩相交，這陸老爺指的自然就是陸昀。

沈驚春聽見這話便問道：「原來如此。可程太醫怎麼知道我們今日到？」

程江笑道：「我家老爺也不知曉娘子具體哪天到，便叫我們府上的人這幾日都候在碼頭上，瞧著是慶陽那邊方向來的大船隊就間上一問。」好在他們運氣還不錯，才等了三日，就等到了沈驚春一行人。

沈驚春道了聲謝，將這恩情記在心中，又想著等會兒到了地方，要拿些銀子給程江等人吃酒，畢竟連著幾天蹲在碼頭邊也是個辛苦活。

京城不愧為京城，遠遠看著就覺得這城廓連綿不絕，城市占地面積絕不會小，等馬車行至城門外，更覺那城牆比慶陽城要高上不少，沈驚春目測了一下，起碼有三層樓那麼高。

兩個小的被沈驚春帶著坐在一輛馬車上，一路上不停地發出驚嘆聲。

到了城門口，速度就慢了下來，馬車需要排隊檢驗身分才能進城，等到馬車徹底停下後，沈驚春掀開簾子一瞧，便見馬車已經到了護城河外，不遠處沿著運河進來的一條支流，穿過城牆通往城裡。

程江見沈驚春掀著簾子方便兩個小孩探頭出來看，便笑著介紹道：「這是汴河南岸的一道角門，叫做東水門，沿著城牆往那邊走是朝陽門，等閒是不開的，進出都要走這東水門。」

沈驚春穿越過來之後雖然有原主的記憶，但這記憶卻需要細想才能想得起來，如今聽到汴河二字，腦子裡就浮現以前的記憶。「這京城可是稱作汴京？」

程江道：「不錯，因這汴河橫穿而過，的確有人稱作汴京，不過更多的還是稱作東京。自從太祖奪了天下，就將都城東遷，如今那前朝國都被稱作西京。」

程太醫是知道沈驚春原先是宣平侯府的大小姐的，但這些事情他並未與家裡人說，程江不知道這些事，聽沈驚春問起，倒是解釋得很詳細。

沈驚春一時間來了興致，往車門處移了過去，與程江閒聊起來。

程太醫二十多歲就被選拔進了太醫院，程江、程河兩兄弟是程家的家生子，更是在京城出生，從小生活在這座城市裡，可以說除了皇城外，就沒有這兩兄弟不知道的地方。

對於沈驚春的各種問題，程江簡直知無不言、言無不盡，聊天的雙方，一個說得暢快、一個聽得開心，氣氛無比和諧。

等排到他們檢查進城，沈驚春已經將這座他們即將要生活的城市瞭解了個大概，知道這城裡什麼酒樓生意最好，城裡哪家布莊性價比最高，城裡的寺廟、道觀哪家香火最盛。

到了城門下，程江下車去同門吏交涉，那檢查的門吏一看是提前進京趕考的舉人，態度都溫和了一些，只掀開幾輛車的簾子瞧了瞧，核對清楚了路引和戶籍就放了行。

馬車一進城，就更熱鬧了，人來人往絡繹不絕，街道開闊，起碼可容五、六輛馬車並行都沒問題，兩邊商鋪林立，街道邊上還有各色小攤販。

程江一邊趕著車、一邊道：「這街道還不算寬的，等安頓下來得空了，娘子可以帶家人去御街那邊看看，那街道才算寬呢，足足有三十多丈寬。」

沈明榆吃驚得瞪大了眼睛。

沈蔓則是直接驚呼出聲。「那麼大?!」

小孩子童真有趣，驚呼的聲音都格外可愛。

「姑姑，咱們能去看看嗎？」

沈驚春不太瞭解街道分布，看著沈蔓渴望的眼神，便問程江。「咱們去御街順路嗎？」

程江搖了搖頭。「不順路呢，陸老爺信裡說安排了陳公子在春闈前去國子監讀書，咱們老爺幫忙找的房子在高橋附近，不過距離御街也不算遠，等會兒安頓下來，可以去看看。」

去國子監讀書？陳淮聽到這兒，一下子被自己的口水嗆住，猛烈地咳嗽起來。

沈驚春一邊給他拍著背，一邊忍不住嘀咕道：「這陸先生真的是想一齣是一齣，怎麼也不先給你打個招呼？」

陳淮順了氣，緩過勁來，這才道：「這事怪我，說起來老師以前確實跟我說過的，只不過我想著等咱們進京也不知道什麼時候了，春闈將近好好在家靜心溫書也就是了，實在沒必要再去國子監，也就拒絕了這事。我早該想到的，以老師的脾性，認準的事情那是十頭牛也拉不回來的。」

外面的程江聽著這話，不禁有點傻了。

這國子監可是全國上下的讀書人夢寐以求的地方，遠的不說，就說這京城裡面，多得是權貴家的子弟想進去都進不去呢！

這陳舉人居然把到手的機會往外推？實在是有點匪夷所思啊！

接下來一路，程江都在想這個問題，也不怎麼說話了。

街上行人車馬雖多，但因街道寬闊，這一路走過來倒是沒有出現塞車的問題，馬車一路走著，終於到了落腳的地方。

這是一處主街道旁邊的小巷子裡，兩邊都是宅院，程江停穩了馬車，就跳下車拿著鑰匙開了院門。

沈驚春先一步下車，將兩個孩子往下抱，這才往院子裡走。

程江也沒急著去幫忙卸東西，反倒解釋道：「這城裡人太多了，住的地方不太好找，陸老爺信又來得急，我們老爺也不知道娘子一家具體哪天會到京，怕到時候沒有落腳地，一時間只能找了這麼個地方。」

「有個落腳的地方已經很感激程太醫了。」

沈驚春到了院子裡看了看，這是個兩進的院子，屋舍建得很緊湊，院子裡靠前的地方有口井，旁邊是一小塊還空著的菜地，其他的地方都鋪著石板，樹木什麼的是一棵也沒有，整個院子打掃得非常乾淨。

程河已經帶著人開始往下搬東西，這些馬車只有兩輛是程府的，其餘的全是在碼頭那邊車馬行裡租過來的，東西搬下來後，人家還要回去繼續做生意。

程江領著人往裡走，到了二進院子，指著中間兩間房間道：「我家老爺特意找的沿街的院子，這兩間房鎖上後門就是個獨立的鋪子，也是陸老爺交代的，說是娘子進京之後可能要做生意，也省得再另外找地方麻煩了。」

院子裡各屋的房門都開著在透氣，站在外面一眼就能透過開著的小門看到另外一邊的大門。

沈志清已經幾步進了屋子，拉開門栓就開了門。

門外的景象一下子就展現在幾人眼前。

外面這條街道，雖不如他們剛進城時那條街道寬闊，但也不差，行人很多，這鋪子的門忽然打開，還引得外面行人駐足看了過來。

夫妻二人都沈默了。

程江看看沈驚春，又看看陳淮，發現氣氛不太對，遲疑著從懷裡摸出兩樣東西遞給沈驚春。

她接過一看，一眼就看到上面寫著碩大的兩個字——房契。

沈驚春面無表情地看了一眼陳淮，默默地將手裡的書契遞給他。

真的離譜，簡直離離原上譜！

幫著找房子就算了，還能幫著買房子？地契、房契一應俱全！

而且幫著買房子就算了，上面寫的還是沈驚春的名字！

不能理解！

這到底是陸昀幹的事，還是程遠之幹的？

陳淮看著這兩份書契，也沈默了。

這種書契上買賣雙方是誰、多少錢買的、經手人是誰，一般都寫得清清楚楚，這兩份書契也不例外，上面清清楚楚地寫著這房子的價格是四千兩。

沈驚春看到價格的同時，腦子裡已經開始在算自家有多少錢了。

錢都是她收著的，如今不算個人手裡的散碎銀子，她手裡那些整錢，滿打滿算也就二千兩出頭。

陳淮表面上看著倒是比沈驚春穩得住，可捏著兩份書契的手卻用力到指關節發白。他深吸了一口氣後，問道：「這個錢是我老師給的，還是程太醫給的？」

程江回道：「這個小人不清楚，還得回去問問我們老爺才知道。」

外面程河已經領著車馬行的人將沈家的東西全部卸了下來，結清了車資後將人送走了。方氏跟豆芽等人一直在旁邊等著行李，看到程河給錢，便進來把這事跟沈驚春說了。

那麼多馬車，光是車資就給出去五兩銀子。

以前沈驚春是完全不將這點銀子看在眼裡的，但現在聽到這個，只覺得肉痛。

程江出去看了看，見時間也不早了，就準備告辭。「那沈娘子，我們兄弟就先走了。我家老爺之前交代了，留一輛馬車給你們先用著。」

沈驚春心在滴血，臉上還不得不露出得體的笑。「這幾天辛苦你們了，小小心意，兩位兄弟拿去吃茶，也幫忙給程太醫帶個話，等我們這邊都收拾妥當了，再登門拜訪道謝。」

她心痛地摸了塊十兩的銀子塞到了程江手裡。

程江嘻嘻一笑，沒推辭，謝過沈驚春後，兩兄弟就拿著銀子，駕著馬車走了。

等人一走，沈驚春的臉就垮了下來。

外面鋪子的門又被關了起來，這邊院門也關上，一家人跟一大堆行李就杵在院中。

沈志清忍不住問道：「妹子，剛才那個是房契？」

沈驚春露出一個比哭還難看的笑來。「是啊，一個價值四千兩的房契。」

四千兩?!所有人都驚愕得說不出話來。

在鄉下，一個人一輩子能不能掙到四十兩還是兩說，這四千兩也太嚇人了!

方氏聽到這個數額，手都忍不住抖了起來。她顫抖著解下了腰間的錢袋子，蹲下來把裡面的錢倒了出來，裡面是沈驚春給她零花的幾兩碎銀子和一些銅板。

方氏扒拉了一下後，一屁股坐了下來，喃喃道：「閨女，妳不是在京城還有三百畝地嗎？咱要不把這房子再賣出去，去妳那些地附近買塊宅基地建房子吧？這四千兩的房子，我真的住著都睡不著啊！」

何止方氏睡不著，就是沈驚春自己都覺得睡不著啊！

沈驚春拍了拍臉頰，試圖讓自己清醒一點。「你們先把行李收拾一下，我出去一趟。」

她找到自己的行李，扒拉了兩下後，拿著個小盒子就往外走。

陳淮遲疑了一下，也從自己那堆行李裡扒出個小盒子，兩步就跟了上去。

夫妻兩個走出去很遠，他才問道：「妳去哪兒？」

沈驚春看了看他手裡的盒子，就知道他猜出自己的意思了，因而回答道：「你去哪兒，我就去哪兒。」

上輩子末世的時候，他們基地裡有個妹子無意間開啟了玉鐲空間，偏那妹子是個很張揚的人，總是有意無意的炫耀，這件事後來被人發現了，妹子被殺，玉鐲被搶，還掀起了一陣空間潮。那段時間，所有人幾乎看到玉製品都要滴血認主一下。

沈驚春當時雖然已經覺醒了異能空間，但她的空間是沒法裝活物和種植的，而那所謂的玉鐲空間卻相當於一個小世界，所以她也跟隨潮流收集了一些玉製品，後來這些東西雖然沒能開啟空間，但是因為她的空間夠大，也就沒丟，隨手收在了空間的角落裡。

到後面經歷了幾年末世，每天都活得提心弔膽的，她自己都忘記這個事情了，還是準備出發來京城之前，她將材料房裡那些黃花梨偷偷收到空間裡時，無意間在角落翻出了這些玉製品。

「淮哥，雖然我很理解你的心情，但我不得不提醒你一下，你這些東西可都是不能見光的。鬼知道現在還有沒有人注意著很多年前的那件事，本來現在還沒人注意到你，要是因為這些東西被人盯上，可就得不償失了。」

陳淮捏著盒子的手緊了緊。

他並不覺得自己是個吃軟飯的小白臉，沈驚春會賺錢，而他會讀書，夫妻二人相互扶持，不存在誰強誰弱。他努力讀書進學，以後當官給媳婦掙個誥命，兩個人都在各自擅長的事情上發光發熱。

可現在他媳婦為了這個事情要去典當飾品，他忽然有些無法忍受了。

沈驚春見他沈默著不說話，到底語氣還是軟和了一些，也不管現在還在大街上，直接就伸手挽住了他的胳膊，低聲道：「你沒必要覺得愧疚或者對不起我什麼的，四千兩對我而言其實並不算多，只是我一時間拿不出這麼多來。債多了容易壓得人心煩氣躁，這才想著去典當些東西，湊夠了錢先把債給還了。看到這些東西，我就想到當初被趕出宣平侯府時的狼狽，忍到現在沒把這些東西砸了都是我養氣功夫好了。我可等著你以後當官出息了買新的首飾給我呢！」一見手一挽住陳淮的胳膊，他的耳垂就紅了，沈驚春就想笑，臉上還裝得一臉正經的開始胡說八道。

即便本朝民風開放，但這樣當街摟著男子胳膊的舉動也不常見，因此路上行人的視線時不時就往兩人身上瞄。

陳淮被人看得俊臉微紅，抿著嘴，抱著小匣子的手收得很緊，到底還是捨不得將胳膊抽出來。

還是沈驚春要去問路，這才主動鬆開了他的胳膊。

早在前朝，官話就已經很普及了，他們從南邊過來，也只是口音上與本地人有些不同。古代這種大城市，街道基本都是直直的一條，哪怕這東京城不實行坊市制，但街道還是直的，所以路很好認。

京城最大的當鋪就在御街過去的西大街上，過了高橋後筆直的一條大路就能到。

夫妻二人都是第一次到京城，到了大街上也沒攔車，直接肩並著肩，一路走、一路看，走了小半個時辰，總算是看到了程江說的那條御街，果然十分寬闊，用巨大的石板鋪就而成，行人只允許走兩邊的道路，中間的道路並不許走人，瞧著氣勢非凡。

夫妻兩人看了幾眼，就對這御街失去了興趣，直接走了過去。

到了御街的另外一邊，遠遠地就能看見之前那路人說的當鋪了。

兩人正要抬腳往那邊走，一輛馬車突然停在了二人身邊，那車簾子被人掀了起來，一道溫婉的聲音傳至二人耳中——

「驚春？果然是妳！妳回京了？」

沈驚春拉著陳淮往後退了兩步。

車伕跳下馬車，將車轅上的腳踏拿了下來，車簾子一掀，兩個梳著雙環髻的婢女先下了車，隨後又扶著另一個戴著帷帽的人走了下來。

沈驚春看著她們，沒說話。

「怎麼，這才一年多沒見，就聽不出我的聲音了？」戴著帷帽的少女掀起了帽子上垂下來的薄紗，露出一張清麗的臉來。

沈驚春一看到這張臉，腦子裡就自動浮出了一個名字。「姜瑩瑩。」

姜瑩瑩嬌嗔一聲道：「不然妳以為是誰？」她手一鬆，帽子上的薄紗就又垂了下來，她有些不耐地扯了一下，兩邊的婢女還沒來得及出聲，她已經一把取下了帽子，舒了口氣，才看向沈驚春身邊的男子問道：「這位是？」

沈驚春見她眼中閃過一絲驚豔，但眼神很清明，介紹道：「這是我夫君，姓陳，陳淮。」

不等沈驚春向陳淮介紹姜瑩瑩，就聽見少女驚呼一聲。

「妳成親了?!」她說著，雙手就纏了過去，緊緊抱住了沈驚春的胳膊。

「我這個年紀成親不是很正常嗎？有什麼奇怪的？倒是妳，我記得妳的婚期定在今年正月吧？」

姜瑩瑩撇了撇嘴，面上閃過一絲不屑，看了看周圍道：「這裡不是說話的地方，我們找個地方聊聊吧。一年多不見，我可想妳了！」

沈驚春本來是想拒絕的，可話到嘴邊，想到下次再碰到原主的熟人也不知道是什麼時候，就又把話給嚥了下去，一邊點頭答應，一邊將手裡的盒子遞給陳淮道：「淮哥你自己去吧，我這邊事情說完自己回家，你不用來接我了。」

陳淮點了點頭，抱著兩個小匣子不便行禮，只得朝姜瑩瑩一頷首算是打過招呼，轉身走了。

等他一走，姜瑩瑩就迫不及待地拉著沈驚春上車，吩咐車伕往最近的一家叫做狀元樓的酒樓趕。

沈驚春忙出聲道：「不用去狀元樓，就往前面走，在蔡河邊停下，我們沿著蔡河走走吧。」

狀元樓在京城可是有名的酒樓，遇到以前認識的人的機率很大，她可不想崔氏這麼快就知道她回到了京城。

姜瑩瑩想到京城裡各種不好聽的傳聞，一拍腦袋懊惱道：「行，那就去蔡河走走。」

蔡河離西大街很近，馬車才開始走了沒多久就又停了下來。

幾人下了車，姜瑩瑩不要兩個婢女跟得太緊，只讓她們遠遠地跟在後面，自己摟著沈驚春的胳膊在前面走。

姜瑩瑩看著是個端莊的世家千金，可實際話癆得很，不等沈驚春問她，自己就嘰哩呱啦地將事情事無鉅細的給交代了。

原先按照她家裡的打算，的確是今年正月就要成婚的，可偏偏在年後，她那未出嫁的堂妹姜蓉蓉卻有了身孕，孩子正是姜瑩瑩那未婚夫的。

「我都不知道說什麼了，本來我就不喜歡張弘宇那個小白臉，整天仗著他爹是張承恩，不把這個放在眼裡、不把那個放在眼裡的，不知道的還以為他姓張的是這東京城裡第一貴公子呢，我呸！要不是他爹是張承恩，誰知道他張弘宇是誰？」

沈驚春忍不住道：「妳堂妹嫁到張家了？」

姜瑩瑩搖了搖頭，又點了點頭，臉上有幾分幸災樂禍的表情。

「妳知道我三叔的，本來就是個庶子，如今只不過是個六品主事，張承恩怎麼可能看得上姜蓉蓉？說了要進張家的門可以，但只能以貴妾的身分進門。妳不知道姜蓉蓉當時的表情，那叫一個精彩繽紛！我祖父和三叔本來還想要鬧，可張承恩咬死了不鬆口，姜蓉蓉怕鬧到最後一拍兩散，畢竟男人鬧出這種事沒什麼，但她的名聲可就壞了，因此三叔也只能捏著鼻子認了。出了這樣的事情，我爹也不可能再叫我嫁給張弘宇了。」姜瑩瑩說完，又忍不住看向沈驚春。「一路上都是我在說，妳以前話可是很多的。妳這一年多過得怎麼樣？宣平侯府說妳想念親生父母，執意要回親生父母面前盡孝，當時滿京城的勛貴還傳妳孝心可嘉呢，可沒多久，就有流言說妳是幹了不光彩的事，被侯府趕出家門了。我不相信妳是這樣的人，為此還跟徐長寧吵過幾次。」

沈驚春聽了不由得冷笑一聲道：「我的確是被侯府趕出來的。妳也知道侯爺和侯府幾位公子從小跟我感情就好，徐長寧回到侯府後，他們對我的態度並沒有變，但徐長寧覺得是我搶了她的爹和哥哥們，就處處跟我作對。我那時候也被我是個冒牌貨的消息給驚呆了，就變著法兒地討好他們，希望能夠繼續留在侯府，結果被崔氏和徐長寧撞見過幾次，然後就變成徐長寧說我身分被拆穿了，想著勾引世子，崔氏將世子看得跟眼珠子一樣，怎麼可能讓我得逞？於是就把我趕出去了。」

姜瑩瑩直接呆住，握著拳頭狠狠一揮，恨不得這一拳直接打在徐長寧的臉上，惡狠狠地道：「可惡！這個徐長寧居然這麼惡毒？下次看到她，沒她好果子吃！」

沈驚春本來還覺得姜瑩瑩是個陌生人，但這一路說著話走來，再加上姜瑩瑩聽了她的事情後這麼義憤填膺，倒是對姜瑩瑩生了幾分親近。「算了，沒必要。我跟侯爺到底是父女一場，徐長寧是侯爺的親生女兒，妳針對她，侯爺面子上也不好看。」

姜瑩瑩嘆了口氣。「妳還是這麼善良……對了，妳跟妳夫君是怎麼認識的？雖然才第一次見面，但我覺得他人看起來滿好的耶！」

陳淮長得好看，氣質絕佳，雙目清亮有神，雖然是清冷的長相，但極易讓人產生好感。沈驚春穿越過來一年多，一直都忙著掙錢養家，豆芽雖然被方氏認做義女，但她與沈驚春相處起來，始終覺得自己是個丫鬟，二人關係雖親近，卻不是閨密間的那種親近。

姜瑩瑩是第一個跟她走得這麼近的妹子，兩人現在的狀態很像在現代的時候她跟閨密逛街的樣子，況且跟陳淮的相遇也沒什麼不能說的，因此便把相遇的過程給說了一遍。

姜瑩瑩腦洞清奇，聽完沈驚春的敘述，第一反應不是陳淮好可憐，而是——

「妳夫君的命也太好了吧？上輩子肯定做了不少善事，這輩子才這麼幸運能被妳救到！我真羨慕他！」

沈驚春滿臉黑線。「妳夠了，妳小時候也被我救過。」

「哈哈哈，這倒也是。」姜瑩瑩笑了幾聲又道：「你們這次來京城是因為妳夫君要參加明年的春闈？你們現在住在哪兒？宣平侯知道妳回來了嗎？」

「住在高橋附近。應該不知道吧，我們今天才到，目前為止也就看見了妳一個認識的人呢。」

姜瑩瑩想了想。「高橋？遠是遠了一點，但離國子監近，附近住的讀書人多，倒是還算清靜。剛才我看你們要去西大街，是去辦事嗎？」

在原主的記憶中，姜瑩瑩是個很講義氣的人，對原主的態度可以說得上是兩肋插刀了，要是知道她是去當鋪當東西，肯定要自己掏腰包支持好姊妹在京城落戶的，如此一來又是一樁麻煩事。

這麼想著，沈驚春便道：「是有點事要去辦，不過都是小事，不值一提。對了，妳給我說說宣平侯府的事吧。」

沈驚春話題一轉，姜瑩瑩果然被帶偏了思路，本來還想問的事一下子就丟到了腦後，立刻興致勃勃地說起了宣平侯府。

「妳不在的這一年多，徐家可發生了不少事呢！徐長清的夫人嫁到徐家四年，終於懷上了身孕，結果正月的時候不知道怎麼回事摔了一跤，把孩子給摔掉了，是個男孩呢！宣平侯府雖然對外說是因為天冷路滑，是世子夫人身邊的丫鬟沒照顧好，但後來不知道怎麼的又傳出消息，說是徐長寧跟世子夫人起了衝突，推了她一把才摔跤的，然後徐長寧就被接到宮裡住了一個月。本來大家以為這事就這麼完了，結果沒想到世子夫人出了小月子，毫無聲息的就和離回了娘家。」

「啊這……崔氏是腦子進水了嗎？以前我犯了錯懲罰我的時候，可沒見她手軟過呢！到底是親生的，徐長寧犯了這麼大的錯，不想著好好安慰苦主，居然還想著法子替徐長寧遮掩。」徐晏雖然是個女兒奴，但總的來說還是個非常理性的人，肯定不會幹出這種事來的。

這要是才懷上兩、三個月，掉了那還好說，但都能看出是個男孩了，是個正常人都要受不了吧？更何況世子夫人魏氏嫁到徐家四年，才盼來這個孩子，哪怕徐家做做樣子把徐長寧關個禁閉、跪跪祠堂，魏氏估計都不會這麼傷心。

「連我娘都說，想不通像宣平侯夫人這麼精明的人，怎麼會做出這麼不精明的事情來。」

外人不知道，原主可是知道的。魏氏嫁過來兩年都沒懷孕，崔氏就已經往徐長清的院子裡塞人了。

魏氏兩年都沒懷上，本來就坐立不安，後來扛不住壓力，主動給徐長清納了妾，也並未給妾室灌避子湯什麼的，三個妾室倒是都懷上了，生下來三個都是女孩，結果好不容易輪到她自己懷孕了，卻是這麼個結果。

沈驚春道：「搞成這樣，徐長寧都沒受罰？」

姜瑩瑩嗤笑一聲。「兩家結親又不是結仇，魏氏即便和離回家，也是徐家站不住腳，宣平侯倒是想罰，可誰叫人家徐大小姐有個好姨母呢？宣平侯再厲害，手也伸不進皇城去，徐長寧躲在宮裡不出來，誰能奈何得了她？不過她倒是因此覓得了佳婿。」

沈驚春簡直不知道該說什麼了，崔氏腦子不靈光，她那個給皇帝當妃子的妹妹腦子也不靈光了不成？宣平侯府作為京城老牌勛貴，能將女兒嫁到他們家做宗婦的人家，又豈是什麼普通人？魏家雖然沒有爵位，但也是詩書傳家的清貴世家，崔氏兩姊妹這麼護著徐長寧，真的不是故意在搞徐晏、在搞徐家？而且這邊才把自己大哥、大嫂拆散，轉頭就給自己找了個結婚對象，這徐長寧也是牛啊！

沈驚春問道：「誰啊？」

「豫王的伴讀周渭川。」

當今聖上當年上位艱難，兄弟鬩牆，最後活下來的只剩下幾個公主和跟他同父同母的兩個弟弟，因此等皇位坐穩之後，為了避免往事重現，早早的就立了太子，其餘的皇子也封了王，並且規定諸皇子在及冠之前是不許參政的，因此二十以下的皇子們如今還在讀書。

「周渭川？」沈驚春默唸了一遍這個名字，才不確定地問道：「刑部侍郎……周桐的兒子？」

原主性格雖然張揚，但並不是那種招蜂引蝶的人，平日裡喜歡持刀弄棒，對京城那些才名在外的世家公子說不上多熟悉。

可如果這個周渭川真的是周桐的兒子，那豈不就是陳淮同父異母的弟弟？

姜瑩瑩點點頭。「就是他。十六歲的舉人，即便在京城也是不多見的，如今他可是明年春闈三甲的熱門人選。不過說起來，剛才看到妳夫君，我就覺得他有些面善，現在說起周渭川才發現，原來他們兩個長得倒是有些相像。」

親兄弟長得像那不是很正常嗎？

不過想到這周渭川是三甲的熱門人選，沈驚春就忍不住冷哼一聲。「有什麼了不起？陳淮還是陸祁山的關門弟子，連中四元呢，也沒見他張狂啊！十六歲的舉人，在我們祁縣一抓也是一把！」

「咦?!」姜瑩瑩捂著嘴，發出一聲驚呼，一副吃驚的樣子。「他就是那個陳淮啊？那他也是明年春闈三甲的大熱門啊！妳不早來，哪怕早一天回京，我就把銀子押妳夫君了！」

沈驚春被她的話勾得心癢，很想問問在哪裡可以押注？可想到自己現在因為房子的原因一貧如洗，到底還是將話給嚥了回去。

轉頭又想到，京城這麼早就設了明年春闈的賭局，是不是也能說明周桐已經知道了陳淮中舉並且進京的事情了？

那他會怎麼對待這個十幾年沒見的兒子？是把他認回周家，還是出手干預陳淮的科舉之路，讓他沒有出頭之日？

沈驚春想到這兒，也沒了心情繼續跟姜瑩瑩閒聊下去了。

不論是原主的記憶裡，還是沈驚春自己對姜瑩瑩的感覺，這姑娘都是個可以相交的人，本來從蔡河過來，離高橋這邊也不算遠，到了家門口於情於理都得請人進來坐一坐、喝杯茶才是，但他們一家人畢竟今天才到京，家裡正收拾行李，有點亂，沈驚春便同姜瑩瑩約了過幾日再見。

到家之後家裡也沒個能商量事情的人，沈驚春便有些焦躁地在院子裡走來走去，等陳淮推門進來，第一時間就迎了上去。「我覺得周侍郎可能已經知道你到京城了。」陳淮往常對他這個渣男老爸都是直呼其名，但沈驚春卻不能這麼稱呼，但又不能稱他為爹或者公爹什麼的，只能用職位相稱。

陳淮愣了下，隨即反應過來這周侍郎說的就是他爹周桐。他一伸手搭上沈驚春的肩膀，半摟著她往裡走。「沒關係的。」

怎麼可能沒關係？刑部侍郎怎麼也是三品京官啊，手上權力很大的。

但肩膀上的手彷彿給予了她無窮的力量，從門口到堂屋這短短一段路，她那種心浮氣躁的情緒就慢慢平靜了下來。

等二人到了堂屋坐下，她就徹底平靜了，也覺得自己反應有點大，於是將姜瑩瑩的話轉述了一遍。

「姜小姐如果所言非虛，那更沒什麼好擔心的了。刑部、禮部分屬不同派系，且不說現在周桐的手伸不了那麼長，只說如今滿京城都在賭明年三甲是誰的話，那說明這事聖上也是知道的。國朝建立至今，科舉向來都是重中之重，周桐除非失心瘋了，不然不敢在這上面作文章的。當然，他會不會有其他的手段，那就是兩說了。」

比如製造個意外，讓他摔斷手、摔斷腿，或者直接摔得一命嗚呼什麼的。

沈驚春想想都覺得可怕，她從來都不想把人心想得過於惡毒，畢竟陳淮不管怎麼說也是周桐的親兒子。

陳淮看見她一臉苦大仇深的樣子，不由得一笑。「妳不要想太多，自己嚇自己，到春闈之前我會注意的。」

要是平時，沈驚春或許會覺得自己想得太多，但離春闈越近，她就不得不想得多，這可是關係到陳淮一輩子的大事情，不能馬虎對待。

一直到晚飯前，沈驚春都板著一張臉，臉上表情要多嚴肅就有多嚴肅，方氏等人不明所以，還以為他們夫妻兩個是在為了四千兩發愁，結果為了省錢，直接導致晚飯質量直線下降，桌上一律的素菜，別說葷菜了，就連油花都看不見多少。

沈驚春一臉複雜地看著一桌菜，臉上的表情終於繃不住了。「這個菜……也沒必要吧？咱家現在錢是不多，但也不至於連個肉菜都吃不起吧？」

她拿出來的那些玉飾品質不一，但勝在數量多。

陳淮先去了當鋪，死當給出的價格並不算高，更別說活當了，一匣子八、九件首飾，其中更有兩只水頭極好的血玉鐲，結果當鋪一共才給了一千五百兩的價格。

這錢加上家裡的現錢，也不夠買房子，於是他轉身就去了當鋪對面的首飾店，只一對鐲子就賣了二千兩，其餘幾件首飾一共賣了一千兩。

三千兩銀票和他那一匣子的東西，全都交到了沈驚春懷裡。

這是他們如今全部的家當，沈驚春摸了又摸，恨不得晚上直接抱著裝了銀票的匣子睡覺。

第二日一早，沈驚春就叫冬至去程太醫府上送拜帖了。

京城這邊的規矩大，登門拜訪要先遞拜帖，看看人家有沒有空。

程太醫身為太醫院院判，哪怕不當值，也要做好隨時被傳召的準備，因此程府離皇城很近，就在東華門外的惠和坊，離沈家住的高橋這邊很是有些路程。

冬至一大早就出了門，回家已近午時。

「程太醫不在家，是昨日那位程江兄弟出來回話，說是最近一段時間太醫院有點忙，等程太醫忙完了會來咱們家拜訪。又說程太醫交代了，以咱們兩家的交情，娘子若有什麼事需要幫忙，只管登門找程江就是。」

沈驚春好不容易湊齊了錢，結果程太醫那邊又沒了空，想想那幾千兩銀票，她就有點心力交瘁。

最重要的是，她根本不知道程太醫那位已經離開太醫院的師兄，現在在哪裡高就。

於她而言，她舉家進京陪著陳淮參加春闈倒是其次，給沈驚秋看病才是重中之重，現在不知道田回的住處，一切都是白忙。

心浮氣躁地過了一晚，隔天沈驚春乾脆直接叫張大柱套了車，叫上沈驚秋和沈志清出了城，往她那三百畝爵田去了。

這片爵田在離京城三十多里路的城郊，幾人一路過來問了幾次路才找到地方。

車一停，幾人都有點傻眼了。

田契已經隨著封賞的聖旨一起到沈驚春手裡有幾個月了，這片田上的糧食收掉之後，朝廷就停止了種植，如今幾個月過去，早已荒草叢生。

最讓人無語的是，沈驚春實在不知道該如何形容這片田。

三百畝田連在一起可以說是很大的面積了，事實上也確實如此。

可這三百畝田給沈驚春的感覺是連在一起了，又感覺沒連在一起。

因為這些田是呈環形的，田中間有座小山，或者說是一個小山更為合適一些。

山不高，沈驚春目測了一下，大約也就百來公尺的樣子，不會超過兩百公尺。

沈驚春圍著自己的田地轉了一圈，也沒找到這個山能從哪裡上去，根本就沒有路。而自己這三百畝田因為緊挨著山的緣故，地況也並不怎麼好，周邊一圈按張大柱說的，在祁縣頂多就是中等田，靠近山腳的地方更是只能算下等田。

沈驚春滿臉複雜，實在不知道應該說什麼了。

她就說呢，朝廷怎麼會這麼大方，在沒有爵位的情況下，還能獎勵給她三百畝爵田，現在一看這田，她就明白了。

這根本就跟荒地沒什麼區別嘛！

張大柱一張滿是風霜的臉上也全是無語，好半晌才道：「好歹離河邊還算近，又不用交稅，養個幾年也就差不多了。」這完全就是自我安慰了。

沈驚春並沒有被安慰到，一屁股在路邊的界石上坐了下來，看著這座小山發起呆來。

這要是個小土坡什麼的，還能買下來扒拉扒拉，種點番薯、馬鈴薯什麼的，可這山上到處都是石頭，沈驚春真想不出這能種點啥？就算她有異能在手，什麼惡劣的環境都能種東西，但異能也不是這麼浪費的啊！

四個人在田間蹲了一會兒後，沈驚秋忽然道：「我覺得山上長的東西好像在哪裡見過。」他站起身往山腳下走了幾步後，微仰著頭往上面看。「跟咱家炒的茶葉好像啊！」

茶葉？沈驚春一下子來了精神，爬起來就往山腳下跑，等跑得近了，瞇著眼睛往上一瞧，果然看見一叢叢灌木間東一棵、西一棵地夾雜了不少茶樹！

這個季節，早就沒有嫩茶了，茶葉已經變老，顏色變深，夾雜在周圍的灌木叢裡毫不起眼，也難怪她之前沒注意到。

沈志清只從沈驚春等人的嘴裡聽過「茶葉」這個詞，但沒有見過實物，這時聽到這山上有茶樹，也聚精會神地往上面亂瞄。

「咱得上去看看。」沈驚春說著，又四處看了看，周圍倒是散落著幾個小村莊。「四哥，你腳程快，辛苦你跑一趟，買兩把柴刀來，咱們上山看看。」她拿了銀子出來給沈志清。

沈志清應了一聲，撒腿往最近的村子跑去，沒一會兒就提著兩把柴刀跑了回來。

留下張大柱在下面看著馬車，兄妹三人找了處荊棘灌木叢少些的地方就開始登山。

這小山雖然不算高，但因占地面積有一點大，所以上山的坡度很緩，除去因為沒路，不時要砍些灌木開路外，其實並不算特別難走。

沒多久，幾人就到了最高處。

在底下往上看，確確實實不算高，可到了上面往下看，高度還是可以的。三人一路上來，沈驚春都在觀察，越往上走，灌木叢裡的茶樹越多，全部清理出來之後數量很可觀，絕非東翠山上那一片茶樹可以比的。

最重要的是，爬到山頂之後，沈驚春又發現了另一個商機。

京城可是沒有山的，而她腳下這小山說不定已經是京城方圓幾十里之內最高的地方了，要是操作得當，給它開發開發，鋪出一條山路出來，再人工造景，搞些房子、亭子什麼的，可不就是個旅遊景點？

這麼一想，似乎連腳下的大石頭都變得可愛起來了，這可不是一般的石頭，這在未來那是能給她掙錢的石頭啊！

沈驚春內心激動萬分，大手一揮，豪情萬丈地指著山下這一片道：「看到沒有？眼前這一片就是咱發家的基石！走走走，買山去！」

這一片地界說是京郊，可卻並非京城衙門直轄，而是屬於附近一個叫會平縣的縣衙所管。

從爵田過去跟回京城的路程差不多，也要三、四十里路左右。

張大柱聽沈驚春說要去會平縣，就有些遲疑。「咱們今日出門就不算早，再去會平縣，這一來一回，只怕天黑前趕不回來。」

沈志清道：「不然這樣，你們依舊往會平縣去，要是時間晚了，乾脆就在那邊住一晚，我先回去跟嬸娘說一聲，也省得家裡擔心。」

「行，那你把我哥也一起帶回去吧，我跟張叔兩人去會平縣就行。」

沈志清一想，以他妹子的身手跟張叔兩人出門，確實沒什麼好擔心的，也就應了。一行四人當即兵分兩路，一路往京城去，一路往會平縣趕。

京城附近乃天子腳下，官路修得也比別處平坦不少，馬車跑起來那種顛簸感都輕了。沈驚春幾乎是趕在會平縣的官吏下衙前到了縣衙。

這種趕在人家下班前過來辦事的，說起來其實很招人煩，因此沈驚春到了衙門的角門處，跟著衙役一邊往裡走時，一邊就不停地往衙役們手裡塞銀子。

有銀錢開路，事情就好辦得多。

等到了那掌管田地稅收的主簿面前，零散的碎銀子加起來已經給出去七、八兩了。沈驚春也顧不上心疼，何況這點錢跟那茶山日後能給她帶來的利益相比起來，簡直九牛一毛，不值一提。

等到主簿搞明白沈驚春的身分和來意後，態度更是溫和。「早聞沈娘子的大名，今日一見，的確風采卓然。娘子那牛痘真可謂造福萬民啊！」

「我能找到牛痘也是僥倖，比不上大人們一心為民，勞苦功高。似大人這般勤勤懇懇為民眾鞠躬盡瘁的父母官，才是真正的造福萬民。」

沈驚春一番吹噓，更叫主簿心中高興，當即也不遲疑，直接就開始為她辦理手續。

次。

那小山周圍一圈全是沈驚春的田，山的面積是早就丈量過的，如今也不用重新再量一

那小山上有不少岩石，根本種不了什麼東西，一直以來都是荒廢在那兒，主簿怕要價高了會嚇跑沈驚春，還特意將價格往下壓了壓。「那一片地界一共二百二十畝，對於沈娘子這樣為國為民的，咱們縣裡一向都有優待，便直接取個整，按照二百畝算吧！若是旁人來買，也要三兩銀子一畝，沈娘子的話，我可以作這個主，只收二兩一畝。」

沈驚春當然知道這主簿就是嘴上說得好聽，面上卻不得不滿臉笑容地朝他道謝。

一座小山，一共花了四百二十兩，四百兩買地，十兩銀子交稅，十兩銀子送給了主簿。

沈驚春拿著手上薄薄的地契，笑道：「還有一事請問大人，我那田裡能建房嗎？」

主簿倒是沒想到她要問的是這個，想也不想便道：「若是需要繳稅的田是不能建房的，但沈娘子那三百畝是免稅的，所以朝廷並未規定不能建房。娘子只須等房子落成之後，來縣衙報備一聲，領一張房契即可。」

沈驚春再次謝過，從縣衙出來時天色已經擦黑了。

回京城差不多要七十里路，趕夜路確實不安全，於是兩人就在會平縣住了一晚。

第二十四章

第二天一早，匆匆吃了個早飯，沈驚春二人就往回趕。

到家時，家裡幾個人正待在院子裡曬太陽。

京城的位置還不算太過於北方，但相比起祁縣，十月已經很冷了。

瞧見沈驚春進門，方氏忙迎上前問道：「回來了？累不累？中午吃過沒有？」

「忙著趕路，中午還沒吃呢，累倒是不怎麼累。」沈驚春環視一圈，也沒看見家裡兩個小孩，不由得奇道：「明榆和蔓蔓呢？」

方氏一邊招呼楊嬸去弄點吃的，一邊道：「昨天阿淮去外面打聽了一下附近的學堂，今天帶著他們倆去看學堂了。他過兩天就要去國子監，得在那之前把明榆他們入學的事情辦妥。」

沈驚春點點頭，找學校這個事情的確是挺重要的，她自己忙著其他的事情，還沒想起來這事。

一直到晚飯前，陳淮才帶著兩個小的回來。

家裡如今只有一輛程太醫放在這邊方便沈家出行的馬車，昨日被沈驚春帶走了，今天陳淮帶著兩個小的出去，也沒另外雇馬車，而是三人沿街一路走、一路看，偶爾看到一些祁縣那邊沒有的吃食，陳淮會停下來給兩個小的買一點。

尤其是當天進城時程江說的御街，他特地帶了兩個小的去逛了逛，後面才去了學堂。京城這邊文風盛行，單是城南這邊，大大小小的學堂、書院就有十幾間，陳淮領著兩個小的往打聽好的學堂一間一間找過去，才發現外面打聽到的消息跟實地考察看到的實在有些不一樣。

這些學堂有的師資不行，有的學生不行，有的是教學質量不行，還有的更離譜，在知道沈明榆兄妹兩個都要入學之後，直接就說不收女學生。

「姑姑，他們為什麼不收我？女孩子難道不能讀書嗎？」小姑娘眼睛紅紅，明顯哭過。雖然之前跟著姑父在外面逛得挺開心的，可一回到家裡，看到了姑姑，她還是覺得委屈。

沈驚春摟著她，輕聲安慰。「女孩子當然能讀書了，他們不收妳肯定是知道妳讀書很厲害，怕妳進入他們學堂之後把裡面的男孩子全部都比下去了，那這些人不就臉上無光了嗎？這種學堂鼠目寸光，咱們沒必要把他們放在心上，妳說是不是？」

沈明榆及沈蔓兩兄妹在讀書上確實都很有天分，更準確一點來說，起碼現階段沈蔓讀書比沈明榆還要厲害兩分。

沈蔓點點頭，有被安慰到，但還是覺得委屈。

見姑姪倆小聲地說了會兒悄悄話，沈驚春將小姑娘哄得重新露出了笑顏，陳淮才道：

「附近的學堂都看遍了，最後選了個新開的。」

這附近的學堂裡，學生人數從幾人到幾十人不等，陳淮最後定下來的這家新開的學堂，如今只有十幾個學生。

「學堂裡如今只有兩名先生，徐先生和袁先生是夫妻，二人原本都在老家的書院教書，徐公子今年考中了秀才，被保薦到國子監讀書，兩位先生便乾脆跟著來京城了。我問過了，他們一共只打算收二十名學生，所以束脩有點貴，每年每人須得二十兩銀子。」

二十兩，那確實算很貴了。

沈驚春大致瞭解過，京城這邊因為房價貴，所以沒有功名在身的學生們的束脩一般在十兩左右，但這些學堂大部分都是有幾十名學生的。

「貴是貴了點，但我們聊了會兒，那位袁先生具體怎麼樣還不清楚，徐先生的學問卻是沒問題的，他本人也是舉人，我瞧著倒不是死板的人，很會因材施教。」

沈驚春本人也是讀過多年書，當然知道一名好老師的重要性，而且這位袁先生既然是個女先生，對沈蔓只有好處沒有壞處，學費貴點也沒多大關係了。

說完兩個孩子上學的問題後，沈驚春才說起會平縣一行。

「倒是很順利，爵田中間那座小山如今也是咱家的了。原本我是想把買房的錢先給還了，但是現在恐怕計劃有變，這個小山整治起來要花不少錢。」

陳淮皺眉道：「確實挺難辦的。昨日大哥他們回來後，我聽他們說了一下那小山上有不少茶樹，妳現在是怎麼規劃的？」

幾人進了屋，沈驚春取了筆墨出來，在桌上攤開紙，畫了個簡易的地形圖。「這個小山占地兩百多畝，規模不小，我打算將這片山劃分成三個地方。這一片等春天的時候將茶樹全部移栽過來；另外的地方買上一些果樹之類的栽種上；旁邊這一塊連同山腳下的爵田，都種上紅梅。這樣一來，一年四季都有景可賞，等到水果成熟的時候，還可以做成那種付費採摘的形式。山腳下這邊，再叫人挖幾個池塘出來，建些小院子，做成農家樂。京城這邊的房價太貴了，田地價格也很貴，一個城裡住著幾十萬人，並非人人都有別莊，我覺得這個方法還是可行的。」

這個辦法在慶陽那邊八成是行不通的，因為地廣人稀，大片的土地都在等人開荒，誰會錢多燒得慌，去什麼農家樂消費？可京城不一樣。

古代多少人一輩子也不會遠行一次，京城這一塊的人絕大多數都沒見過山是什麼樣的，這小山在別的地方或許不值一提，可在京城附近，只要開發得當，足以成為吸引客流量的噱頭，到時候來遊玩的人總要吃飯吧？就能帶動經濟消費了。

陳淮覺得這個辦法不錯，但他在種地這方面並不是很懂，果樹什麼的更是不懂，因此並未開口。

反倒是沈志清和方氏看著紙上的簡易地形圖，皺起眉來。

沈驚春便說道：「你們有什麼意見都提出來啊，這可是關係到咱家以後能不能發大財呢！尤其是四哥你，跟著一起來京城可是要給我打工的，我掙的錢越多，付給你的工錢就越多。」

沈志清一臉複雜，想了想才道：「真不是我看不起妹子妳啊，按照妳這個計劃，我覺得妳這四千兩銀子不夠花是真的。具體的我也說不清，我把張叔喊進來問問。」他到門口朝院子裡喊了一聲，張大柱就小跑著過來了。「張叔，這已經掛果的果樹，一般是什麼價格？」

「果樹？」張大柱想了想道：「這要看是什麼果樹了，譬如咱們祁縣那邊，更偏愛吃桃子，所以桃樹的價格要貴一些。三年生的桃樹才開始掛果，一般是一兩左右的價格，年分越久，價格越貴，十年以上的桃樹，沒有十兩銀子怕是買不到的。」

沈志清又問道：「那按照桃樹來算的話，一畝地大約能種多少棵桃樹？」

張大柱道：「這個我也不是很清楚，大概是幾十棵樹吧，具體也要看桃樹的大小。」

幾十棵樹，沈驚春乾脆取了個中間值——五十棵三年生的桃樹來算，一畝地的價格就是五十兩，十畝地五百兩，一百畝就是五千兩。

得！照這個算法，四千兩銀子何止是不夠，簡直可以算得上是杯水車薪。

何況將這座小山全部整出來，還不只買樹這一件事，還要另外找人將山上的灌木弄掉，還有建房子、挖池塘，全部都是錢。

「依我看來，不如先將房子建起來吧，反正山已經買了，放在那裡它也不會跑。再找人將山上那些亂七八糟的小樹全部拔除掉，先將茶園打理好才是正事。還有那三百畝田，要是我記得不錯，妹子妳最開始的計劃不是多種辣椒嗎？到時候不就有錢了？」

當局者迷，旁觀者清，沈志清一語驚醒夢中人。

沈驚春一想，還真是這樣。

而且也不一定非都買三年生的桃樹，可以先買一些掛果的果樹種上，其餘地方買些樹苗栽種。

一口是肯定吃不成胖子的，慢慢來唄！

第二日一早，冬至就又去了程家，將程江給請了過來。

反正連山在內的五百多畝地不論怎麼規劃，房子是肯定要先建起來的。

沈家才到京城，各處都不熟悉，好的泥瓦匠還是要靠別人介紹。

程江年紀雖然不大，但辦事老練，一聽沈驚春的要求，就直接帶著沈志清找泥瓦匠去了。

爵田裡的房子建了，以後他們自家也是要住的，因此沈驚春打算直接建個三進的院子。不論是三百畝還是五百畝，這麼大的地，憑他們現有的人手肯定種不過來，不拘是繼續買人還是請長工，到時候都得有地方讓別人住，與其到時候再擴建，倒不如一次到位。

程江介紹的這位泥瓦匠，在坊市裡也是小有名氣，三進的青磚瓦房，報價是五百至六百兩，這個價格在沈驚春的預算之內，但想到即將花出去的錢，她還是心痛得無法呼吸。

建房子這一事就直接交給了沈志清盯著。

等過兩天陳淮去國子監報到，兩個小的也每天去學堂後，沈驚春就開始盤算自己的家具店了。

京城這邊水路發達，各個碼頭每日的人潮就是個不小的數目，全國各地的東西在這邊幾乎都能找得到，包括沈驚春需要的各種木料。

在老家用慣了的一些工具，除了幾個大的，其餘的能帶的基本上都帶到了京城來，缺少的那些又另外買了回來。

開店要比建房子簡單得多，店鋪的名字，用的是現代他們家網店的名字「戀家家居」，字是陳淮寫的，匾是沈驚春自己做的。

在一個平平無奇的早晨，家具店毫無聲息的開張了。

高橋這邊還算熱鬧，沈家這個沿街鋪面周圍又都是一些熱鬧的鋪子，一開張倒是吸引了不少人進店來看，只是這鋪子是開張了，店裡卻沒有樣品讓人看，且因沈驚春打算走高檔路線，價格訂得很高，所以開張了幾天，卻連一單生意都沒接到，反倒是因為訂價太高而出了名。

整個南城這邊，幾乎所有人都知道了高橋附近新開了一家家具店，而店主則是個想錢想瘋了的女人。

姜瑩瑩上門這天，沈驚春剛做好一張全新的古今結合的梳妝檯，正在給梳妝檯刷漆。

沈驚春一向不喜歡古代那種厚重的紅漆，這梳妝檯刷的依舊是清漆。

整體樣式簡潔大方，但細看卻又很精緻，黃銅做的把手，處處可見的精美雕花，光潔平整的桌面上也做了儲物設計。

沈驚春忙著刷漆，根本沒注意到有人進店。

姜瑩瑩直接看著這張梳妝檯「哇」了一聲。「這好好看啊！是妳做的啊？」

「是啊！妳怎麼來了？」

姜瑩瑩笑道：「我聽府裡下人說高橋這邊開了家天價家具店，正好上次妳說住在高橋這邊，我就順道過來看看了，沒想到居然就是妳的店。這張梳妝檯多少錢？」

「這張雕花不多，是做出來展覽的，用料也不算特別好，倒是不貴，售價是二十兩，送一張配套的妝凳。」

沈驚春說著就放下了手裡的活，掀開了後面的簾子朝裡頭喊道：「小雪，家裡來客人了，泡一壺熱茶過來！」

姜瑩瑩圍著梳妝檯轉了一圈，讚嘆道：「這雕花還叫不多？」

沈驚春請她坐下，拿了製好的冊子給她看。「妳看這兩款，從上到下全是雕花，這個才費工夫。」

這冊子是早在祁縣的時候就做好的，後來陳淮又抽空畫了幾張圖，加在了後面。

姜瑩瑩一看，眼睛就亮了。「這些都好漂亮啊！我看著都比我現在用的好看呢！這些多少錢？」

沈驚春道：「主要還是看用料，價格五十兩到幾百兩不等吧。我手上有一批黃花梨，如果用黃花梨來做梳妝檯的話，這一張梳妝檯要五百兩。」

這個價格不算貴，宣平侯徐晏的書房就有一套黃花梨的桌椅，用料雖然比梳妝檯多，但雕花和做工沒有沈驚春做出來的精緻，都要五百兩了，所以她並不覺得一張黃花梨的梳妝檯賣五百兩有多貴。

姜瑩瑩直接倒抽一口氣，驚道：「妳手上真有黃花梨？這可不是巧了嗎？我爹正想買一套黃花梨的茶桌呢！之前太醫院的程院判不知道從哪兒弄了一種新茶帶回了京——」

她後面的話說不出來了，因為小雪已經用個小托盤端著茶走了過來。一套白瓷的茶具放在了兩人中間的茶几上，小雪拎起茶壺往瓷杯裡倒茶，嫩綠的茶葉隨著茶湯一起倒入白瓷杯中舒展開，一股茶葉特有的清香隨著氤氳的水氣在周圍瀰漫開來，沁人心脾。

姜瑩瑩望著白瓷杯裡的茶葉，久久回不過神來。

程太醫那茶葉現如今在京城可是千金難求，也就是當今聖上私下裡開了口，程太醫才忍痛割愛送了一斤給聖上，其餘的一些大臣，連張承恩這個內閣次輔覥著老臉開口求茶，程太醫也只摳摳索索地給了一兩。

她爹文宣侯上門時，也只是有幸喝了一杯茶就被送客了，還是她祖父厚著臉皮親自去求，才跟張承恩一樣得了一兩。

姜瑩瑩捧著這杯茶，沈默了好一會兒才喝了一口。茶香四溢，比她在祖父那邊喝的那杯茶要濃多了，但不難嚐出來，兩種茶是一個味道。

姜瑩瑩將茶葉的事情簡單地說了一下，沈驚春聽完都有點不知道該說什麼好了。

姜瑩瑩道：「程院判那茶葉是妳送的吧？妳可別不承認，這兩個的味道一模一樣。」

沈驚春抿著嘴看著她，好一會兒才道：「我記得姜伯父原先是戶部侍郎？不知道現在是？」

姜瑩瑩雖然不知道沈驚春突然問這個幹什麼，但還是回道：「原戶部尚書被罷黜了，我爹頂了他的缺，現在正任戶部尚書呢。怎麼了？」

「沒怎麼，就是有個生意想跟戶部尚書的千金談談。」

姜瑩瑩掩著嘴嬌笑一聲，嗔道：「怎麼著，不是戶部尚書的千金，還不配跟妳談生意了？」

沈驚春「嘖」了一聲。「那倒不是，戶部侍郎的千金也是可以跟我談生意的。」

姜瑩瑩來得還算早，二人直接坐了她家的馬車出城，到爵田那邊時還沒到午時。

已經十月，天氣越來越冷，程江介紹的泥瓦匠怕天冷了影響進度，建議直接多招一些人開工建房子。

沈驚春對此沒有什麼異議，都是按人頭算的工錢，冬天了地裡沒什麼活，家裡的女人帶著孩子就能忙活過來，男人們大多都想著出去找點活幹，所以工錢並不高，四十文一天，包一頓午飯，都是在爵田附近幾個村鎮找的人，每天來回也方便。

這才短短十天不到的時間，三進院子就已經初具規模了。

二人下了車，姜瑩瑩帶著的婢女們就被熱火朝天的景象給嚇了一跳，幾乎是寸步不離地跟在姜瑩瑩身邊，生怕她被哪個不長眼的給衝撞了。

沈驚春看了那兩個丫鬟一眼，到底還是道：「兩位姑娘放心吧，這些農家漢子看著粗魯，卻並不是那等輕浮的人，不會上來衝撞了妳們家小姐的。」

姜瑩瑩的婢女訕訕一笑，沒有說話，但那種老母雞護著小崽子的姿態倒是半點都沒有收斂。

沈驚春提了一句，也不再多說了。

那邊馬車過來時，沈志清早就看到了，待馬車一停下便知道多半是沈驚春，因此小跑著上前，只看了一眼姜瑩瑩就收回了目光，朝沈驚春道：「妹子，妳怎麼來了？」

沈驚春笑道：「找了個投資商，這不是得帶咱們姜老闆來實地考察一下投資專案嗎？四哥你忙你的，我帶著到處看看就行了。」

沈驚春只說了一句「姜老闆」，根本沒有具體介紹姜瑩瑩的身分，沈志清也就沒有細問，笑呵呵的又走了。

沈驚春領著姜瑩瑩往小山那邊走，一邊道：「這就是我之前跟妳說的那座小山。」

來的路上，沈驚春已經將一些大概的情況給姜瑩瑩介紹了一遍。

姜家百年世家，早就在京城扎根了，姜瑩瑩的外祖家也是京城本地人，她長到這麼大也沒離開過京城。

這山在沈驚春看來只算得上是小山，在姜瑩瑩看來卻完全不同。

剛下車時姜瑩瑩就看到了這小山，此刻聽到沈驚春介紹，還是忍不住驚嘆道：「好高啊！」

京城裡要說山也不是沒有，但大多都是人工堆起來的假山，好看是好看，但並不高，且人工堆起來的到底還是少了一分天然的野趣。

沈驚春道：「這才哪兒到哪兒啊，在真正的名山面前，這座小山只怕就是綠豆比寒瓜！不過看到妳這副樣子，我就放心了，這小山開發出來，還是可以賺錢的。」

建房子的活全部有請來的泥瓦匠發號施令，沈志清也就是個監工，平時沒事幹就跟張大柱爬高爬低，倒是收拾出了一條上山的路來。

幾人到了小山腳下，兩名婢女就先洩了氣。

「妳們就在下面等著。」姜瑩瑩也懶得廢話，直接一揮手就往上面走。

兩個婢女自然不敢真的在下面等著。

一行四人邊往上爬，沈驚春就一邊介紹，哪裡要建茶園、哪裡要栽種果樹、哪裡要挖池塘。

姜瑩瑩不懂種地、種樹的事情，但是沈驚春描繪的這些東西，她還是可以想像得到的。

四人一路走、一路說，很快就登上了最高處。

姜瑩瑩望著腳下這片土地，心中生出一股豪情來。「妳說吧，有什麼需要我做的？」

「如今最主要的就是缺錢，其他的事情倒沒有什麼需要妳做的。」

還在祁縣的時候，沈驚春就通過陸昀給皇帝送了兩斤茶，再加上後面送上去的棉花，皇帝這條粗大腿她算是抱穩了，但縣官不如現管，皇帝再厲害，也是常年待在皇城難得出來一次。

而戶部尚書就不一樣了。

這事沒有姜瑩瑩的加入，她自己也能做起來，但有了姜瑩瑩這個戶部尚書的掌上明珠，無異於如虎添翼。當然最重要的是，姜瑩瑩可是個小富婆，有錢又有人脈。

文宣侯府的老夫人只生了一兒一女，兒子就是如今的文宣侯，他兒子倒是多，但閨女只有姜瑩瑩一個，姜瑩瑩的幾個堂妹，都是老侯爺的庶子所出，平日裡很不得老夫人待見，姜瑩瑩平時在家裡幾乎是要風得風、要雨得雨，老夫人和侯夫人什麼好的都往姜瑩瑩那裡塞。

說句誇張的話就是，皇城裡公主們的私房可能都沒有姜瑩瑩多！

而且，建國時封的四公八侯，到現在手裡還有實權的也沒幾個了，姜瑩瑩身為文宣侯唯一的閨女，想要跟她交好的千金不知凡幾，這些千金未必會因為皇帝高看沈驚春一眼而照顧她的生意，但如果有了姜瑩瑩的加入，一切就不一樣了。

姜瑩瑩聽了沈驚春直言不諱的話，哈哈一笑。「本小姐別的東西不多，就是錢多！說吧，要多少錢？」

沈驚春伸出一根手指搖了搖。「一萬兩。」

「好的，不就是一萬兩嘛……」姜瑩瑩下意識的接話，但很快就反應了過來。「一萬兩?!」後面的話差點都破音了。

要知道，京城一般官宦家的千金嫁人，除了陪嫁的鋪子、田莊這些，現銀也不過幾千兩，沈驚春張口就是一萬兩，實在是嚇到她了。

沈驚春無奈地道：「聽著是有點多，但是少則一、兩年，多則五、六年，肯定可以回本的。妳要是不放心，咱們也可以簽下書契，到時若是不能回本，我會將這個錢賠給妳。」

「咱們也是從小到大的交情了，妳知道的，妳開口我肯定會幫妳，但是一萬兩真的太多了，我可以拿出這個錢來，可是家裡不好交代，所以我要先回家把這事跟我爹娘說一聲才能給妳答覆。」姜瑩瑩說得很誠懇。

這種反應倒是在沈驚春的預料之中。

一萬兩確實不是個小數目，別說現在姜瑩瑩還沒成親，在長輩眼裡還是個孩子，就算她成親了，一萬兩也不是說拿就能拿出來的。

沈驚春道：「這種大事當然還是回去跟家人商量一下最好了。其他的事情也跟妳一併說了，妳回去也好交代。」

二人站在小山上，大中午的微風徐徐，吹在臉上倒也不算冷。

「一萬兩入股，山下那些田地的產出不算在內，我說的茶莊和果林這些四六分，妳四我六。持四成股只參與年底的分紅，人事調動和管理運作不用妳操心，但炒茶的手法之類的，妳可以派人來學，到時候出去自己建個茶園還是怎麼樣，這個我不管。」

反正她本人短時間內是不打算再發展其他的業務了，所有的東西不論是家具還是茶葉，她要的都是精益求精，她的異能有限，也照顧不到更多的東西。

兩人又在小山上吹了會兒風，才下山回城。

姜瑩瑩先將沈驚春送回了高橋，才回了自家。

接下來幾天，姜家那邊並沒有什麼消息傳出來，沈驚春倒是先停了原來的計劃，開始做起了黃花梨的茶桌，順便又在門口張貼了告示，招學徒和木匠。

憑她一個人，手藝再精湛也撐不起一個家具店，以前在平山村那邊小打小鬧就算了，現在既然開了店，這些事情總要重視起來才是。

沒幾日，沈驚春的家具店就再次以一種奇怪的方式出現在城南民眾的視線中。

繼家具奇貴、店主想錢想瘋了之後，戀家家具店又開始招收木匠學徒，這本來沒什麼好奇怪的，任何手藝人都需要徒弟，但木匠找女學徒，就比較讓人奇怪了。

沈驚春每天看著門口圍著的一堆人就感覺很無力，她那張招聘上寫的明明就是招學徒的一連串要求，然後最後一條寫的是男女不限，可不知道哪個缺德的傳著傳著，就變成了家具店只招女學徒。

這群人都有病吧？以訛傳訛是這麼傳的嗎？

更讓沈驚春覺得無語的是，就算傳得整個南城這邊都知道了這件事，卻還是沒有人登門面試。

沈驚春不勝其煩，乾脆又去牙行買了一男一女兩個十來歲的人回來當學徒，取名大寒、小寒，再加上小暑，家具店一下多了三個學徒，倒是瞬間就熱鬧起來。

沒幾天，姜瑩瑩就親自跑了一趟沈驚春這邊，解釋了一下這麼多天才給答覆的原因。

在朝為官，其他地方倒還好些，但是對於戶部來說，越是年底這樣的時候，越是忙得不可開交。

況且上任戶部尚書還留了一堆爛攤子下來，姜瑩瑩的父親姜銘更是忙得腳不沾地，每天天不亮就要起床去上朝上值，原本正常散值的時間也被推後了，常常回到家中之時天都黑了。

姜瑩瑩每次去找父親想說說沈驚春拉她一起經營茶莊的事情，但看到姜銘眼下的烏青，就有點說不出了，連著幾天下來，等到姜銘的旬休，姜瑩瑩才找到機會將事情給說了。

姜銘原本還是戶部侍郎的時候，就已經開始出入內閣，現在不僅接替了戶部尚書的位置，還直接接替前戶部尚書在內閣的位置。

這內閣就相當於皇帝的秘書團，有什麼大事小事，皇帝都喜歡找這群人商議。沈驚春獻上棉花的事情，現在雖然沒有一點風聲洩漏出來，但是基本上內閣成員都知道了，尤其是姜銘這個戶部尚書。

因為土地、稅收、農務這些東西全歸戶部管，皇帝來年打算試種棉花，到時候派誰主事，也要戶部先行選出人選之後，再交由皇帝批覆。

姜銘剛開始聽到閨女說出「驚春」兩字的時候還沒反應過來，但等姜瑩瑩說起茶莊，他就一下子反應過來，因此沒有絲毫猶豫，也不要閨女出錢了，直接自己掏了私房銀子出來，讓閨女拿去參股，還說要是錢不夠，再來找他就是。

裝銀票的盒子此刻就在桌上擺著，大周朝最大的面額是一百兩，姜瑩瑩拿來的全都是一百兩的票子，一百張銀票拿在手中，厚厚的一疊。

姜瑩瑩捧著熱茶，看著屋裡的擺設。

跟上次比起來，這鋪子裡多了三個學徒，其他的東西也多了不少，最顯眼的就是鋪子中間一套半成品桌椅，顯然沈驚春這些天也沒閒著。

沈驚春見她看向那套桌椅便道：「是我做的一套茶桌，黃花梨的，等完工了送到你們府上去。」

這顯然是因為上次聽到她說的話，沈驚春才開始做的。這樣一套桌椅可不便宜，以她爹的為人肯定不能白拿人家的東西，但姜瑩瑩還沒來得及說話，就被家具店門口的動靜給吸引了注意力。

一輛馬車穩穩地停在店門口，隨即有人跳了下來。

姜瑩瑩定睛一看，不由得迎了上去，奇道：「二哥，你怎麼在這兒？」

姜清洲一回頭就對上了姜瑩瑩好奇的雙眼。「我送陳兄回來。妳怎麼在這兒？」

姜瑩瑩回道：「這家店是驚春開的啊！」

姜清洲這才看向一邊的沈驚春。「咦？徐大小姐——」

話沒說完就被姜瑩瑩給打斷了。「什麼徐大小姐？她現在姓沈。」

沈驚春朝姜清洲笑道：「姜二公子，好久不見。」

「姜二，你別光顧著說話了，先讓陳兄下去啊！」

馬車裡又有一道聲音傳了出來。

姜清洲應了一聲，轉身又去扶陳淮。

等到陳淮被扶下車，沈驚春就皺了皺眉。

早上好好出門的人，現在額頭上已經纏上了一圈圈的細布，上面還滲著血跡，看上去很鮮紅，顯然是才受傷不久。

大約是血流得有點多，陳淮面色很是蒼白，幾乎看不見血色。

她上前兩步，從姜清洲手裡將陳淮接了過來，低聲問道：「怎麼回事？」

陳淮道：「回去再說。」

馬車裡那人將人送到就要回國子監讀書，倒是姜清洲看見姜瑩瑩在這兒，遲疑了一下，留了下來。

幾人穿過鋪子，到了後面的院子裡，沈驚春招呼大家坐下，又叫了大雪備茶點，才看向陳淮。

「是宣平侯府的三公子，也在國子監讀書，不知道聽誰說了妳我的關係，這幾日總是有事沒事地在我身邊晃悠，想打聽妳的事，今日正巧被周渭川看到了。」

宣平侯府的三公子叫徐長溫，名字起得溫和、沒有稜角，但本身卻是個急性子的人。

崔氏一共生了三子一女，長子徐長清是徐府長子嫡孫，從一生下來就是徐家未來的接班人，從小被老侯爺帶在身邊言傳身教，少有玩鬧的時候，性格老成持重、沈默寡言。

次子徐長淙因是早產兒，身子骨兒不好，從會走路就開始吃藥，是名副其實的藥罐子。

三兄弟當中，唯有三子徐長溫從小活潑好動，又只比原主大了兩歲，因此兄妹二人的感情最好。原主生在武將世家，喜武不喜文，鬧了不少事情，最後都是徐長溫給她揹的黑鍋。

這次是不知道從哪裡知道了沈驚春回京的事情，大約是崔氏管教得實在太嚴，又或是其他什麼原因，並不敢直接找上門來，只敢在國子監偷偷摸摸地問陳淮。

姜清洲撇了撇嘴，不屑地道：「也不知道周渭川是被徐長寧灌了什麼迷魂湯了，理智全無，看到徐三向陳兄打聽妳的消息，就衝上去為徐長寧打抱不平，說什麼徐三放著自己嫡親的妹子不關心，倒是每日對妳這個冒牌貨念念不忘。」

姜瑩瑩一聽「冒牌貨」三個字，就狠狠瞪了自家二哥一眼。

姜清洲反應過來，訕訕地笑道：「那啥……我不是那個意思，我就是想說周渭川腦子進水了！養條狗時間長了還有感情呢，何況是個——噯……痛痛痛……」

姜瑩瑩聽不下去了，自家這個二哥還常說徐三郎是個不長腦子的武夫，但他又好到哪裡去了？哪有這麼說別人的！

沈驚春失笑。「沒事，我看妳哥說得一點也沒錯。」

姜清洲嘿嘿一笑，捂著胳膊揉了揉，才繼續道：「但妳也知道徐三那個人，根本就是個一點就炸的炮仗嘛！本來因為徐大和離的事情，他們三兄弟對徐長寧就不滿了，周渭川這個蠢貨，還沒把徐長寧娶回去呢，就敢跳出來作妖，能有他什麼好果子吃？二人互罵了幾句，就動起手來，陳兄上去勸架，結果推搡間就跌落臺階了……」

能在國子監讀書的，除了各地非常優秀的學子，其餘的就是京城才學出眾的世家子弟。

原本沈驚春被趕出侯府的事情早就沈寂下來，現在被周渭川這個蠢貨一鬧，幾乎所有人都知道沈驚春這個假千金重回京城了。

姜家兄妹並未在店裡待多久，喝完了茶，姜清洲就告辭了，順便還把賴著不想走的姜瑩瑩也給揪走了。

等他們一走，沈驚春就忍不住冷了臉。「我看這個周渭川多半是已經知道你們的關係了。」

周渭川這種在勾心鬥角的家庭裡長大的人，怎麼可能會單純到為了徐長寧就來找陳淮的麻煩？多半是知道了陳淮是周桐真正的長子之後，才用這種站不住腳的理由來試探。

陳淮冷哼一聲。「我第一天去國子監的時候，他就在有意無意的注視我了，就是不知道是他自己要這麼幹的，還是周桐叫他這麼幹的？反正不論如何，這個虧不能白吃，遲早要在他身上找回來。」

沈驚春本來以為，周渭川即使把沈驚春回京的消息捅破，崔氏那邊可能私下裡會有什麼針對她的小動作，但應該不會明著幹什麼，卻不想第二天一大早，她鋪子的門還沒開呢，大門就被人給拍響了。

沈家人多，方氏為了省錢，更是選擇每天自家燒飯，很少會出去買早點，門響的時候，一大家子正在吃早飯。

響的是後面巷子裡這道門，小暑放下碗筷就麻溜地跑過去開門。

門開在一邊，並不正對堂屋，坐在裡面只聞其聲，不見其人。

「請問小哥，這可是祁縣來的沈家？」

問話的丫鬟穿金戴銀，衣著打扮比小戶人家的小姐也不差什麼，小暑往外面馬車看了一眼，才道：「正是沈家。妳找誰？」

沈驚春已經端著飯碗走出了堂屋的門，往大門口一瞧，就瞧見了那問話丫鬟的一張正臉，可不就是徐長寧身邊的大丫鬟玉竹嗎？

方氏揚聲問道：「小暑，是誰啊？」

聽到方氏詢問，小暑高聲回道：「說是宣平侯府的小姐！」

方氏的臉色登時就變了。

單看方氏的神色，沈驚春倒不知她到底是怎麼想的。

大門口的小暑好半晌也沒等到回答，又問了一聲。「娘子，要請進來嗎？」

沈驚春道：「請進來吧。」

早飯本就已經吃得差不多了，小暑那邊將人請進了院子，白露幾人就開始收拾碗筷，吃飯的桌子很快就被擦拭乾淨。

崔氏對這個流落在外十幾年才回到身邊的閨女很是看重，撥到她院子裡伺候的人大大小小加起來有二十多人，這次出門，陪坐在車上的丫鬟和下面跟著的婆子、護院加起來也有七、八人，一窩蜂地湧進院中，本就不算大的院子一下子就顯得逼仄起來。

原主早就跟徐長寧撕破了臉皮，還被冠上莫須有的罪名趕出侯府，因此沈驚春自然不想給徐長寧面子，等人進了院子，只看了一眼就沒搭理了，逕自從書房拿了沈明榆兄妹的小書包出來，將學習用品一一裝好，又裝了一包小點心，才叫冬至套了車，將一大兩小往外送。

一院子的人，除了方氏沈默地站在門邊看著他們，其餘眾人竟然沒有一個人搭理她，徐長寧的臉色頓時有點不好看。

從回到宣平侯府之後，哪怕那些跟徐家有往來的世家千金背地裡總說她是泥腿子出身，可當著她的面，卻沒人敢直接說出來，最多也就是陰陽怪氣幾聲，像這樣被徹底無視是第一次！她看著方氏，臉上全是委屈。

到底是自己養大的孩子，如今雖然已經回到了她親生父母身邊，可也是在她身邊待了十幾年的，方氏暗嘆一聲，開了口。「來屋裡坐吧。」說著又叫大雪上茶。

沈驚春送家裡三個讀書人出門後，轉身回來也沒進堂屋，只倚在門口看著。

沈家如今用的大部分家具都是原來的房主留下的，看著有些老舊，但都還是好的，沈驚春最近又缺錢，也就沒有換。

徐長寧等人進了門，她身邊的丫鬟就拿出帕子擦了擦，又墊了一塊乾淨的帕子，才請徐長寧坐下。

方氏看在眼中，心中很不舒服。

她親閨女在侯府金尊玉貴地養了十幾年，回到平山村後卻是同吃同住，一點也不嫌棄的樣子，可這個養女才回到侯府不過兩年的時間，就已經變成了這個樣子。

方氏甚至有點不知道，在養女眼裡，髒的到底是這凳子，還是曾經養育過她的沈家。

徐長寧剛坐下來，不等她開始打量四周，方才被方氏叫去上茶的大雪就用托盤端著一盞茶上來了，這倒是讓徐長寧高看了一眼。

原本夏至被買回來後，大雪嫉妒夏至一來拿的月錢就比她高，心裡有些不舒服，不服夏至的管教，但妹妹小雪一再的提醒到底還是讓她擺正了自己的位置，這段時間成天地跟著夏至學規矩，已經初見成效。

茶杯放在桌上，徐長寧端過看了一眼，裡面沖的是紅糖水。

她在鄉下待過十多年，自然知道在平山村那種地方，用糖水來待客已經是很不錯的了。但今時不同往日，別說如今她不愛喝糖水，便是連她身邊的婢女也不愛喝這個。

徐長寧端著茶杯沒喝，視線在屋裡轉了一圈，最後落在方氏的臉上。

屋子不大，裡面的陳設一眼就可以掃完，家具都很老舊，沒有什麼出色的地方。

倒是方氏跟以前相比，簡直判若兩人。她氣色好了，人也顯得年輕了，原本已經開始變白的頭髮又重新黑了回去。身上的穿戴自然比不上崔氏那種貴婦人，但也不算差，起碼現在的方氏看起來，說她是城裡人沒人會懷疑。

徐長寧有些遲疑，下意識地就想轉頭去看沈驚春。

沈家是個什麼地方，她再清楚不過，她離開平山村不過兩年，這麼短的時間裡，方氏能有這麼大的變化，只可能來自於這個被侯府趕出家門的養女。

可惜，她的視線還未落在門口倚著的人身上，方氏就開口說話了——

「妳今天來，是有什麼事嗎？」

徐長寧定了定神，面上露出一個淺笑。「我聽他們說您跟大哥來京城了，我就想著來看看你們。」

她話音一落，門口就傳來一聲笑。「真好笑，好歹也養了妳十幾年吧？現在成了徐家的千金，連聲『娘』都不願意叫了？叫她一聲娘會髒了妳徐大小姐的金口嗎？」

回到平山村這一年多，方氏雖然表面上看著沒什麼，但好幾次沈驚春都能感覺到她有什麼話想說，最後卻沒說出口。

後來還是豆芽跟沈驚春說，方氏偷偷向她打聽過徐長寧的事情，問徐長寧去了宣平侯府過得好不好？豆芽為此還頗為生氣。她覺得自家小姐被趕出侯府全是徐長寧搞的鬼，那侯夫人崔氏可是一心向著徐長寧那個才回到身邊的閨女，但方氏居然還關心把她親閨女害得那麼慘的人，豆芽很不能理解。

沈驚春卻覺得很正常。

就像姜清洲說的，養條狗時間長了還有感情呢，更何況是個養了十幾年的人呢？

如果原主還在，或許會介意這事，但沈驚春自己對方氏本來就沒有什麼感情。

反正只要方氏能夠拎得清，其他的沈驚春並不想管。

她這話一出，徐長寧的臉色就變了變，抿著嘴看看方氏，又看看沈驚春，才輕聲道：

「我知道妳一直都恨我，覺得是我在娘面前挑唆，才害妳被趕出侯府——」

「欸，糾正一下啊！」沈驚春站直了身體走進堂屋，坐在徐長寧對面，這才繼續道：

「不是我覺得妳在挑唆，而是妳確實在挑唆。當然了，還是要感謝妳的，如果沒有妳一天到晚想著把我趕走，我現在多半還是隻被全京城勛貴嘲笑的山雞呢！」

自從到了侯府之後，所有人說話都是拐了十八道彎，絕不會這麼直白的說話，徐長寧一時間都有些不適應了。她看著對面的人，臉還是那張臉，但人卻彷彿不是那個人了。

徐長寧不說話，一邊站著的小丫鬟卻忍不住了，張嘴就道：「沈娘子自己做了醜事，敢做不敢認嗎？我家小姐只是說出實情罷了，怎麼能算得上是挑唆？妳若是潔身自好，不想著走歪路子勾引世子，誰又能抓妳——」

話沒說完，屋裡就響起「啪啪」兩聲響。

那說話的小丫鬟雙手捂著臉頰，一臉不可置信地看著沈驚春。「妳敢打我?!」

沈驚春吹了吹自己的手，動手有點突然，來不及脫鞋，這次她是用自己的手打的，兩巴掌下來，自己的手也有點痛。「打都打了，還問敢不敢？這裡可不是徐家，我打了妳，妳就得受著，徐長寧是不會替妳出頭的。」

徐長寧本來的確不打算出頭，甚至還打算說自己的丫鬟幾句，可她實在沒想到沈驚春一言不合就動手打人，打就打了吧，還敢這麼挑釁！

徐長寧臉色微沈，帶著幾分惱怒。「妳——」

「夠了！」徐長寧才開口，方氏就一臉不快地看著她道：「妳如今是侯府大小姐，我們這樣的升斗小民自然不配跟妳來往，妳走吧，以後也不要來了。」

徐長寧有些錯愕。

方氏的確記掛著徐長寧這個曾經的閨女，可她並不是拎不清的人。

雖然每次問到徐長寧的事，豆芽的態度就很不好，但方氏還是問過幾次，後面又問了些沈驚春在侯府的事情。

豆芽是沈驚春的丫鬟，自然說話、做事都偏向沈驚春，話裡話外全是自家小姐可憐，徐長寧蛇蠍心腸、見不得她家小姐好之類的話。

方氏當時聽了就不舒服，但現在看到連徐長寧身邊的丫鬟都敢這麼跟沈驚春說話，哪裡還能忍？張口就要送客。

「以後若是偶然再遇到，咱們也只當作不認識。妳們兩個雖然從小抱錯，但卻不是我們故意調換的，且從小到大，家裡有什麼好吃、好玩的都緊著妳，我自認並無對不起妳的地方，咱們這十幾年的情分便到此為止吧……夏至送客。」

方氏話音一落，插著手站在一邊的夏至就帶著大雪、小雪還有新來的小寒把徐長寧往外請。

沈家人多又都是幹慣了活的，力氣很大，看似沒用什麼力氣，幾個人卻根本掙脫不了。

小小的院子，短短幾步路，三人被裹挾著推出了門。

豆芽也夾在幾人中間，等徐長寧出去的時候，手上還用力推了一把，將人推得一個踉蹌，若非外面守著的婆子眼尖，只怕徐長寧就要摔個狗吃屎了。

幾個婆子還沒見過這麼橫的人，敢這樣對侯府千金，抬腳就要去教訓院子裡的幾個丫頭片子。

豆芽扠著腰，一臉得意地看著幾人，吩咐大雪幾人道：「等會兒去找點桃木、柳木什麼的，燒個火盆去去晦氣！」

幾個丫鬟聞言，氣得一臉鐵青。

太過分了！她們是什麼洪水猛獸嗎？還去去晦氣？

可那丫鬟被打的臉到現在還隱隱作痛，她被這兩巴掌給打怕了，到底不敢再胡來，扭頭看了眼自家小姐，卻見徐長寧已經黑著臉上車了。

這態度很明顯了，就是不想再繼續糾纏下去的意思。

當主子的都決定不計較了，丫鬟自然不能自作主張。

一行人很快就離開了這條街道。

等人一走，沈驚春就叫了冬至過來，吩咐他去打聽打聽周渭川的事。「他每天什麼時候從周府出來去國子監？走的是哪條路？身邊有多少人？另外，平日除了國子監和周府外，他最常去的地方有哪些？這個事情不著急，你慢慢找人打聽，不要露了蹤跡就行。」

沈驚春本人雖然是第一次跟徐長寧見面，但原主可是跟徐長寧交手過很多次了，從原主留下來的記憶不難發現，徐長寧根本就不是個多念舊情的人。

真這麼關心養母和大哥，她來到京城兩年了，怎麼從未託人帶過信給遠在祁縣的方氏？

事出反常必有妖，徐長寧肯定心裡憋著什麼壞點子。

本來周渭川在國子監針對陳淮時，她還猶豫過要不要去「教育教育」這個弟弟，但是現在……

冬至應了一聲，想了想又猶豫道：「這事要不要跟二爺說？」

自從來到京城後，沈驚春就叫家裡人都改了稱呼，總不能一直「姑爺、姑爺」的叫陳淮，搞得好像他是個外人一樣。

「如果他問起來你就說一下，但不用刻意去說。」

夫妻二人現在沒什麼秘密，沈驚春要做的事情也不想瞞著陳淮。

她想了想，拿了五兩銀子出來給冬至。「在外面打聽事情需要錢，該花就花，不用省著，只一條——千萬要穩，不要被周家人看出來什麼。」

第二十五章

除了方氏連著兩天心情都不大好外，徐長寧來沈家的事情並未對家裡造成任何影響。

沒幾天，那套黃花梨的桌子就做好了。沈驚春不太喜歡古代的家具，覺得過於笨重，她是按照以前她老爸家具廠裡的樣式來做的。

最後一遍漆刷完，就叫夏至帶著人，將一套桌椅裝車送到了文宣侯府去。

文宣侯果然如同姜瑩瑩想的一般，不肯白拿沈驚春的東西，第二天就叫身邊的小廝送了銀子過來。

沈驚春也沒客氣，直接就收了。

家具店開門至今一單生意都沒接到，如今資金到位，雖還不到移栽茶樹和果樹的時候，但茶山卻可以先整治起來了，於是沈驚春乾脆先放下手上的活，只留了三個學徒看店，自己又跑去爵田那邊找人整理茶園。

近一個月的時間過去，三進的院子也差不多到了收尾的階段，只等一個風和日麗的黃道吉日，上了梁、蓋上瓦，就算建成了。

沈驚春在自家院子裡轉了幾圈，才找到沈志清，說了要開始整理茶山的事情。

兄妹倆說話時的音量正常，結果沈志清還沒回話呢，反倒是一邊幹活的農家漢子先開了口——

「沈娘子要找人砍樹、挖樹啊？女人行嗎？我婆娘也是幹慣了活的。」

「行啊！不過這活可沒有建房子的工錢高，我這邊每天只給三十文，包一頓飯。大叔你也是附近村子的嗎？」沈驚春問道。

那說話的漢子樂呵呵地道：「是呀，就是後面小河村的。」

「那這樣吧，大叔你先將手裡的活放著，回去幫我問一問有沒有人要來幹活的，不拘男女，只要手腳勤快、不偷懶的都能來。如今已經午時，幹到天黑前算半天工錢。」

「行，那我現在就去！」漢子放下手裡的活，麻溜地往自家村子那邊跑。

沈志清問道：「是上次那位姜小姐出了錢？」

「不錯。」

二人往山腳走去，很快就出了宅子範圍，等身邊沒了人，沈驚春才道：「一萬兩銀子，我算了一下，這個錢基本夠用，先緊著茶樹來。等房子建完，我叫張叔到附近找找看還有沒有其他的茶樹，到時候也一併買來種下。其餘的錢再拿去買果樹，不一定非要買三年生的，小桃樹也是可以的。等咱們這個茶莊建好了，到時候再搞個消費活動出來，買咱們的茶超過多少錢，就可以在咱們這小山上領養一棵桃樹，每年只需要出十兩銀子即可，我們幫著照顧桃樹，到時候樹上長的桃子什麼的，全歸這個領養人所有。」

沈志清聽得一臉震驚，說話都不索利了。「這……這能行嗎？誰沒事幹花錢請別人幫自己照顧樹呢？」

「這誰知道呢。」沈驚春聳聳肩。「有錢人的想法咱們是不瞭解的，十兩銀子對我們來說很多，但對有錢人來說又不算什麼。十兩銀子領養一棵桃樹，多划算啊！又不用自己照顧，樹還屬於他們，到時候等桃子成熟了，摘下桃子送人，說是自家養的，這不是很有成就感嗎？」

沈志清都不知道要說什麼了，反正他是不能理解這什麼成就感的。

在他看來，能夠領養桃樹的人，就是錢多燒得慌，銀子放在兜裡估計會咬人！

不過沈驚春畢竟以前也是當過千金小姐的人，她既然這麼說，說不定有錢人還真是這麼想的。

二人聊了沒一會兒，那回去叫人的大叔就領著十來人匆匆又跑回來了，果然全是女人。

一共也才十幾個人，一眼掃過去就能看清楚大概的情況。

這些人的雙手顯然都不細嫩，已經近十一月底，天氣越發寒冷，沈驚春甚至還看到好幾個人的手上開了裂，長了凍瘡。

年紀大些的婦人被這麼盯著看，還算能繃得住，幾個跟沈驚春一般年紀的少女見她的視線落在自己的手上，就緊緊地交握著雙手，顯得很不安。

沈驚春收回了視線，問道：「工錢都跟妳們說明白了吧？三十文一天，管一頓午飯。早上天太冷，上山幹活怕大家受不住，所以工作時間就是巳時初幹到申時末，有問題嗎？」

冬天活難找，尤其是她們這樣的婦道人家，三十文一天還包一頓午飯，已經是很好的活了，而且從巳時到申時才四個時辰而已，女人們立刻表示沒問題。

「行。今天時間有點晚了，就算半天時間。妳們吃過午飯了嗎？」現在都已經未時了，吃得起三頓飯的人家這個點基本上都吃過了，吃不起的人家乾脆就不吃，但沈驚春還是問了一遍。

十幾人不論吃沒吃過，都點了點頭，表示自己吃過了。

見沒人說沒吃，沈驚春也沒多問，叫沈志清找了些砍刀、鋤頭、鐵鍬之類的工具出來，帶著人就往山上走。

「我們家房子還沒建起來，幹活的工具不多，可能不太襯手，剛才是我忘記跟那大叔說了，明日妳們再來上工時，家裡有工具的就自己帶點襯手的工具來吧。」

工地上的活有請來的工頭在，不用沈志清等人時時盯著，因此他和沈驚秋還有張大柱也跟著一起往山上走。

到了山腳下，沈驚春找了一棵茶樹出來，指著道：「都來瞧瞧，這滿山的大樹、小樹，除了我指出來的這一種之外，其他的一個也不留，能挖出來的直接挖出來，挖不出來的先砍掉，後面再想辦法挖出根系，但是千萬不要傷到這茶樹。」

茶樹跟那些灌木荊棘長得不一樣，好認得很，十幾個人挨個兒上去看了一遍，就表示明白了，拿著工具就開始幹活。

十幾人都是勤快本分的人，散得很開，相互也不閒聊，只悶頭幹活，偶爾遇到自己一個人弄不出來的東西，才會開口喊人來幫忙。

茶樹過於珍貴，雖然叫這些人都認清楚了，但沈驚春還是有點不放心，因此也跟在後面看了一下午。

到了晚上，時間太晚了，她乾脆不回去了。三進的院子雖然還沒完全蓋好，但是外面已經蓋好幾間供人守夜用的小房子。

沈驚春留下來住，沈驚秋就去跟沈志清住了。

一連三天，沈驚春都待在爵田這邊沒回城，直到第四天冬至跑來說程太醫那邊終於空出時間來了，叫了程江來問這幾天沈驚春這邊有沒有空。

冬至來時，整個工地都在吃午飯。

沈驚春端著飯碗，扭頭就去看沈驚秋。

從她穿越過來到現在也一年多了，不知道是不是錯覺，她總覺得她哥的病情在好轉，給人的感覺好像是小孩子隨著年歲的增長，心智也跟著在慢慢增長。如果說剛穿過來時，她哥的心智是七、八歲，那麼現在就像是十歲左右了。

沈志清也一下子驚喜地跳了起來。他現在跟在沈驚春後面混，怎麼也算是自己人了，沈家的事情他幾乎都知道，也曉得程太醫有個師兄能治沈驚秋病的事情。「還吃什麼飯啊？趕快收拾收拾回城才是正經事啊！」

沈驚春哭笑不得。「你怎麼比我還激動？那程太醫又不是已經在家裡等著咱們回去了，不在乎這一時半刻，飯還是要吃完的。」

話雖然是這麼說，但畢竟關係到沈驚秋能不能治好，她扒飯的速度都變快了。這幾天一直在這邊跟著幹活，體力消耗大，每頓都要吃兩小碗飯，但今天只吃了一碗，沈驚春就放下碗。

沈驚秋倒是無知無覺，還想再吃一碗，被沈驚春直接拖上馬車往回跑了。

自從程江上門後，方氏就坐不住了，從前院踱躂到後院，又從後院踱躂到前院，來來回回不知道走了多少趟，把豆芽幾人的腦子都給轉暈了，好不容易聽到外面巷子裡傳來車馬響動的聲音，又一下子衝出門去。

來來回回十幾遍，終於等回了沈驚秋兄妹。

方氏直接衝上去拉著兒子，不停地拍著他的手。原本沒看到人之前有滿肚子的話，現在卻是一句話都說不出來了。

等到國子監放學，陳淮接了兩個小的回來，一進院子就發現今天家裡的氣氛不對，轉頭看見自家媳婦從爵田那邊回來了，卻坐在椅子上看著岳母和大舅哥不說話，頓時以為家裡發生了什麼大事，身上的東西都來不及放，就湊了過去小聲問道：「怎麼了？」

沈驚春看他一眼，拉著他回房才道：「程太醫那邊叫人來傳話說有空了，問我們什麼時候有空，大概是要帶我哥去見田大夫。」

原來是這事啊！陳淮鬆了口氣，溫熱的手掌拉著自家媳婦的手，根本不想放開。「這不是好事嗎？怎麼我瞧妳好像並沒有那麼高興。」

「唉……」沈驚春嘆了口氣。「是好事啊，但我娘似乎有點太高興了。程太醫也不敢說田大夫一定能治好我哥，我就怕現在的希望越大，到時候失望越大，我娘會受不了這個打擊。喜傷心、悲傷肺、怒傷肝，無論哪種情緒都要適度，大悲大喜不利於身體健康啊！我到家之後，豆芽偷偷跟我說，我娘就跟魔怔了一樣，這可不是好事。」

方氏這些年再苦再累都咬牙堅持著，全部都是為了沈驚秋。

如今在京城住了快一個月，好不容易等到了程太醫那邊的回覆，方氏看著雖然沒有話，但是明眼人都看得出來她現在的情緒很亢奮。

沈驚春真的很怕到時候假如田大夫治不好她哥，或者他根本不想給她哥治病，方氏這種狀態會受不了打擊。

她在現代的時候是見過那種因為情緒過於激動而引起中風的人的。

陳淮聽沈驚春這麼說，臉色也鄭重了一些。「帶大哥去看病的時候，叫娘在家裡等著吧，不要帶她一起去。無論到時田大夫怎麼說，都先不要把結果告訴娘，得循序漸進，就說要長時間治療。等時間長了，她的情緒自然能夠平靜下來，後面再發生什麼事也更容易接受一些。」

沈驚春無奈地道：「也只能這樣了，明日先去程家問問情況。」

「明日我告假一天，跟妳一起去程家。」

「行，一起去顯得鄭重一些。」

第二日，一家人起得很早，開始準備去程家的禮物。

程家的馬車早就還了回去，即使在京城，沒有關係的情況下，馬車也有點難買，沈家就是自家用車，不一定非要用馬車，因此沈驚春就給家裡買了兩輛騾車，一輛放在城裡用，一輛在爵田那邊的宅子裡。

這次去程太醫府上，因只是去問問情況，就沒有帶著沈驚秋一起去，除了趕車的冬至，只帶了一個夏至。

程家顯然已經跟門房打過招呼，馬車一停在程家大門口，裡面的門房就跑出來詢問是不是陳舉人和沈娘子？得到肯定的回答之後，又忙不迭地將人往裡面請，並有另外的人引著冬至將馬車往後門趕。

程太醫最近一直忙得跟陀螺一樣，休息在家難得放任自已睡了個懶覺，起得有點晚，程夫人等人也就將早飯時間往後推了，沈驚春和陳淮登門時，程家還在後院吃早飯。

那門房將三人引進院子後，就另有僕婦領著三人繞過一進院子，到了後面的花廳裡，請他們坐下稍候，又喊了丫鬟上茶、上點心。

後面程太醫聽聞沈驚春來得這麼早，匆匆吃了飯就領著夫人和家裡的孩子來了。

雙方是第一次見面，自然又少不了寒暄，程太醫一一介紹之後，眾人才分主賓坐下。

程太醫常年在皇城內行走，察言觀色很是有一套，知道沈驚春現在多半沒有心情說其他的事情，也就沒有說其他的，而是一來就將師兄田回的事先給說了出來。

「之前從祁縣回來，我就跟師兄提起過這事，當時他沒答應。後面有次我提起來牛痘的事情，說起這牛痘防天花是妳想出來的，他倒是改了口，說是可以看看。後來因太醫院事情多，你們又沒進京，這事也沒再提起。前些日子我叫人去問，才知道我師兄已經去了奉持山的金林寺。」

沈驚春聽都沒聽過這地方。

倒是陳淮以前讀山河志的時候看到過這個地名。「有點遠啊。」

程太醫點點頭。

從京城這邊過去到奉持山所在的奉持縣還要四百里路，這山又很大，金林寺建在深山老林裡，雖然近些年因金林寺的香火格外靈驗的緣故，許多信眾自願出錢修了從山下上山的路，但光是趕著馬車上山恐怕都要走上大半天。

程太醫歉意地道：「本來我應該親自帶你們去金林寺找我師兄的，但是冬天到了，京城裡的勛貴們頭疼腦熱的多，實在告不了假。我手書一封信，讓程江跟你們一起去金林寺，我師兄也是認識他的。」

沈驚春忙道：「正事要緊，程伯父能夠幫著我們找田大夫，我們一家已經感激不盡，讓程江跟著一起去就很好了。」

若沒有程太醫，沈家甚至根本不知道有田大夫這個人。

到了京城之後，因為一時半刻的也找不到田大夫，所以沈驚春帶著大哥去看過別的大夫，包括杏林春在京城的店，而所有大夫的說法基本上都相同——沈驚秋這個病如果在一開始就選擇到京城來看，那麼他們還有把握能夠治癒，但現在時間實在是太長了，恐怕世上沒有人能夠治得了。

方氏當時聽了這話，既恨又惱。

恨的是祁縣那些庸醫，明明治不了這個病，卻還是要沈延平花大錢抓藥回去給沈驚秋吃，結果流水一樣的錢花了下去，沈驚秋的病沒好，沈延平也因為拚命掙錢而累垮了身體。當時唯有杏林春的楊大夫直言治不了，也沒開藥。

惱的是京城這些大夫說話不好聽，明明人家程太醫都說了他師兄田大夫能治。

程太醫嘆道：「時間還早，你們回去收拾收拾，現在就出發去奉持山吧。快過年了，要是過年前金針刺穴能見效，你們家也能過個好年。」

說著便讓人去喊程江來，又叫人去書房將他已經寫好的信給拿了過來。

沈驚春接過信，連聲道謝，也坐不住了，等程江來了起身就要告辭，還是陳淮拉了她一把。

陳淮朝程太醫問道：「之前房子的事，我們夫妻還未謝過程伯父。不知那買房子的四千兩銀子是您墊付的，還是我老師墊付的？」

四千兩不是個小數目，已經登門了卻提都不提這個事情，雖然因為沈驚秋治病的事情情有可原，但到底說起來還是禮數不周。

陳淮不提，程太醫都快忘記還有買房這事了。「用的是你老師隨信帶過來的銀票。想必他年前就能進京，到時候你們師徒自己說吧。」

幾人出了程府後，直接就往家走。

方氏沒想到他們回來得這麼快，急急迎上前，想問又不敢問，就怕得到的是不好的回答。

沈驚春抱住方氏的胳膊，邊往裡走邊道：「程太醫說，田大夫如今在外地一個叫奉持山的地方，我現在收拾了東西就出發。」

方氏一聽立刻道：「我也去收拾東西！」

「娘妳就在家待著吧，淮哥跟我一起去。妳也走了，家裡沒人照看明榆和蔓蔓，妳自己也不放心吧？」

這是路上商量出來的說詞。

方氏看著溫和好說話，其實骨子裡很拗，認準的東西別人很難叫她改變主意，尤其關係到沈驚秋能不能治好病的事，就是前面下刀子，她估計都會毫不猶豫地往前衝。

這次去金林寺，還不知道要待多久，陳淮並不想跟自家媳婦分開，加上現在國子監裡，以周渭川為首的一批京城本地學子有意無意的針對，雖然有姜清洲一行人站在他這邊，但陳淮還是很難靜下心來看書，每天都被周渭川那群人搞出來的動靜鬧得心浮氣躁。

方氏一聽果然猶豫了，但想了想到底不甘心，在兒子面前，孫子、孫女都得往後靠。

「要不叫阿淮別去了吧，在家照顧明榆和蔓蔓？」

陳淮已經回屋收拾衣服去了。

沈驚春挽著方氏進了堂屋，才將陳淮在國子監的情況給說了一遍。「淮哥在學堂裡沒法安靜讀書，要是在京城待著，那周渭川還不知道要想什麼辦法來找麻煩呢！娘妳也知道，淮哥他生父現在就在京城當大官，他跟我一起去金林寺，正好能避開周家那邊，要不然來年會試要是落榜——」

「呸呸呸！」方氏一把捂住了閨女的嘴，連呸三聲。「都快過年了，這種不吉利的話就不要再說了！」

閨女都說到這個地步了，方氏再不情願，到底還是讓了步，同意留在家裡照顧孩子，不去金林寺了。

行李實在沒什麼好收拾的，也就是幾身換洗的衣物和錢罷了。

將家裡的事情交代清楚，除了她和陳淮還有要去治病的沈驚秋外，其餘的人一個也沒帶。

跑這麼遠的路，騾車就不太適合了，用的依舊是向程家借的馬車。三人上了車，由程江趕車，馬車載著方氏滿心的期盼，在她的視線中越走越遠，很快就消失在街道盡頭。

古代交通不便利，有的地方官道修得好還能走得快一些，有那官道修得不好的，同樣一段路花費的時間可能是現代的幾倍甚至於十幾倍。

農曆十一月底，靠北方這邊已經冷到人直哈氣。

馬車出京城的時候天氣還好，路上過了三天進入扶台府，天上就開始紛紛揚揚地飄雪。

俗話都說下雪不冷化雪冷，但現在僅僅是下雪，沈驚春就已經冷得夠嗆了。出門的時候就怕太冷了受不了，幾個人棉衣都帶了好幾件，裡三層、外三層的都這麼冷，更不要說坐在外面趕車的程江。

「要不就近找個有人的地方先停下吧？冒著大雪趕車不太好。」程江畢竟不是自家人，沈驚春不太好意思叫他冒著大雪趕車。

「多謝沈娘子體恤，不過不用了，趁著雪停之前多趕一點路吧，要不然等一晚過去，路面被雪覆蓋可能就要結冰了，到時候更不好走。」

沈驚春點點頭，看向他身上一整套厚厚的兔毛帽子、圍脖、氅衣，還是問道：「你冷嗎？我們這邊有帶了多的棉衣，給你拿一件穿吧？」

「行，那小人可就不客氣了！」程江沒拒絕，將馬車勒停在一邊。

沈驚春挑了沈驚秋最厚的一件棉衣遞給他。

厚厚的衣服上身，身子瞬間暖和不少，程江謝過沈驚春，才重新趕起了馬車。

大雪紛紛揚揚地下了一天，一行人勉強到了奉持縣就被迫停下。

下雪的時候自然是沒人出來鏟雪，縣城街道兩邊都積了不少雪，只有中間走人的地方雪被過往的行人給踩化了。

這種雪天，半夜再冷不過，為了趕車的馬得到很好的照顧，一行人投宿的客棧據說是整個奉持縣最好的。

京城周圍山不算多，有名氣的也就那麼三、四座，金林寺算是這些山裡的道觀、寺廟中香火最盛的，平日裡趕遠路來這邊上香的香客很多，奉持縣因這些外來客倒是繁盛得很，下了這一場大雪，眾人沒辦法上山，縣裡客棧的生意都好了不少。

程江被客棧的小二帶到後院去停車，只有沈驚春三人從正門進去，一掀簾子，一股暖意就撲面而來，熏得三人一下子就閉上了眼睛。

等適應了這個溫度再睜眼，就見並不算大的大廳裡擺了十來張桌子，大半都已經坐了人。

小二徑直引著他們往角落一張空桌子坐下來，菜還沒點，熱水就先上了一壺。

沈驚春捧著茶杯，這才覺得自己還活著。這麼冷的天，要是一直在車上待著，恐怕真的要凍死了。

程江很快就安置好馬車來了大廳，他不是沈家下人，出門在外也沒那麼多講究，直接跟沈驚春三人坐了一桌。

陳淮點了幾個菜，那小二去傳菜了，幾人才安安靜靜地聽著客棧裡的人說話。

大雪天出門吃飯的本地人很少，大廳裡大多都是外地來的香客，談論的事情天南地北、千奇百怪，但說著說著就都變成了同一個，那就是這場大雪什麼時候能停？停了之後多久可以上山？

有來過幾次的香客便道，這大雪停了之後，金林寺的和尚們就會沿路掃雪，奉持山附近的村民有的也會主動幫忙從山下沿著山道往上掃雪，按照往常來說，雪停之後掃雪需要一天多的時間，第三天大概就可以上山了。

幾人原本提著的心就放鬆下來。

在客棧裡窩了兩天，果然傳來山道上的雪掃清的消息，第三天等到太陽出來，一行人才結了房錢，往奉持山金林寺去了。

剛出奉持縣的時候，一切都還算正常，可等馬車上了山，走了半截路，連沈驚秋都感覺到不正常了。

周圍太安靜了！

若是平日裡沒有這場大雪，這種深山老林一路走下來都碰不到一個人是很正常的事。可今天不一樣，山路才開，前後腳從奉持縣出來的香客就有不少，哪怕因為馬車、騾車的腳力問題，大家速度不一樣，也不應該安靜成這樣。

程江遲疑地勒停了馬車。

車一停，沈驚春就直覺不好！這個地方太危險了，山路旁邊十步不到的地方就是陡峭的山壁，如果這個時候出現什麼人攔路……

這個念頭剛出現在腦海裡，耳邊就傳來「砰」的一聲巨響，一塊落石直接從天而降，砸在了車頂上！

拉車的馬匹受驚嘶鳴一聲後，瘋狂地拖著馬車重新跑動起來，程江怎麼拽馬繩都無濟於事。

馬車裡的三人被顛得東倒西歪，冷風從車頂上那個被落石砸出來的洞倒灌而入，吹在臉上有如刀割一般。

沈驚春有點不確定這到底是正常的山石鬆動，還是人為？

很快地，接二連三的落石連綿不絕地滾了下來。

馬速太快，車裡面的三人被顛得根本無法坐穩，沒一會兒外面就傳來一聲悶哼。

陳淮呼著氣高聲喊道：「程江，你還好嗎？」

外面根本沒人回答。

「他可能被落石砸中了。這樣下去不行，在這種山道上跑，很容易出事，得想辦法下車才可以。」

沈驚春說著，用力扒著車廂，艱難地挪到了車門邊。

車簾子掀開，原本坐在外面趕車的程江果然已經不見了蹤影。

外面的山道越來越窄，馬拉著車跑得飛快，山上沒有落石下落了，也不知是已經出了範圍還是怎麼樣。

沈驚春爬上車轅，試著用蠻力控制馬車，可這馬本來就受了驚，她越用蠻力拉車，那馬就越發癲，甩著蹄子就往崖壁直衝而去。

眼看就要衝出懸崖，沈驚春來不及多想，揚起拳頭一拳砸在了面前的車架子上，木質的車架應聲而斷，少了馬的拖力，車廂憑著慣力往前衝。

沈驚春只來得及抓起身邊的陳淮往外丟去，車廂就已經衝出了懸崖，「砰」的一聲砸在了下面陡峭的山壁上，砸得四分五裂，還未融化的雪被砸得飛濺而來。

山壁過於陡峭，又被厚厚的雪覆蓋，根本看不清哪裡有著力點。

車廂四分五裂，不復存在，前面先一步踏出懸崖的馬已經不知道掉到哪裡去了。

沈驚春陷在厚厚的雪裡往下翻滾，身上、臉上全是雪水，她一手用力地扒住山壁，另一手想也不想直接催發出一條長長的藤蔓往下一甩。

藤蔓見風就長，比沈驚秋下墜的速度還要快上很多，很快就纏上了他的身體，攔著他的腰，將他一圈一圈纏繞了起來。

山道上，被沈驚春甩出車外的陳淮，感覺自已摔在路上，五臟六腑都被砸移位了，可他根本顧不上身上的痛，幾乎是連跌帶爬地到了懸崖邊。

沈驚春的雙手已經被凍麻了，尤其是那條攀著山壁的手，直接埋在了雪裡，五指已經被雪下鋒利的山石給劃破，她甚至還來不及感覺到痛，傷口就被冰冷刺骨的雪給凍麻了。

底下被藤蔓纏繞住的沈驚秋毫無聲息，沒有一點聲音。

沈驚春咬著牙抬頭朝上面的陳淮喊道：「我把我哥甩上去，你接一下！」

陳淮只愣了一下，就反應了過來。「好，我們要快點了，只怕後面還有追兵。」

藤蔓柔軟但韌性很強，看著並不算粗，可拉著一個一百多斤的成年男人卻沒有絲毫要斷裂的樣子，上面長出嫩綠的葉片跟這皚皚白雪反差分明。

機會只有一次，若是一次不成功，沈驚秋就會因為下落的慣性撞上山壁。

撞到其他地方還好說，有那層厚厚的雪在應該不致命，可若是腦袋撞上去，後果就不堪設想。

陳淮已經恢復冷靜，高聲道：「妳先靜心下來，不要著急，試試看能不能讓藤蔓再長粗一點。」

沈驚春無聲地點了點頭，連著深呼吸幾次，才讓呼吸平緩了一些，緊握著藤蔓的掌心綠芒不住閃動，一根粗壯的樹枝自上往下長出，隨後幾條藤蔓裹繞著樹枝，再度纏上沈驚秋。

沈驚春深吸一口氣，直接握著樹枝將沈驚秋往上舉。

先前拽著他還不覺得有什麼，現在一舉起來不知道扯到了哪裡，整條胳膊鑽心的痛，才剛將人舉起來，胳膊就抖得跟篩子一樣了。

陳淮一手抓著崖邊的灌木，一邊身子探出去拉住了沈驚秋。

裡面被藤蔓包裹起來的樹枝在他眼皮子底下慢慢枯萎，化為齏粉隨風散去，而纏在沈驚秋身上的藤蔓卻在變長，等到陳淮將人完全拖上了山道，那藤蔓一鬆，就要縮回去。

陳淮連忙抓住一根，往上拽了拽。「妳抓緊一點，我拉妳上來！」

「你別拉我，你看看附近有沒有可以借力的樹木之類的，將藤蔓綁上去，我自己爬上去，這樣更安全一點。」沈驚春感覺好累，有點精疲力盡，說話的聲音都虛弱了幾分。

她這個地方離山道還有點距離，剛才情急之下將陳淮甩出車廂，沈驚春不知道他受傷了沒有，她哥被她送到了最上面，還算好拉上去，但她吊在下面，拉起來很費勁，若是一個不小心，陳淮反而被她拉下來，那就不妙了。

陳淮說了聲好，連忙走到山道對面，將不斷變長的藤蔓纏繞上去，打了好幾個結，完事還有點不放心，自己又試了試，才回到崖邊高聲道：「好了，可以往上爬了！」

沈驚春小心翼翼地試著鬆開了手，幾條藤蔓很穩，沒有絲毫下墜的趨勢，可從雙手承重變成單手承重，那隻似乎受了傷的胳膊更痛了些。

她咬著牙攀著藤蔓往上爬，短短幾公尺的距離卻用了很長時間，大冬天的溫度恐怕已經零下了，她額頭上卻直冒汗，貼身的兩層薄衣已經被汗浸濕，透著一股涼意。

等到冒出頭被陳淮拉上山道，一張臉更是慘白，沒有一絲血色。

她直接在原地躺了下來，一點也不想動彈，可只躺了不到一分鐘，又掙扎著爬了起來。

陳淮說得很對，這邊離那山石滾落的地方不算遠，如果這不是意外而是人為，很可能還會有追兵追來，他們沒有時間在這裡耗著。

她坐了起來，從空間裡拿了兩粒晶核吸收掉，再次催動異能，直接編了一個簡單的小架子出來，將沈驚秋拖了上去。

兩人無聲地拖著沈驚秋，順著山道往山上走，沒有人提起回去找程江的事情。

程太醫是個隨和的人，不會隨便得罪什麼人，程江只是程家的下人，更不會有人這麼大費周章地搞這麼多事來針對他。

所以這件事要麼是周家人想幹掉陳淮，要麼就是徐長寧和崔氏想幹掉沈驚春。

若是以前，沈驚春可能還不會懷疑到徐長寧身上去，但上次她忽然上門，本身就很奇怪。

現在回去找程江，等於自投羅網，且說不定本來程江還有機會活，但因為他們的回頭，反倒斷了他的生路。

寂靜的山道上，只有兩個人拖著沈驚秋勉力前行的身影。

走了兩個時辰後，身後的山道上終於傳來了動靜，四輛馬車排著隊往他們這個方向來了。

馬車都是雙馬拉車，只一眼就能看出這些拉車的馬都很精神，遠不是車馬行那些馬可比的，更別提馬車周圍還有十來名身穿輕甲的護衛。

他們現在站的地方已經能夠遠遠地看見金林寺隱匿在山林裡若隱若現的屋舍了，後面過來的這群人看上去又不太好惹，因此沈驚春就沒有上前求助，而是拖著沈驚秋，跟陳淮站到了一邊，等著馬車過去。

上山就只有這一條大路，他們看到了後面的車隊，後面的人自然也看到了他們。

馬車經過三人身邊，主動停了下來，靠近三人這邊的車簾子被人掀開。「你們是要去金林寺嗎？被前面的落石砸到了？」

說話的老婦人瞧著五十多歲的樣子，身上穿得很素，頭上更是只插著一支銀簪，唯有搭在車窗上的手裡捏著一串看上去價值不菲的琉璃念珠。

這老婦人生得一張圓圓的臉，看著非常好說話，臉上的表情也很溫和。

老婦人的視線落在沈驚春臉上後就頓了頓，不待他們回答，又問道：「妳是……宣平侯府的大小姐？」

「現在已經不是了。」沈驚春說著，皺了皺眉，這老婦人顯然是認識原主的。

能用得起這樣一串念珠的人，身分顯然不一般，但沈驚春仔細想了想，卻沒在原主的記憶裡找到任何一點關於這位老婦人的信息。

對方認識她，她卻不認識對方。

那老婦人聽了她的話，也微微皺眉，轉頭低聲朝馬車裡不知道說了句什麼。

沒兩句話，那老婦人又重新轉過了頭來，溫和地朝沈驚春道：「你們上後面第三輛馬車吧，我們也是要去金林寺的。」

沈驚春怔了怔，看向老婦人的臉，這才鄭重地道了謝，蹲身將藤蔓上躺著的沈驚秋抱了起來，往後面的馬車走去。

幾輛馬車上都是坐了人的，還放了不少東西，得了那老婦人的吩咐，第三輛馬車上坐著的兩個丫鬟、婆子，很快就收拾好東西，往第四輛馬車上去了，將第三輛馬車給騰了出來。

三人一上車，沈驚春才發現裡面還躺著昏迷不醒的程江，他表面上看起來沒什麼事，只是雙目緊閉，滿頭冷汗，顯然不知道被石頭砸中了哪裡。

沈驚春和陳淮都不會醫術，也不敢輕易挪動他，便將沈驚秋放在了他身邊。這輛馬車還算大，但兩個成年男人並肩躺在裡面，還是顯得有點逼仄，沈驚春與陳淮只能在角落占了一小塊地方。

車隊一路往上，很快就到了金林寺外。

外面有專門安置香客馬車的地方，車一停，其他幾輛車上的丫鬟、婆子和護衛們就訓練有素地開始往下搬東西。

沈驚春跟陳淮下車時，前面兩輛車的人已經走得差不多了，只給他們留下了背影，倒是一開始出聲叫他們上車的老婦人還站在一邊，看到兩人下車，還往這邊走了幾步，迎了上來。

兩個病人還在車上，沒有下來。

「多謝夫人援手之恩，我姓沈，沈驚春，這是我夫君，姓陳。還未請教夫人怎麼稱呼？我們夫妻日後也好登門道謝。」沈驚春說道。

「我只是個下人罷了，當不得沈娘子一句夫人，稱我一句常嬤嬤即可。」

常嬤嬤的視線落在二人的身上，臉上還有些微微的驚訝。她們久不在京城，也不太關心京城那些不相干的人和事，倒是不知道宣平侯府的大小姐不僅不是徐家人，還已經結婚了。

她望著沈驚春那張如今長開後很有幾分面善的臉，微微笑道：「我家主人在這金林寺還算有幾分面子，沈娘子可需要我叫人幫著安排住處？」

這幾人都是一身狼狽，尤其是沈驚春。

沈驚春身上衣服的顏色很淺，在雪堆裡滾了兩圈，裡外衣服都濕透了，從崖壁上爬上來之後又直接躺在了地上，身上、頭上全是泥，看上去頗為狼狽，一張俏臉更是白得沒了血色。

「那我就厚著臉皮再求嬤嬤援手一回了。」沈驚春答應得很爽快。

看著常嬤嬤的臉，她心中的訝異更深了幾分。

常嬤嬤雖然自稱下人，長得也很好說話的樣子，可通身的氣派卻比原主記憶裡一些家世稍差的老夫人還要強些，這樣的人都只是個下人的話，她的主子該是何等的身分？

起碼在原主的記憶裡，侯府老夫人身邊伺候的嬤嬤可沒有這樣通身的氣派。

常嬤嬤笑道：「只是舉手之勞罷了，沈娘子不必放在心上。」她說著，微微頓了頓。「先前沈娘子說，現在已經不是侯府大小姐了，這是怎麼一回事？我們久不在京中，對於京城的消息不太清楚。」

這種事情畢竟屬於人家的私事，雖說哪怕回京之後隨便找個人問問也能問得出來，但當著人家的面直接問，多少有點不禮貌，可常嬤嬤臉上掛著恰到好處的溫和笑容，言語間就像是跟家中子姪閒聊一般隨意。

留下來的幾個護衛已經開始幫著將沈驚秋和程江從車上搬下來了，陳淮在旁邊幫手，沒跟上來。

沈驚春看了一圈後面的狀況，才轉身與常嬤嬤一同往前走，毫不在意地道：「因為我不是徐家的孩子，當年出生的時候與真正的徐家大小姐抱錯了，後來徐大小姐上門認親，我們也就各歸其位了。」

「原來如此。」常嬤嬤並沒有抓著這個事情細問，轉了話題。「那沈娘子這麼冷的天來金林寺又是為了什麼呢？」似乎是怕沈驚春誤會，又解釋了一句。「沈娘子別誤會，我沒有其他的意思，只是看娘子十分面善，很像以前認識的一個人，這才多嘴問了幾句。」

沈驚春本來還覺得大家非親非故，這常嬤嬤問得也太過了些，已經有點不想回答了，可人家這麼光明正大的問出來，還解釋了幾句，再加上她實在想不出自己身上有什麼東西能夠讓別人覬覦的，因此還是回答道：「家兄生病了，經人介紹，說是有位極擅金針刺穴的大夫目前在金林寺，故而才不遠趕來。」

「妳還有個兄長？」常嬤嬤的語氣裡透著幾分驚訝，走路的速度也慢了下來。

在古代這種地方，別說有一個哥哥了，就是有七個哥哥好像都不是什麼讓人驚訝的事情吧？沈驚春不知道常嬤嬤為什麼會是這種反應，她應了一聲「是」，以為常嬤嬤還會繼續問下去，誰知她卻收了話題，問沈驚春是不是從京城來的？得到肯定的回答之後，又問了一些京城如今可有什麼新鮮好玩的事情。

二人一路閒聊著進了金林寺，到了寺廟裡，沈驚春見她果然跟裡面的僧侶看上去很熟的樣子，知客僧對她的態度也很和氣。

常嬤嬤將幾人想要住下的要求一說，那知客僧立刻便安排身邊的小沙彌帶著幾人去客院。

一行人跟著小沙彌往寺廟後面行去，常嬤嬤倒是沒有過多的打擾，很快就與一行人告辭分別，因沈驚春說了程江也是和他們一起的，程江便也被留了下來。

已經十二月，原本在金林寺清修的香客、居士們都已經紛紛啟程返家，如今還留在寺裡的很少，又或是因為看在常嬤嬤那背後主人的面子上，金林寺給他們安排了一進單獨的小院子。

幾名護衛抬著昏迷的沈驚秋和程江進了院子，安置在床上，拒絕了沈驚春給的謝銀。

等他們一走，兩人又找了領路過來的小沙彌，給了銀子添香油錢，請他幫忙找幾身乾淨的換洗衣物。

車上原本帶著的東西，除了身上穿著的，已經全部滾落山崖。

有香油錢開路，小沙彌倒是很熱情，不一會兒就領著另外兩個小沙彌，揹著衣服過來了，還道這是寺裡冬天才新製的衣服，師兄們還沒上身，是乾淨的，請幾位施主放心穿。

奉持縣比京城還要更北一些，冬天睡的自然都是火炕。住在寺裡的人冬天燒的柴火都是自給自足，前面住在這院子裡的香客走之前，柴房裡還留下了不少柴火。

幾個小沙彌都虎頭虎腦的很是可愛，送完衣服過來，也沒著急走，反倒是好奇地跟在沈驚春身後看她生火燒炕。

「幾位小師父可知道田回田大夫住在哪裡嗎？」沈驚春問道。

那位領他們過來的小沙彌立刻道：「我知道，就住在你們隔壁的院子裡！不過今天田施主上山採藥去了，早上我看到他在齋堂裝了好幾個饅頭呢，恐怕要到下午才能回來了。」

「這樣啊。」沈驚春說道：「多謝幾位小師父告知。我們上山的路上遭了難，東西全部掉下山崖去了，身上也沒剩下什麼，這些蜜餞果子給小師父甜甜嘴。」

沈驚春解下腰上的荷包看了看，裡面因為墊著油紙，哪怕在雪裡滾了兩圈，裡面的蜜餞還是好好的，一點也沒被雪水沾濕。

幾個小沙彌常年生活在寺裡，但被教得很好，認認真真地朝沈驚春道了謝，才伸手接過蜜餞。沒多久，外面就有人來喊他們回去了。

等小沙彌們一走，沈驚春就從裡面拴上了院門，又從空間裡拿了些沖泡的感冒藥出來，用連接著火炕的灶燒了水沖泡好了，一人喝了一碗，又給躺著的兩人各灌了一碗下去。

陳淮全程表現得很冷靜，彷彿從之前在山道上看到沈驚春憑空變出藤條開始，就適應了這些在常人看來簡直不可思議的事情。

二人喝了感冒藥後，沈驚春又拿出空間裡的衣服各自換上，外面再套上那小沙彌送來的僧衣，將換下來的衣物攤在熱炕上烘乾。

另外兩人只濕了外衣，幫他們脫掉外面的濕衣服後，直接就將人塞進了被窩裡。

「你沒有什麼想問的嗎？」

沈驚春與陳淮都脫了鞋，盤腿坐在隔壁屋子的炕上。

雖然早就知道陳淮這個人有著超乎年紀的冷靜，可真的看到他這麼冷靜，彷彿什麼事也沒發生一樣，沈驚春又覺得有點不可思議。

「要不是因為我執意要跟來，恐怕不會出這樣的事。」

陳淮望著坐在他對面的沈驚春，臉上滿是歉意，他覺得這次的事情主要責任在他。

「你就只想說這個？」沈驚春皺了皺眉。「這個事情我看多半跟你沒有關係，我事後想了想，如果是周家或是周渭川下手，不應該是這樣，我覺得更可能是徐長寧。」她沒有任何的證據能夠證明這是徐長寧幹的，甚至都沒有明確的證據能證明這是一場人禍而非天災，可她的第六感一向很準確，就是覺得這事八成跟徐長寧脫不了關係。沈驚春沒有絲毫閃躲地看著陳淮的雙眼，誠懇地道：「事情說起來可能有點玄幻，你未必會信，但我不是什麼妖怪，我只是從別的世界忽然來到了這個世界，來到了這具身體裡面。」

身負異能和空間的事情一直是個不能宣之於口的秘密，沈驚春經常提心弔膽的，偏偏她又不是那種心思特別縝密的人，所以明明空間裡有大批的物資，她卻根本不敢拿出來用，生怕被別人發現了，她就會被抓起來，然後當作妖怪燒死。

馬車摔得四分五裂、她哥往崖下滾落的景象，跟在現代時她哥為了救她而慘死在喪屍嘴裡的景象，在那瞬間合二為一。她清楚地知道用異能來救她哥意味著什麼，可她還是沒有任何猶豫就出手了。

藤蔓從掌心瘋長而出的時候，她甚至有種輕鬆的感覺。

無論陳淮是什麼樣的反應，但這個秘密終於不再是她一個人的秘密。

「原來如此。」陳淮看著沈驚春道：「那一切就能說通了。」

她一直以來的說辭，其實並不縝密。

譬如一個嬌生慣養的侯府千金就算學過雕刻，又怎麼可能對木工那麼熟悉？她畫家具的時候信手拈來的動作簡直太熟練了。

又譬如她在種植上的驚人天賦，或是許多奇奇怪怪的想法，都不是一個侯府千金應該有的。早在菊展的時候，李家菊園裡的菊花一夜之間全部開敗，她卻信誓旦旦地說李家會賠償的時候，陳淮就曾有過懷疑，只是後來隨著二人的熟識到成親，這些懷疑也就不重要了。

這世上很多事情並非都要追根究柢的。

沈驚春問道：「你不覺得可怕嗎？」

可怕？陳淮看著沈驚春，微微睜大了眼睛。「我為什麼要覺得可怕？」他誠懇地道：「妳既沒有害過人，還救了我，更是讓全家人都擺脫了以前的苦日子。牛痘、棉花還有妳說的提高小麥跟稻米的產量，這樁樁件件都是造福萬民的事情，如果這樣一個人都會讓人感到害怕的話，那如同周桐之流又算什麼呢？」接著又感嘆道：「我倒是覺得這賊老天終於對我好了一回，讓我在合適的時機生了一場病，在合適的地點遇見妳。」

沈驚春不由得笑了起來，這番算不上多煽情的話，讓她心裡暖洋洋的。

她積壓在心裡的話，迫切地想要找個人全部說出來。「我給你說說我那個世界的事吧？」

陳淮拉著沈驚春的手，道了聲「好」。

沈驚春的思緒天馬行空，想到什麼就說什麼，包括她家的家具廠、她哥從小是個學霸、她被迫繼承家業所以從小學木工，再到末世降臨，她父母沒有熬過病毒，變成喪屍，她哥為了救她死在喪屍手裡，她在末世混了六年，最後也死在喪屍手裡，結果一睜眼就到了這個世界。

陳淮很少出聲打斷，聽得非常認真，尤其是聽到她哥的事情時，甚至隱隱有點酸意。

他總算是明白了為什麼自家媳婦明明對著方氏和兩個孩子都只算一般，卻偏偏對這個心智不正常的大舅子格外的關心。「所以，妳懷疑現在的大哥是妳以前的大哥？」

這話說得有點繞，但沈驚春還是點了點頭。「不錯，真的長得一模一樣。而且雖然他摔壞了腦子，但是很多生活習慣也是一樣的，這未免也太巧了吧？」

二人正說著話，就聽見隔壁院子傳來了響動，院門大開，發出「吱呀」一聲響。

大約是田大夫終於回來了。

第二十六章

門一開，雙方打了個照面。

田大夫的年紀比程太醫要大些，長得高高瘦瘦、不太愛說話的樣子，不笑的時候顯得有幾分陰鷙，看起來很不好講話。

沈驚春和陳淮還沒來得及說出來意，田回就掀了掀眼皮看了他們一眼，淡淡地道：「稍等。」

院門又被「砰」的一聲關了起來，裡面的腳步聲輕得幾乎聽不到。很快地，門又被打開，田回拎著一只藥箱跨出大門，隨手就將大門給帶了起來。

兩個小院緊挨著，沒幾步就到了他們住的小院裡，沈驚春沈默地將田大夫請到了房裡。

床上兩名病患並肩躺著，身上都蓋著被子，火炕燒得熱呼呼的。

田回瞄了一眼，隨口問道：「程江怎麼回事？」

陳淮站在一邊答道：「上山的時候遇到山上的落石，他被砸到了。」其他的話跟田大夫說了也沒用，他索性沒說。

田回「嗯」了一聲，撩開程江的眼皮看了看，又把了脈，隨即取出金針在他身上下了幾針，七、八針下去，程江就醒了。

沈驚春看了一眼陳淮，眼中驀地生出一絲希望來。不論這田大夫到底醫術如何，反正這手金針刺穴的技藝在她看來是很厲害的。

程江滿臉懵，完全搞不清現在是什麼情況。

田大夫伸手在他身上一邊四處捏、一邊問：「感覺怎麼樣？痛嗎？」一圈捏下來，才淡淡地道：「問題不大，喝兩副藥，到時候弄點藥酒揉一揉就行了。」

別說第一次跟田回見面的沈驚春兩人了，就是跟他挺熟的程江看見田回也有點發怵，老老實實地應了一聲就不敢說話了。

田回的手一搭上沈驚秋的脈，眉頭就皺了起來。搭完一邊的脈，又換了一隻手，眉頭就沒鬆開過。

沈驚春在一邊看得緊張不已，當初程太醫在家裡給她哥看病時都沒露出這麼嚴肅的表情，但考慮到大夫診脈的時候最忌諱吵鬧，她到底還是忍住了沒問。

診完脈，田回又一把掀開了沈驚秋身上蓋著的被子，將沈驚秋的衣服解開，開始施針。他的神情很專注，下針的速度不算快，但手很穩，沒一會兒沈驚秋的身上就被扎了十幾針，身上扎完又在頭上下了七、八針。

沈驚春不懂這些，但以前也聽人說過，針灸是個極為耗費心神的事情。二十針扎下去，田回額頭上就冒出了一層薄汗，整個人肉眼可見的變得有些疲倦。

沈驚春三人在一邊看著，根本不敢出聲。

針扎完了，田回抬手擦了額頭上的汗，長長地出了一口氣，閉著眼睛開始養神。

過了好一會兒，他才重新睜眼，拔了針。

「按他的脈象來看，病症應該減輕了才是，但可能是你們上山的時候撞到了頭，還好來得快，若是再晚個一天、半天的，只怕沒得救了。」田回說著下了床，重新穿上了鞋子。「現在單靠施針效果不大，還須配合藥浴才行。我手邊的藥材不夠，開個方子給你們，現在立刻下山去買藥，越早藥浴越好。」

沈驚春鬆了口氣，有得救就還好。「多謝田大夫。不知我大哥什麼時候能夠醒來？」

田回道：「藥浴完，今晚應該就能醒。」

沈驚春點點頭表示知道了，又問道：「不知這診費？」

田回看了她一眼，淡淡地道：「我答應為妳兄長看病，是看在妳獻上牛痘的分上。」他說完收好了銀針，提著藥箱到一邊的桌邊，拿了筆墨出來，將要買的藥材寫了下來。「一天一次藥浴，先買三天的量泡泡看。等會兒我將我那邊有的藥材拿過來，妳直接給他泡就是，三天後再去找我。」

沈驚春接過藥方。古代的大夫寫字比現代的大夫講究得多，起碼這上面的字她都認識。

田回順便幫他們夫妻倆處理了一下身上的傷，沈驚春有隻手撕扯到，稍微嚴重些，其餘都是些皮外傷。基本上都不太礙事，養兩天也就好了。

夫妻倆又朝田回道了謝，客客氣氣地將他送回了隔壁院子。

「不知道推石頭下山的歹徒還在不在這附近，金林寺總歸要安全一些，保險起見，淮哥你還是待在寺裡照顧兩個病患吧，我去跑一趟。」

沈驚春說完，陳淮就點頭表示同意。雖然他很想自己親自跑一趟奉持縣買藥，但卻不得不承認，他媳婦的身手可比他好太多了。

火炕上鋪著的衣服還沒乾，沈驚春直接就穿著僧衣出了門。

到了外面安置車馬的地方，正碰上那幾名幫著抬人進院子的護衛。現在已經是下午，單靠兩條腿下山，再買藥回來不知道要多久，沈驚春便向幾名護衛提出想借馬。本以為還要費些口舌，卻不想她才一張口，幾名護衛不僅立刻同意借馬，還問有什麼事現在要下山？要不要他們兄弟代辦？

沈驚春倒是真的很想讓他們辦，可大家非親非故的，她是真沒那麼厚臉皮。

騎著馬下山，跟坐著馬車上山的速度不可同日而語，原本要走半天的山路，也大大地縮短了時間，天色才暗下來，她就進了城。

在大周國土境內，越靠近北方，關閉城門的時間越早，進城之時沈驚春就順便問了城門守衛。由於她身上穿著僧衣，顯見是山上金林寺下來的居士，因此守衛還算客氣。

問明城門在戌時關閉之後，沈驚春不敢有片刻耽誤，直接找路人問了最近的藥店，就直奔過去。

考慮到奉持縣的條件有限，田大夫開的藥都是還算常見的藥，沈驚春甚至不用跑第二家藥店就全買齊了。

從藥店出來後，她又急急忙忙地騎馬往山上跑。

夜裡上山的速度就跟白天乘馬車的速度差不多，午夜過後沈驚春才回到金林寺。

小院裡，沈驚秋一直沒醒。

作為病患，吃過晚飯之後，程江就堅持不住，又睡了。

沈驚春回來時，院子裡還有燈光，幾乎是她一敲門，陳淮就奔過來開門。

「路上還順利吧？」一雙手覆在了沈驚春拎著藥包的手上。

她的僧衣裡面穿了很多衣服，在路上的時候也拿了圍巾、帽子、手套出來，將整個人都包裹得嚴嚴實實，可到了寺外去還馬就得將這些東西全部都收起來，走在廟裡又怕被冬夜巡查的和尚看到，因此也沒再拿出來用，所以這一路走過來，原本還有點熱意的身體又變得冰涼了。

「挺順利的。」沈驚春道。

「妳先喝口熱水歇一會兒，我去燒水準備藥浴。」

陳淮順手接過藥包，就將沈驚春往屋裡推。

沈驚春沒拒絕，她是真的很累。

陳淮拎著藥進了廚房，鍋並不在屋裡，只是在外面連著炕洞，兩間房、兩個灶同時燒水。泡藥浴不需要那麼高的溫度，不等燒開，他直接將水舀出，拎進屋裡倒進了向寺裡借來的浴桶裡。

藥已經放在鍋裡跟水一起煮了，倒完水又將沈驚秋從床上撈起來扒光了衣服，丟到浴桶裡。

這桶不算大，一個成年男人坐進去，腳都有些伸不開，這樣即使不在一邊看著，也不用擔心沈驚秋會栽倒在浴桶裡。

按照田回的交代，這藥浴要泡半個小時，怕水冷得太快，將沈驚秋在浴桶裡擺好，陳淮又拿了被子把浴桶蓋住，只留下他的腦袋在外面。

客院這邊是所有院子共用一口水井，沈驚春下山後，陳淮就將小院裡的水缸挑滿了水。

冬天熱水冷得快，要一直不停地往裡面加水才行，等到泡夠了一個小時，缸裡的水已經快要見底了，浴桶的水也要滿出來了。

陳淮將沈驚秋從浴桶裡拉了出來，給他擦乾身體，重新穿好衣服塞進被窩裡，自己也累得夠嗆。

怕沈驚秋半夜醒來，他也不敢去睡，就在這邊屋子等著。

沈驚春醒來時，外面天色已經亮了。

昨夜她本來不想睡的，只打算趴在炕桌上瞇一會兒，後來實在太累了，不知不覺就睡著了，現在一看，顯然是陳淮將她的外衣脫下來放在了一邊，身上也蓋著被子。

她穿好衣服出了門，院子裡雖然靜悄悄的，但遠處隱隱約約傳來寺裡的師父們做早課的聲音。

隔壁的房門虛掩著，她推門走了進去，浴桶還擺在地上，裡面的水也沒倒。床上兩個病患睡得正香，陳淮則靠著牆、閉著眼，睡得不太安穩。

她往陳淮那邊走去，手才剛搭在他的肩頭，他就睜開了眼睛。

「你去隔壁房間睡，這邊我來照看。」沈驚春說道。陳淮的眼中全是血絲，她看著心裡實在有點不是滋味。

幸虧跟著一起來的是陳淮，如果來的是方氏，說不定現在她們也不能好好地站在這兒了。

「好。妳不用擔心，大哥之前已經醒過一次了，不會有事的。」

陳淮疲倦地下了炕，腳才剛觸地，就一個踉蹌往前撲去。

沈驚春忙一把將他撈了過來，再一看就有點哭笑不得，這人居然已經伏在她的肩頭上睡著了。

三人之中，程江醒得最早。

沈驚春把陳淮送到隔壁房間去沒多久，程江就醒了。

田大夫的醫術顯然很靠譜，說他沒事那就是沒事，睡了一覺起來就又生龍活虎了。

沈驚秋和陳淮在中午的時候是前後腳醒來的。

沈驚秋一醒來就叫肚子餓，神態跟以前也沒什麼兩樣。

沈驚春知道不可能施了一次針、泡了一次藥浴就能治好，但是看到他真的沒被治好，還是有點失望。

寺廟這種地方的齋堂都有嚴格的用餐時間，過了那個用餐點，再去就沒有飯了。中午只有沈驚春跟程江去吃了飯，又給還睡著的兩人帶了飯回來，在大鍋裡用水溫著。

趁著他們吃飯的時間，沈驚春將自己的想法給陳淮說了一下——她想去撈那幾個包裹。

她想將包裹裡的棉衣改兩件出來，送給田大夫。昨天看到他的時候，沈驚春就觀察過，他穿得不算多，領口、袖口也洗得有點起毛了，可見他的日子過得並不怎麼好，可哪怕這樣，當沈驚春提出給診費的時候，他也沒有要。

但人家要不要是人家的事，她的心意卻還是要到的。

若是在京城，別說兩件了，就是二十件、兩百件她也送得起。

當初收棉花的時候是沈志清看著的，東西如果少了，他必然會知道，所以沈驚春根本不敢往空間裡裝棉花。

而且陳淮雖然已經知道了她的秘密，可是其他人不知道，要是平白從空間裡拿出東西來，未免太可疑了一點。

陳淮還沒說話，程江就驚道：「不是說馬車摔下山崖了嗎？那崖邊那麼陡峭，下面山谷也有點深，沈娘子妳怎麼下去？」

沈驚春看他一眼，笑道：「也不一定要下去，我只是先去看看。昨天走得急，好像看見有幾個包裹就在崖邊不遠處，說不定伸手就能搆到。」

程江遲疑道：「要不我跟沈娘子一起去吧？」他身手還算不錯，不然他家老爺也不會叫他跟著一起來金林寺。

陳淮道：「不煩勞程江兄弟了，你昨天也受了傷，還是好好養幾天吧，不然到時候我們回到京城也不好跟程太醫交代。而且鷩春的身手很不錯，她心裡有數的。」

方才說話的時候，沈鷩春就朝他看了幾眼，以二人如今的默契，陳淮雖然不能完全猜到她要去幹什麼，但也能夠猜個八九不離十。

撈包裹只是個藉口，更重要的事情恐怕是想去當時山石滾落下來的地方查探查探，看看這件事到底是不是人為。

程江張了張嘴，到底還是沒有多說，人家夫妻兩個都已經決定好了，他說再多也沒用。

沈鷩春昨天下午沒有出去，已經過了這麼久，要是落石真的是人為的，人家想毀滅證據早都毀滅了。

所以等到今天早上，在齋堂吃過早飯，她才慢悠悠地往山下走。

這次時間充足，她就沒有再去找那幾個護衛借馬，三番兩次的她自己也不好意思。

好在雪停了之後，奉持縣本地上山燒香的人頗多，有的人也會在山上住一晚，第二天再回去，剛出寺院大門，旁邊就有人駕著騾車準備下山，沈鷩春直接上前詢問能不能搭個便車？

同是上山來燒香的香客，彼此間倒是好說話得很，沈驚春本來說好要給車資，人家也沒要。

到了包裹掉落的地方，為了方便，直接說有東西忘在寺裡忘記拿了，那香客果然只說了幾句就讓她下了車。

山路彎彎繞繞，騾車很快就消失在她的視線之中。

仔細看了看前後，確定沒有其他人在，她才到了山崖旁，探出身體往下看。

這山雖然看起來很陡，但並非是筆直向下的那種陡，而是略有些坡度，上面長了些灌木叢之類的東西。那馬是活物，又重，掉下去之後早就不知道去哪兒了；四分五裂的車廂從上至下掉了一溜，包裹裡裝的就是些衣物之類的東西，沒什麼重量，倒是差不多都在，就掛在山崖下面不遠的地方。

撈這些東西不算費勁，等將幾個包裹都撈上來，前後的路上也沒有來人。

沈驚春只留了一個包裹在外面裝裝樣子，其他的為了方便，都直接收進了空間裡。

山石滾下來的地方離墜崖的地方還有一段路要走，一路走過去，當時滾落下來的山石都已經被人弄到兩邊去了。

等到了地方，她先抬頭看了一眼。

這邊的溫度並不高，雪又下得很厚，雪化了不少，但是還未完全融化，一眼望過去還能看到植物上覆蓋著薄薄的一層雪，山石滾落的痕跡清晰可見，被石頭壓過的小枝枒全被折斷，軟趴趴地貼在地面上。

沈驚春將包裹在身上繫好，順著一條被山石壓出來的小路往上爬。

上面算是一個寬闊的平臺，地方還算大，地上融化的雪水和著爛泥，腳印密密麻麻，數都數不清。

很好，都不用細看了。

就這一眼看過去，就能證明這場山石滾落的確是人為。

沈驚春仔細地找了一圈，除了地上散落的一些瓜果皮，並沒有找到其他任何能夠證明身分的東西。

她捏著拳頭，長長地舒了口氣，才又順著腳印往另一邊走。

山道那邊沒有異能在手，不太容易上山，金林寺那個方向被一塊巨石擋住了去路，唯有下山的方向有腳印一路往下。

順著走了沒多久，就到了一條蜿蜒的小道上，又過了一會兒，小道直接通到了山道上，到了這邊，那些腳印就跟其他的痕跡混在一起，不好辨認了。

不算線索的線索到這裡就算斷了。

折騰了這麼一圈，除了知道這是一場人為製造的意外，其他的什麼線索也沒得到。

不過這也夠了，左右他們家在京城這邊不對盤的就那麼幾個人，而從某些方面來說，這幾個人還能說是一家人，畢竟周渭川和徐長寧可是有婚約在身的。

她按捺住心中的戾氣，順著山道下了山。

奉持縣因為山上金林寺的緣故還算繁華，算是個大縣，城裡也有幾間成衣鋪子，但如今到了年底，家家戶戶都準備裁製新衣過年，沈驚春連著跑了幾家店，現在都不接她這樣的散活。

她抱著包裹又一次出了店門，想了想乾脆也懶得找人改衣服了。

他們帶出來的衣服多，裡面還有只穿過一次的新衣服。

既然找不到人拆了棉衣翻新，乾脆不翻了，先將這幾件穿過一次的送給田大夫穿著，到時候等回到京城，再另外奉上謝禮。

出了成衣鋪子，沈驚春又去了縣城裡販賣牲口的地方。

還不知道要在金林寺待多久，一直步行下山或是蹭車也不是個事，她想著乾脆重新買輛車，能買到馬車自然最好，買不到馬車，買個騾車代步也行。

也不知今天出門走了什麼狗屎運，一進賣牲口的市場，就有一匹馬在嘈雜聲中出現在她眼前。

她不太會看牲口的好壞，但眼前這馬顯然肉眼可見的是匹好馬，高大又健壯，馬頭高昂雄健，雙目炯炯有神，周圍圍了好多人在看牠，這馬的神態也很平和，絲毫沒有驚慌或想要傷人的舉動。

這馬顯然已經在這裡賣了有一會兒了，圍在一邊的群眾語氣裡漸漸多了些不耐，你一言、我一語地叫賣家直接給個數，多少銀子可以賣。

相比起精氣十足的馬，賣家就顯得無精打采得多，聽到這些話，頭也不抬地道：「之前就說得清清楚楚了，一口價，三百兩。」

圍過來的有很多都是像沈驚春這樣後面才來的，聽到這話不由得倒抽了一口氣。

京城雖然好馬難買，但是一般品相的馬卻不難買，要求不高的話，五十兩銀子就能買一匹，好一點的也就七、八十兩，反正不會超過百兩銀子。這人張口就是三百兩，都可以買四、五匹馬了。

人群中響起一陣噓聲，那賣家卻沒什麼反應，仍舊靠著柱子，低垂著頭。

沈驚春擠在人群中看著那馬，明知道三百兩很貴，卻不知道怎麼回事就開了口。「這馬我買了。」

人群一片譁然，無數道目光彙集到她身上。

她還是穿著僧衣，一頭長髮用根木簪子盤在了頭頂，瞧著像個道士一般，與身上的僧衣格格不入。

「麻煩讓讓。」沈驚春目不斜視，朝身前擋著的人道。

擋在前面的兩個漢子下意識地就往一邊讓去。

沈驚春進了最裡面一排，朝那賣家道：「三百兩，我買了，現在去衙門換書契吧。」

賣家聽到這句話，總算是抬起了頭。

在後面站了半天、聽到沈驚春出聲要買馬的其他人就不樂意了。「這買東西也要講究個先來後到吧？小丫頭知不知道規矩？這馬輪不到妳買！」

說話的是個穿得頗富貴的中年男人，身材壯碩、表情凶悍，只差在臉上寫上「我不好惹」幾個字了。男人身邊還跟著幾個不知道是僕人還是小弟的人，也個個都對沈驚春怒目而視。

她有些想笑，問那賣家。「這馬他們出價了？」

滿臉大鬍子的男人看了一眼那人，搖了搖頭。「沒有。」

沈驚春又問：「這馬還賣嗎？」

「賣。」

「好，那沒問題了。」沈驚春微微一笑。「現在就去衙門換書契吧。」

大周朝保護民眾財產這一點做得還算不錯，不但每一頭耕牛都登記在冊，連馬匹、騾子、驢子的買賣，都要去衙門換過紅契，若有那些不換紅契的，即使買回來之後又被前賣家找回，衙門也是不管的。

沈驚春抬腳就要往外走。圍觀的人群早就因為那暴發戶出聲而後退了一段距離，如今擋在前面的只剩下他們幾人。

見沈驚春理都不理自己，暴發戶捏著拳頭就想給沈驚春好看。

沈驚春一抬頭，似笑非笑地看了他一眼，出聲提醒道：「這是法治社會，周圍這麼多雙眼睛在看著，打人可是犯法的。」她右腳一抬，重重往下一跺。

暴發戶還沒反應過來法治社會是個什麼玩意兒，旁邊的小弟已經拉了他一把。

「大哥，你看她腳下。」

那小弟說話的聲音雖然不高，但周圍離得近的人都聽到了，都往沈驚春腳下看去。

一瞬間，大家都驚得瞪大了眼睛，不知道說什麼好了。

集市這邊地面鋪的都是石板，算不上多光滑，但為了走路方便，還算平坦。

這打扮得奇奇怪怪的小娘子正好站在一塊石板的中間，那裂縫就順著她的右腳往四周蔓延開來，一塊完整的大石板竟然被她一腳就給跺裂了！這是什麼可怕的怪力？

「還有什麼問題嗎？」沈驚春問道。

幾人下意識地搖了搖頭。

這個時候鬼才會有問題呢！他們可是活生生的人，這小身體還能有石板結實不成？只是一腳就把石板跺裂了，要是一拳頭落在他們身上，還能有命活嗎？

「好的，沒問題的話，麻煩讓讓。」

隨著沈驚春話音落下，那幾個小弟就拉著暴發戶讓開了路。

沈驚春面帶微笑地走了出去，賣馬的人一言不發地牽著馬跟在她身後一起往外走。

二人出了集市，沈驚春就不知道往哪兒走了，她沒在奉持縣逛過，連衙門的大門往哪裡開都不知道。

大鬍子見她停下了腳步，沈默地看了她一眼，就帶頭走在了前面。

沒多久，二人就到了衙門外。

還沒進門，沈驚春就小聲跟那絡腮鬍子商量道：「我先給你二百五十兩，進去之後這價格就寫五十兩怎麼樣？省點錢。」換書契的錢是按照雙方買賣成交價格來算的，買賣的東西價格越高，要交的手續費也就越多。

「妳三百兩眼睛都不眨的就拿出來了，還在乎這點換書契的銀子？」

沈驚春怒道：「我的錢又不是大風颳來的，小錢不是錢啊？你有錢你出這個換契的錢啊！」

大鬍子瞥了她一眼，淡淡道：「偷稅、漏稅不可取，我出就是。」說著，直接牽著馬就從角門進了衙門。

三百兩的大交易，衙門能抽不少錢，怕兩人反悔，因此十分熱絡，很快就將書契換好了。

出了門，馬的轠繩已經到了沈驚春手裡。

「這馬嘴刁，新鮮的馬草還能湊合，但是乾草最好是紫花苜蓿、甜象草或是皇竹草，若拿其他的馬草餵牠，大概是不吃的。這馬四歲大，肚子裡那個現在三個月，妳買了牠就要對牠好一點。」說著不等沈驚春回答，大鬍子最後又看了一眼馬，就頭也不回的走了。

沈驚春一臉複雜地看向馬腹，之前在集市那邊人多，她也沒怎麼細看，現在一看果然見牠腹部微微鼓起，像是懷了小馬駒的樣子。

搞得沈驚春都有點不忍心拿牠當坐騎了。

想是這麼想，但踩著馬鐙上馬的速度卻是一點都不慢。

三百兩花得還是挺值得的，這馬跑動起來很穩。

一路順利地出了城，她就直奔奉持山，進了山，上了去金林寺的那條路，遠遠地就瞧見一行十來個人攔在了山道上，為首的正是那在集市上的暴發戶。

沈驚春夾著馬腹，速度慢了下來，離那群人還有幾十步的時候直接停下來了。

暴發戶冷笑一聲。「老子看上的東西妳也敢下手？兄弟們，給這小賤人一點教訓，讓她學個乖，知道在這奉持縣什麼人能惹，什麼人不能惹！不過下手可別太重，這樣的貨色不多見，怎麼也要多玩幾次才行。」

沈驚春坐在馬上看著他們，雙手交握，鬆了鬆筋骨，冷冷一笑。「多玩幾次？」

男人們遠遠看著她，臉上露出了不懷好意的笑來，嘴裡說著不乾不淨的話。

沈驚春翻身下了馬，將馬牽到一邊，繫在了路邊的樹上，接著往包裹裡一掏，就掏了兩支電擊棒出來。

她對自己的實力還算了解，若對方只是一人或是幾人，她完全沒問題，就算不用異能，撂倒他們也只是時間的問題，但十幾個人確實就有點難辦了。

這電擊棒還是末世之初，她沒覺醒異能的時候為了自保搞到的，等後來覺醒了異能，就幾乎沒有再用過這個電擊棒。

男人們一見她拿出兩根短棍，笑得更加肆無忌憚起來。「喲，妹子人長得秀氣，拿的武器也這麼秀氣呢！來來來，儘管往哥哥身上招呼……」

走在前面的幾人一邊說著，一邊往沈驚春那邊走。

對方往她這邊走，她也在朝著對方走，等到雙方只剩下幾步路的距離，沈驚春才笑咪咪地道：「好呀，這可是哥哥你說的，可別怪妹子下手重了！」

兩支電擊棒分別打向了兩個人，對方還笑嘻嘻地伸手來碰，後端的電擊保險開關一開，兩人立刻抽搐起來，兩、三秒的時間，沈驚春就關了開關，兩人已經抽搐著倒了下來。

後面眾人顯然沒料到會是這麼個情況，才一個照面，這個看上去弱不禁風的女人就直接幹掉了他們兩個人！

為首的暴發戶渾身打了個寒顫，驚恐地道：「妳是什麼人？用的什麼妖法？怎麼一下子就能將人放倒了？」

「什麼人？」沈驚春滿臉笑意地道：「可以跟哥哥們多玩幾次的人啊！幾位哥哥不是怕了吧？放心，妹子我一定下手輕點。」她笑容一收，整個人就像離弦之箭一樣衝了出去。

一行十二人已經倒了兩人，剩下十人，聰明的已經開始哆嗦著逃跑了，有幾個不信邪的還氣勢洶洶地往她這邊衝。

雙方很快就衝到了一起，雙電擊棒在手，沈驚春的雙臂揮得很快，怕把人電死，她儘量避開了頭和心臟的位置，專挑四肢下手，哪怕一觸即分，也足以讓這幾人瞬間喪失了行動力，七個人在地上倒得橫七豎八的。

那逃跑的幾個人已經跑出去很遠了，沈驚春反身回去解了馬繩，上馬就追。

雙腿跑動的速度哪能比得過四條腿的馬？短短幾百公尺的距離，跑出去的三個人就被追上了。

三個人而已，實在沒有必要再用電擊棒，她將電擊棒一收，勒停了馬。

怕死的幾乎都是戰力低的，不等沈驚春動手，那三人就跪在地上不停地磕起頭來。

「姑奶奶饒命啊……兄弟幾個有眼不識泰山，得罪了姑奶奶，只求姑奶奶饒我們一命！小人上有八十老母、下有幾歲孩子，我死了，我們這個家就完了！」

頭一下接一下的磕，很快就磕得鼻涕、眼淚直流。

沈驚春坐在馬上，居高臨下地看著他們。「剛才不是還想跟妹妹我多玩幾次嗎？這才多久，怎麼就自降輩分變成孫子了？還玩不玩？」

誰敢跟這樣的母夜叉玩？三人將頭搖得跟波浪鼓一樣。

「那都是田老大的主意，咱兄弟三個膽小如鼠，怎麼敢幹這樣喪盡天良的事情？都是田老大脅迫的，如果我們不來，他就要找我們家裡的麻煩——」

沈驚春實在沒興趣聽這群垃圾狡辯，厲聲道：「閉嘴！給我老實一點，往回走。再敢跑，直接打斷雙腿！」

三個人立刻老老實實地閉上嘴，耷拉著腦袋就往回走。

被電擊沒有這麼快醒過來，餘下的人還在原地躺著。

到了跟前，沈驚春一指旁邊的林子。「把這幾個人全部拖進去。」

三人遲疑了一下。

沈驚春見他們沒有立刻行動就冷笑一聲，翻身下了馬。

這就是要動手的意思啊！三人一個哆嗦，哪敢繼續遲疑？立刻分別拖著一個人往樹林裡退。

這一段路在山腳往上不遠的地方，還沒進入山裡，附近種的全是樹，樹林裡的雪還沒融化，幾個人很快就濕了鞋襪，但他們根本不敢停。

等拖著人走了段距離，沈驚春才叫了停，從包裹裡抽出一團麻繩，笑咪咪地道：「人給我全部綁到樹上去，別想著耍花樣。」

被拖進來的三個人很快就被綁上了樹，沈驚春將馬拴好，看著這三人又來回兩趟，將另外幾人全都拖進小樹林綁好。

這種電擊棒並不會致死，除了一開始的兩個人被電的時間稍微長點，其餘的幾人差不多都是一觸即分，雖然被電得渾身抽搐，失去了反抗能力，但人還沒被電暈過去。

兩支電擊棒一支收了起來，另一支被沈驚春拿在手裡，她往幾個被綁住的人身邊指了指。「過去站好！」

三個人被電擊棒一指，立刻戰戰兢兢地站了過去。

「現在把身上的錢都給我拿出來，敢留一文錢試試看！」

三個人哭喪著臉，將身上帶著的錢往外掏，掏完自己身上的，又去摸被綁住的幾人的，沒一會兒，地上就放了一把零散的銀子和銅板，加起來不過幾十兩的樣子。

「就這麼點？打發叫花子呢！幾位哥哥也知道，妹妹我剛才花了三百兩買了這馬，現在缺錢得很，哥哥們這樣真的讓妹妹很難辦，我也不想對哥哥們用強啊！這樣吧，妹妹我也不是那種喪盡天良的人，十二位哥哥裡，我只跟錢最少的哥哥『親熱、親熱』。」

右手握著電擊棒在左手掌上一下又一下地敲擊著，每敲擊一下，方才被電過的人就感覺那棍子落在了自己的身上，忍不住一個哆嗦。

當即就有人受不了這個無聲的折磨，哆哆嗦嗦地道：「我……我鞋子……鞋子裡有……有……銀票。」

一個人開了口，後面的人就都洩了氣，為了不被電，只能開口拿銀子出來。很快地，幾人身上的銀子就被洗劫一空。三個還站著的人捧著一堆散碎的銀子、銀票到了沈驚春面前。

她只聞了一下就快被熏吐了，強忍著噁心，拿了塊布出來，叫他們將錢都放了進去裝好，掛在了馬背上。「我看幾位大哥似乎都精氣不足的樣子，為了哥哥們的身體著想，這親熱的事情還是算了吧……」

一行人聽了這話，還來不及狂喜，就聽沈驚春又道──

「不過我有點事情想要請教，還望哥哥們如實相告，千萬不能騙我哦！」

「姑奶奶有什麼想問的儘管問，我們一定知無不言！」

沈驚春想了想，問道：「最近這段時間，縣裡可來了什麼陌生人？」

幾人的視線齊刷刷地落在了她身上，意思很明顯，就差直說：妳不就是最陌生的那一個？

沈驚春被他們這直白的眼神給氣笑了，想著是自己沒說清楚，又將火氣給壓了壓。「我再說明白一點，就是那種看上去就不是來奉持山禮佛的，可能長得有點凶神惡煞，而且大概是幾個或者十幾個人的樣子，應該全都是男人。」

並非每個女人都有她這樣的一身怪力，找人麻煩這種事也不太可能帶著女人一起，所以那一行人絕對都是男人。

電擊棒就在眼前晃悠，再挨一下真的會要命，誰也不想再來一次，因此都絞盡腦汁開始想，好半晌，一行人都搖了搖頭。「沒有，咱們兄弟幾個在縣裡，等閒也沒人敢惹，真要來了姑奶奶說的這樣的人，我們不可能不知道。」

沈驚春有點失望。

那群人跟眼前這些人大概沒什麼關係，他們沒必要替人家遮掩，且單從神色上看，這幾人也都不像是在說謊的樣子。

她來回踱了幾步，時不時地瞥幾眼被綁在樹上的人，腦中忽然靈光一閃。

果然是她太想當然了！

如果真的是徐長寧下的手，她幹這種見不得人的事情，肯定是不能夠找徐晏要人的，徐家的家僕裡雖然能用的人很多，但大多數人都歸徐管家調度，調動一個、兩個的還好，不太會有人注意，但是調動多人，別說徐長寧了，就連崔氏恐怕都沒法不動聲色地瞞著徐晏。

而且如果是崔氏出手，必然不會這麼漏洞百出，不看到他們全死光估計都不會回去覆命。

所以最有可能是徐長寧私自幹這些事，而且因為手上無人可用，極可能是她的心腹到了奉持縣之後，在本地找的人。

當然，這一切的推測都基於真的是徐長寧動手的情況下。

她想了想，又問道：「前天中午到下午，縣裡有沒有我說的那種人上山？身上應該搞得很狼狽。」畢竟要從山上推石頭下來，肯定乾淨不到哪裡去。

她話音剛落，三個沒被綁住的其中一人就道：「啊，我知道！」

沈驚春朝他微微抬了一下下巴，示意他繼續說。

那人無比興奮地繼續道：「前天中午我在城裡吃了午飯，我想著沒事，打算出去到處蹓躂蹓躂，所以我就出了城，打算看看山裡能不能找到一點糖罐子吃——」

「少廢話，直接說重點！」

那被打斷的人委屈地看了一眼沈驚春，見她一臉不耐煩，連忙打住了話頭。「就是閆老三他們幾個，渾身上下都髒兮兮的，但每個人都眉開眼笑的，咱們一幫兄弟一向跟他們不對盤，我怕跟近了會被打，所以就遠遠地聽了幾句，好像說什麼『幹完這一筆，大夥兒也能過個好年』的，應該是不知道從哪兒弄了不少銀子。」

沈驚春聽得連連冷笑。可不就是幹完這一筆就能過個好年嗎？這可是三個人的買命錢啊！這群人渣居然還能笑得出來，簡直可惡！

一行人被她笑得心裡拔涼拔涼的，緊閉著嘴巴，不敢吱聲。

沈驚春心中的怒氣止不住地往外冒，看了看被她抓過來的一行人道：「那個叫什麼閆老三的，一向跟你們不對盤是吧？」

幾人小雞啄米般地點頭。

「我這個人呢，最是熱心腸，看不得這樣的矛盾，不如你們將閆老三那幫人叫過來，由我出面幫你們調解一下如何？畢竟冤家宜解不宜結嘛，哥哥們說對不對？」

這明顯就是要找閆老三他們的麻煩啊！

能在縣裡混出點名堂的也不是什麼傻人，一行人心中又高興、又鬱悶。

高興的是期待這個母夜叉能將用在他們身上的手段也用在閆老三他們身上；鬱悶的是兩幫人雖然一向不對盤，但到底都是奉持縣的人，哪由得這個母夜叉在中間攪動風雲？

可再心不甘、情不願，現在小命捏在母夜叉的手裡，不答應也不行，只得勉強擠出一個笑容來，道：「那多謝姑奶奶主持公道了。」說著又遲疑地說：「今天時間不早了，閆老三他們估計也找不到人了，不如咱們明天再調解？」

「行啊！」沈驚春似笑非笑地看了他們幾人一眼，哪裡不明白這幾人心裡是怎麼想的？當即就走回了馬那邊，從包裹裡摸了一瓶燒椒醬出來。

她愛吃辣，陳淮一開始吃不慣，但吃著吃著也能吃辣了，現在可以說是無辣不歡，這次來金林寺，沈驚春帶的都是很辣的醬。

拿著燒椒醬走回去，她揭開了蓋子，裡面就飄出一陣香味。

一行人不住地伸長了腦袋，去嗅那個奇異的香味。

「明天再調解當然行啊，只不過幾位哥哥都不太老實，我怕你們這一走，直接就把妹妹我忘到腦後去了，這奉持縣這麼大，到時豈不是叫妹妹我好找？所以，為了讓哥哥們明天還願意來見我，還請哥哥們老老實實把這藥吃了吧！」

方才還在不停嗅著香味的一行人，一下子臉就煞白了！用腳趾頭想也能想到，這絕不是什麼好藥！方才那股奇香此刻變成了致命的毒氣一般，幾人不自覺的就屏住了呼吸，不敢再多聞一下。

沈驚春左右看了看，也沒看到什麼乾淨的東西可以往外倒辣椒醬的，索性直接又去包裹裡掏了一根小木勺子出來，從罐子裡舀了一大勺辣椒醬出來，問道：「誰先來？」

誰他娘的想來這個？所有人臉上都寫滿了拒絕。被綁著的幾個有樹做依靠還好一點；沒被綁住的三個，腿已經開始哆哆嗦嗦地抖起來了。

「放心吧，這個藥吃下去也不是立刻斃命，只要幾位哥哥明天還來找我，吃了解藥後肯定就沒事的。」看了一眼已經快要抖成篩子的三人，她將視線瞄準了被綁住的幾個人，從左到右開始餵。

沒人想吃，可電擊棒就夾在她腋下，這會兒吃了，明天得了解藥說不定還能活，不吃的話只怕當場就要去了！

很快地，十二個人就辣得淚流滿面、不住的吸氣了，三個沒被綁住的更是直接從地上抓了把雪塞進嘴裡。

沈驚春餵完辣醬，拍了拍手。「放心放心，最多就是肚子絞痛難當，肯定不會有生命危險！明天中午還是這個地方，哥哥們如果來了，等解決完你們的矛盾，解藥我就雙手奉上；如果不來，那毒發了，我可就愛莫能助啦！」

從小樹林出來後，沈驚春覺得心情無比愉悅。

雖然按照徐長寧的無恥程度而言，即便證據真的甩在她臉上，她也有一萬個理由來解釋，但沈驚春要的只是一個光明正大去搞徐長寧的理由而已，她承不承認其實對沈驚春而言並不重要。

新買的馬即使懷了孕，載著人跑起來也依舊很穩。一路順暢地上了山，到了外面安置馬車的地方，沈驚春牽著馬走了進去。

沈驚春將馬交給了裡面的夥計，吩咐他們給馬餵最上等的馬草，又交了錢，就直接回了他們住的小院子。

一進門，程江就迎了上來。

馬車墜崖掉的不只是沈驚春他們的東西，程江帶的隨身物品也掉了下去，裡面除了換洗衣物還有些錢。

這段時間相處下來，程江也知道沈驚春夫妻兩個是很好講話的，若是他直言包裡有銀子，以他們的性格，必然會將這個錢賠給他，只是程江自己多少有點不好意思開口，沈驚春主動說要將包找回來，自然是再好不過了。

等人一進門，他就滿懷期待地看向她。

幾個包裹已經從空間裡面拿了出來，全被她揹在身上，顯得很大的一坨，他的包裹也在其中。

不等程江開口，沈驚春就笑道：「那包就在山崖邊下面一點，雪化了之後，抓著旁邊的灌木和藤蔓，也還算好取。你看看包裡可少了東西沒有？」

程江忙擺手道：「本來就沒什麼值錢的東西，哪用得著看。」他將包裹提在手中，見沈驚春的視線在院子裡掃視一圈，顯然是在找人，便道：「院子裡的柴快燒完了，這邊客院的柴都要香客自己去砍，所以陳公子去砍柴了，這會兒應該快要回來了。沈公子正在泡藥浴。」

沈驚春點點頭，表示瞭解，又嫌棄地將之前用布包起來的錢遞了過去。「這次要不是送我們過來，你們府裡的馬車也不會墜崖，我這裡有些錢，也不知道夠不夠，到時候煩勞程兄弟回去後與程太醫說一聲。」

十二個惡霸身上的錢的確不算多，哪怕後面在沈驚春的威脅下，全部拿出來的錢也不過二百兩不到，不過這錢足夠再買一匹馬和馬車了。

程江沒推辭，伸手就接了過來，那小布包到了跟前他就被裡面的氣味給熏得快要睜不開眼了。

沈驚春咳了兩聲。「那啥，這錢雖然有點味，但是裡面的錢是好的。」真是尷尬得要死！

程江下意識地屏住了呼吸。

「之前田大夫說三天藥浴完了再去找他，後面還不知道要在金林寺留多久，程兄弟如果感覺身體好一些了，還是先回京城吧？」

叫程江送他們過來是程太醫的一番好意，但總不能一直叫人家跟著他們待在這裡，畢竟已經臘月了，家家戶戶都開始忙著準備年貨過年了。

程江應了一聲。「行，那我也不跟沈娘子客套了，一會兒等沈公子泡完藥浴，看看田大夫怎麼說。若是只要幾天便能好，那我就多留幾天，等你們一起回去；若是還不知道要多少天，我就先走了。」

「好，這樣是最好的。」

房間裡沈驚秋的藥浴還沒泡完，陳淮已經挑著兩捆柴回來了。

他個子高，雖看著瘦，其實身上有肉，健壯得很。雖然力氣比不過沈驚春，但是並不比其他差不多年紀的男人差，兩捆柴挑在肩上顯得遊刃有餘。

當著程江的面，沈驚春沒說差點被打劫和明天約了人幹架的事，這小夥子到現在還覺得山石滾落砸到他們是個意外，根本不知道這是人為。

這是沈家自己的事情，沈驚春不想麻煩別人。

等到沈驚秋泡好藥浴出來，不用他們去隔壁院子喊，田大夫就主動上了門。

看病診脈的過程倒是與上次沒什麼兩樣。

「等會兒再針灸一次，我調整一下藥方，泡十五天。你們可以先回京城了，我手書一封信帶回去給程遠之，後面的針灸，杏林春的楊大夫就可以施針。年前我會回京，到時候再登門複診。」田回的語速很快，一邊說著，一邊又從藥箱裡拿了文房四寶出來開始寫藥方。

沈驚春站在一邊看著他寫方子，隨口說道：「我們祁縣那邊的杏林春也有一名楊大夫。」

田大夫頭也不回地道：「妳說的是楊學真吧？他是楊學意的同胞兄弟，一個擅內科，一個擅外科和針灸。」

一張方子很快就寫完了，田大夫拿起來吹了吹，放在了一邊，提筆又寫了一張。「前面一張是藥浴的方子，後面一張方子是需要內服的。三碗水煎成一碗水，也是喝半個月，一天三頓，早中晚各一次，中間不能斷。你們可以等回到京城之後再開始。」

兩張方子寫完，他就取出了金針。

這次的針幾乎都集中在頭上，下針的次數沒有上次多，但速度卻慢得多。針灸的時間持續了兩盞茶，拔完針，扎針的人滿臉疲倦，被扎的人淚眼汪汪。

「帶給程遠之的信，晚點你們再去找我拿，先這樣吧。」

這次針灸顯然比上次更耗費心神，田大夫滿頭都是汗，等他擦完汗，陳淮就主動揹起了他的藥箱，將人客客氣氣地送回了隔壁院子。

這邊沈驚春圍著自家大哥看了半天，也沒發現他跟以前有什麼不同。藥浴泡了三天，針也扎了兩次了，沈驚秋還是以前那個沈驚秋。

她無聲地嘆了口氣，就拎著包裹回了屋裡。

裡面的衣服哪怕打包裝在了包裹裡，但畢竟在野外放了兩夜，被雪水浸濕不少，沈驚春選了兩件出來，平攤到火炕上，又去點火烘烤衣服。
等到他們去齋堂吃了晚飯回來，炕上的衣服也乾得差不多了。
陳淮便拿著衣服和打包給田大夫的飯菜，又去了隔壁。
沒一會兒，他就拿著信回來了。
沈驚春見他手裡只有信，倒是鬆了一口氣，肯收下衣服就好。
幾人漱洗一番後，就各自窩回了房間的炕上。
等房間裡只剩下她和陳淮，沈驚春才將白天發生的事情說了一遍。
「我想他們也不敢說謊，明天抓到那個閆老三一問，就知道背後使壞的人是誰了。」
陳淮聽完後一陣沈默，好半晌才問：「如果真是徐長寧幹的，妳準備……」
沈驚春冷笑一聲，沒有回答。
她是不會動手殺人的，直接摸進徐府幹掉徐長寧，或許從某種意義上來說，還讓徐長寧解脫了，沈驚春不想這樣。
最有效的打擊報復，就是毀掉對方所在乎的一切。

第二十七章

第二天，四人起了個大早，夫妻兩個去到隔壁院子想跟田大夫道別，院門上卻上了鎖，田大夫顯然已經出門採藥了，幾人便直接往寺外走。

出了寺院大門，等了好一會兒，才等到有香客要下山，搭了個便車一路到了縣城，幾人住的還是第一天到奉持縣時住的那間客棧。

「程兄弟，我們夫妻倆有事要出去辦，我哥哥還要麻煩你看顧一陣子。」

按照昨天那群人的說法，他們跟閆老三都屬於奉持縣有點名頭的地頭蛇，手下都有一幫兄弟，這兩方人馬碰頭，帶的人肯定不會少，陳淮建議兩人一起去，她先去裡面看看情況，而陳淮就在外面望風，要是有必要還能騎馬進城去報官。

像他們這種民間惡勢力，一般在衙門裡都有人，若是尋常小事，衙門沒必要非要揪著不放，但這種大型械鬥就不一樣了。

陳淮倒是很想說要跟著一起進去，奈何他實力不允許。

將沈驚秋暫時託付給程江後，夫妻二人就騎著馬出了城，又往奉持山去了。

昨日約好的地方就在山腳上去不遠處，從縣城過去用不了多少時間，只是等二人到了那邊，空盪盪的樹林裡卻一個人也沒瞧見。

等了好一會兒，才有個昨天見過的人一臉菜色地過來了。

那人騎著一頭騾子，臉色本就不好，看到沈驚春滿臉不耐地看著他，更是兩條腿抖得不行。

那毒藥真是太厲害了，吃下去當時嗓子就跟冒了煙一樣，火辣辣的疼，後來肚子果然就跟這母夜叉說的一樣絞痛不止，跑了不知道多少趟廁所，連拉出來的都帶了血，肛門也是痛得不行！

他在奉持縣混了這麼多年，也算是有點見識，這種毒藥真的是聞所未聞，第一次見到。昨天來的十二個人裡面，他的情況還算好的，有幾個兄弟今天直接都下不來床了。

昨天那一頓毒藥就變這樣了，要是再多來幾次，或者拿不到解藥，那豈不完蛋？怕母夜叉牽連自己，他忙道：「姑奶奶恕罪啊！真不是小人有心遲到，實在是那毒藥的藥性太強了，小人還能站著過來都是僥倖，我幾個兄弟現在都下不來床了。」

沈驚春不耐煩聽這些，直接擺了擺手。「行了，不是說了叫你們把閆老三他們約過來嗎？現在都什麼時辰了，約的人呢？」

那人十分委屈，恨不得抹一把眼淚了。「回姑奶奶的話，咱們雖然快被毒死了，但姑奶奶的話不敢不聽，昨日強撐著去找了閆老三，才知道他今日似乎要成親，根本沒空搭理咱們兄弟啊！」

「成親？」

這雙方人馬相互看不慣對方卻又幹不掉對方，一向井水不犯河水，閆老三的家庭情況，顯然這群人也是知道的，若是之前就已經決定了要結婚，那這群人不可能不知道，所以現在說要成親，多半是臨時決定的。

沈驚春腦中靈光一閃，想到了一個可能性——

會不會閆老三這個結婚對象就是徐長寧派過來的心腹？她被閆老三給扣下來了？

她越想越覺得自己猜得對。

「走，去閆老三家看看！」

那小弟忙道：「閆老三那個新媳婦要從城裡發嫁呢，現在去閆家，估計他已經出發去城裡了。」

沈驚春一挑眉，這倒是個很有用的信息，先去看看那新媳婦是不是認識的人，若不是，再去找閆老三也不遲。

她抬腳往外走就上了馬，小弟慢吞吞地跟在後面出來了，看到馬背上有另外一個人，問都不敢多問，就在前面帶路。

閆老三之所以叫閆老三，是因為他在家裡行三，他雖然在縣城裡有房子，但成親這種大事，還是要在鄉下老宅裡擺酒的。

此刻整個閆家為了親事，忙得熱火朝天的。

到了閆家附近才發現，這地方離他們住的地方不遠，沈驚春也沒叫那個小弟跟著一起進去，先將馬寄到客棧裡，二人才拿著臨時買來的禮物往那邊走。

二人長相不俗，還沒到門口就吸引了許多目光看過來。

到了門口，不等門房發問，陳淮就將包裹著紅布的賀禮遞了上去。「閆兄可在府上？」

那門房一臉懵地接過了禮物，腦中還在想著自家老爺什麼時候有了這麼文質彬彬的朋友？

陳淮又道：「在下人在外地，接到閆兄要成親的消息，緊趕慢趕才趕到，沒有來遲吧？」

門房忙道：「不晚不晚！只是今日這酒席擺在老宅那邊，這位公子卻是來錯了地方。」

陳淮微微睜大了眼睛。「我瞧著閆兄府上掛滿紅綢，還當是在這邊呢！也怪那報信的人沒有說清楚。」

門房解釋道：「我家新夫人是外地來的，所以從這邊的宅子發嫁。這會兒我家老爺恐怕已經出門，往這邊迎親來了。」

陳淮皺眉遲疑道：「我也沒去過閆兄家的老宅幾次，一時間還真想不起來怎麼走，不知小哥可否放我們夫妻二人進去歇息一番，待會兒閆兄來迎親，我們再跟著他一起去老宅那邊吃席？」

陳淮的臉實在很有欺騙性，那門房小哥哪能想到這樣芝蘭玉樹的人物其實是不懷好意的？

門房又想到自家老爺雖然大字不識幾個，但一向最佩服有學問的人，因此只略一遲疑，就放他們二人進了閆家。

裡面的僕人正為了一會兒新嫁娘發嫁忙得團團轉，二人被門房放進來肯定就是賓客，所以也沒人管他們。

沈驚春四下一掃，就知道那新娘子不在前面的院子裡。

到了往後院的門邊，就有個丫鬟一臉警惕地將他們攔了下來。

沈驚春看了眼陳淮。

陳淮立刻道：「閆兄弟請我媳婦過來陪陪新娘子，怎麼這裡不讓進？」

那丫鬟一聽就有些遲疑。新嫁娘不是本地人，這個婚事又來得匆忙，女方那邊的親戚、朋友一個都沒看到，而閆老三為了讓婚禮好看一點，的確請了別的人過來陪著新娘子，可人都已經到了。

陳淮不悅地道：「不讓進是吧？行，反正閆兄這會兒已經從老宅出發了，想必一會兒就要到了，到時我直接跟他說吧！」說完，拉著沈驚春轉身就要走。

那丫鬟一下子就有點慌了，忙上前兩步攔住二人道：「實在是對不住這位公子和娘子，我家老爺事先也沒讓人來說一聲。那屋子裡都是女人，只能娘子一人進去，還請二位見諒。」

兩人對望一眼，沈驚春朝陳淮使了個眼色，迅速地在他手心寫了「回去」二字，就冷哼一聲，越過那丫鬟進了後院。

新娘子待的屋子很好認，沈驚春一進門就看到了裡面四、五個年輕女人正圍著一個穿著喜服的人在說著話。

這個時候的新娘妝，臉上都塗著厚厚的粉，搞得一張臉嚴重失真，但沈驚春還是一眼就認出來，這個所謂的新娘子正是徐長寧身邊的另一個一等大丫鬟玉荷。

對方顯然沒想到能在這裡看到她，倏地一下就從掛滿了紅色帷幔的床上站了起來，指著沈驚春，大張著嘴，說不出話來。

邊上幾個閆老三請來陪著新嫁娘的小婦人一瞧就有些疑惑地道：「兩位娘子認識？」

沈驚春笑咪咪地道：「不認識。我夫君是閆老爺的朋友，請我來跟新娘子說說話，大概是我這張臉長得跟新娘子認識的人有點像，她才這麼驚訝吧。」

玉荷的心撲通撲通的，都快跳到嗓子眼了。她從小就在徐府服侍主子，沈驚春這個假千金雖然從小不得侯夫人的喜歡，但畢竟以前還有個侯府大小姐的身分，侯府上下怎麼可能會有人不認識？這人就是化成灰她都能認得出來！

明明已經墜崖死掉的人，現在怎麼會再次出現？

想想自己現在的處境，玉荷長長的指甲都快陷入皮肉裡了，才勉強擠出一個笑容。「是，這位娘子跟我在京城的一個小姊妹長得很像，剛才第一眼看見，我還以為是她呢！現在仔細看，這位娘子倒比我小姊妹長得好看多了。」

閆老三為什麼忽然成親沒人知道，但據說這新娘子是他姨母的女兒，本來不樂意嫁給他，現在是被他硬逼著成親的。在這之前任憑她們怎麼哄，這新娘子都不肯開口說話，更別說給她們一個好臉色了。

當即就有人道：「時間也不早了，我出去問問閆老爺現在到哪兒了。」

有一個開口，後面幾個就都跟著跑了，轉眼間，屋裡面就剩下沈驚春跟玉荷兩人。

等人一走，玉荷立刻快步走到門口，將門從裡面拴了起來，一轉身就「砰」的一聲跪在了地上，低聲哀求道：「大小姐！求求大小姐救救我！」她膝行幾步，眼淚順著臉頰往下流，瞬間就在塗滿粉的臉上留下兩道痕跡，伸手就要去抓沈驚春的衣襬。

沈驚春往後一退，避開了她伸過來的手，一屁股在椅子上坐了下來，似笑非笑地看著玉荷道：「可不敢當妳這聲大小姐，我早就被徐家掃地出門了。」

當初崔氏對從小養在身邊的假千金一向不假辭色，卻對剛剛認回來的真千金關懷備至；侯爺和侯府幾位公子雖然也對真千金表現出應有的關心，但對待假千金的態度卻還跟從前一樣。

玉荷原本是崔氏身邊的二等丫鬟，在真假千金的較量中，她是第一個明著偏向真千金的人，所以後來才會被崔氏調去徐長寧身邊當大丫鬟，原主以前可沒少吃過這兩主僕的虧。

玉荷一張臉生得十分清麗動人，哭起來更是鼻尖紅紅、梨花帶雨。「以前都是奴婢不對，冒犯了大小姐，只求大小姐救奴婢出去！奴婢知道很多小姐的秘密，到時候可以給大小姐做內應，幫忙打探徐府的事情！」

她外祖家原本很窮，是靠賣閨女才養活了兒子。三個閨女裡面，她娘被崔家買走做了崔氏的陪房，而大姨母原本被賣到了一戶商賈之家，配給了家主身邊的管事，後來主家敗落，閆管事才贖了一家子的身出來了。

她娘向來不是個性子強的，若是她真被表哥閆老三壞了身子，說不定她娘還會去問崔氏要了她的賣身契，讓她出來過自己的日子，是肯定不會為她出頭的。

沈驚春的出現，真的就是她的最後一根救命稻草了。

想到這裡，玉荷更是滿懷希望地朝著沈驚春磕了三個頭。

沈驚春望著她，淡淡地道：「打探朝廷官員府上的事情，這可是犯法的，我是個良民，從不幹這些違法亂紀的事情。」

「犯法……犯法……」玉荷喃喃幾聲，一下子抱住了沈驚春的腿。「我知道、我知道！世子夫人的孩子是小姐弄掉的，小姐說要給她一個教訓！」

沈驚春一臉失望地道：「就這？這我早就知道了。全京城都知道那個孩子是徐長寧弄掉的，那又怎麼樣？她不還是一樣沒有得到懲罰？這算什麼秘密？」

「不一樣的！」玉荷搖了搖頭。「侯爺和夫人他們都以為孩子是因為小姐推世子夫人摔了一跤才沒的，但其實那時候孩子本來還有救的，是小姐在世子夫人的藥裡做了手腳，那個孩子才沒保住的！」

沈驚春被這番話震驚得說不出話來，這個徐長寧歹毒得未免有點太過了吧？吵架的時候衝動之下推人一把，勉強還可以說得通，但是刻意在人家藥裡加東西，這是人幹的事？

沈驚春滿心狐疑地看了一眼玉荷。「在藥裡加東西，大夫看不出來？」

「大夫是看出來了，且第一時間就稟報給了夫人，但是夫人將這個事情瞞下來了。那崔大夫大小姐您也是知道的，不僅是府裡的府醫，還是夫人娘家那邊的遠親，所以這事就被瞞了下來。」

崔氏這麼幹，難道就不怕徐長清知道後，母子反目成仇？

沈驚春本來想看看是不是徐長寧在背後搗鬼，卻沒想到還有意外的收穫。她想了想這事的可操作性，以徐長清的性格，是肯定不會原諒徐長寧的了。

她將手往棉衣口袋裡一伸，借著遮擋，從空間裡摸了一瓶安眠藥出來，扯過桌上的手絹，就往上面倒了兩顆。「這個藥到時候想辦法讓閆老三吃掉，吃完之後他會昏睡不醒，後半夜我會在閆家老宅外接應妳，以貓叫聲為號，連叫三聲說明閆老三已經昏睡。等妳到天亮前，如果妳沒搞定閆老三，就自求多福吧。」

兩顆小小的安眠藥包在手絹裡，被玉荷緊緊捏在手心。

沈驚春抬腳就要走，想了想又不確定地問道：「對了，閆家老宅那邊沒有貓吧？別到最後被貓給壞了事。」

玉荷忙道：「沒有，閆老三不喜歡貓，家裡也不許養貓的。」

「行，那就這樣定了。妳可要忍住，不要自亂陣腳啊！」

搞定玉荷這邊，沈驚春沒有多留，直接就往外走。到了前面院子裡，那幾名被閆老三請來陪著玉荷的小婦人還熱情地跟她打招呼。

「咦？這位娘子要去哪兒？不陪著新娘子了嗎？」

沈驚春笑道：「忽然想起來有一點事要去交代我夫君。新娘子一個人在屋裡也無趣，幾位娘子還是趕快回去陪著她說說話吧，我去去就來。」她說完就直接出了閆家的門。

等她前腳一走，後腳迎親的隊伍就到了，鑼鼓聲、鞭炮聲震天響。

沈驚春頭都沒回，直接就回了客棧。

「事情辦得怎麼樣？」

一進門，坐在大堂裡的陳淮就迎了上來。

沈驚春朝他點點頭。「找個地方細說。」

客棧是木頭房子，隔音效果奇差，在客棧裡說話，真的是很好地詮釋了什麼叫做隔牆有耳。

閆老三今天成親，附近的人大多跑過去看熱鬧，要喜糖、喜錢沾沾喜氣了，街道上的人並不多，二人出了門，沒一會兒就在一條沒人的小巷子口站住了。

沈驚春將玉荷說的話轉述了一遍。

陳淮聽得直皺眉。「我覺得這個徐長寧不太正常。」

沈驚春呵呵一笑。「當然不正常啊！正常人誰會幹這種事？回到親人身邊，好好跟他們相處都來不及了，竟還想著害自己的親大嫂。」

「不是，我指的不是這個問題。」陳淮想了想措辭，遲疑地道：「妳不覺得她的行為都很奇怪嗎？比如認親這事，她是怎麼知道的？又是怎麼確定的？她從小生活在平山村，怎麼敢一個人跑那麼遠的路去京城認親？」

沈驚春一臉懵逼。「這不是當年幫忙接生的七姑奶奶親口承認的嗎？說是她收了宣平侯那個妾室的賄賂，故意調換孩子。」

「是，村裡人是這麼說的，侯府來人調查的時候，七姑奶奶也承認了。但妳不覺得奇怪嗎？那個七姑奶奶的家可在聞道書院還要過去，她跟兄嫂關係不好，也很少來平山村，徐長寧怎麼就能跟七姑奶奶搭上？甚至還能從她嘴裡套出這種事來？那可是侯府，七姑奶奶難道不要命了嗎？」

沈驚春愣了一下。

穿過來之後她就已經被徐家掃地出門了，後面也沒認真地想過這個事情，現在被陳淮這麼一說，真的是疑點重重啊！

徐長寧對家裡人的態度都還算不錯，可唯獨對她大嫂魏氏有點隱隱的敵意，原主當時可能還沒察覺，但現在沈驚春回想起原主的記憶，這個事情還是有跡可循的。

再結合沈驚秋大冬天的還冒著雪上山，這一切好像都跟徐長寧帶點關係啊！

這人莫非也跟她一樣是穿越來的？

這個念頭一出來，就被沈驚春給否決了。

如果是穿越，不可能對牛痘和辣椒這麼無動於衷。

那，或許就是重生了？

「被你這麼一說，好像確實有點問題，她會不會是重生的？」

陳淮不解地問道：「重生？」

「重生的意思，就是一個人活了一輩子，然後因為各種各樣的原因，又重新回到了以前的某個時間點，然後重活一次的意思。」

越把徐長寧代入重生的設定，沈驚春就越覺得一切都合理了，徐長寧幹的這所有的事情都有了很好的解釋。

反正閒著沒事，一邊往車馬行走，沈驚春一邊又挑了些以前看過的重生小說的故事說給陳淮聽。

等到了車馬行，陳淮也得出了自己的結論。

「按照妳這麼說，我覺得重生的邏輯就有問題。一個人如果是重新投胎，那才像是一張白紙，但帶著以前的記憶重來，這有什麼用？我說難聽一點，沒腦子的人難道重生一次，她就能變得有腦子了？她哪怕有以前的記憶可以先知，但其他人又難道是木頭人嗎？」

「嗯……這……好像是這麼個道理。」這段話確實說得人沒辦法反駁。

以前看小說的時候，沈驚春也想過這個問題，每次看到上輩子懦弱無能的人重生一次就變得無所不能，她自己都覺得挺不正常的。除非是那種無限流，主角反覆重生，然後在一次又一次的重生中變強。

不過這樣一來，徐長寧的異常更能說得清了，正是因為她原本也不是多聰慧的人，所以才會留下這麼多的把柄。

那麼問題來了，如果徐長寧真的是重生的，且她對牛痘一事沒有什麼反應的話，說明牛痘在她的上輩子是沒有的，那麼上輩子這具身體裡的人到底是原主，還是她呢？

上輩子的事情真的無解，說起來可能更像是平行宇宙的設定，沈驚春不想把時間花在糾結這些事上，因此只略微想了一下，就將這事丟在了腦後。

越到年底，車馬行的生意就越忙，院子裡來來往往的全是要提前訂車的，沈驚春直接加錢租了一輛車。

幾個人在縣城吃了晚飯之後，才趕在城門關閉之前出了城。

那群街霸中，沈驚春只叫了中午來傳話的一個叫趙二狗的人帶路，其餘的人一個沒帶。

外面天色已黑，但好在天上還有點淡淡的月光，照在還未完全融化的雪上面，車走慢一點，勉強能夠看清前路。

一行人出了城，沒有立刻去閆家，而是先到趙二狗家落了腳。

一進院子，他媳婦聽到聲音跑出來，還沒開口就被趙二狗推回了房裡。

「淮哥，還是你在這裡看著吧，我怕趙二狗生事，我跟他先去閆家那邊探探情況。」

趙二狗前面推著他媳婦進去，後面沈驚春就跟陳淮交頭接耳的商量起來。

陳淮同樣低聲道：「行，不過妳這張臉還是要遮一下。」這張臉太好看了。

沈驚春摸著自己的臉，想了想，就拿了布出來將頭髮包了起來，又將臉給擋住了大半，額頭上有散落下來的碎髮擋著，一眼看過去倒是普通了許多。

不知道趙二狗怎麼跟他媳婦說的，沒一會兒，人就出來了。

二人也沒騎馬，直接走路往閆家所在的村子走，兩村離得近，很快就到了那邊。

下午開的席，到現在早就吃散席了，一路往閆家走，許多人家都已經熄燈睡覺了，只有少數幾戶人家屋子裡還有微弱的光線透出來，倒是閆老三家還燈火通明，下人們在收拾殘局。

這是來提前踩點的，自然不能待在一個地方看。

沈驚春直接叫趙二狗領著她在村子裡轉了一圈，先確定一下有幾家養了狗，到時候等玉荷從閆家出來好跑路。

村子不算大，幾十戶人家，沒一會兒就逛完了。

二人重新回到趙家，哪怕沈驚春直叫趙二狗先去睡覺，他也根本不敢睡。

他很怕沈驚春辦完事直接走人，那他就無藥可救了！

一群人坐在趙家的堂屋裡大眼瞪小眼，一直到了凌晨趙二狗睏得眼睛都睜不開了，沈驚春才終於有了動作。

她整個人包裹得嚴嚴實實，輕手輕腳的一個人出了門。

趙二狗本來想跟著，可剛一站起身，那冷著一張臉的青年就淡淡一眼看了過來。

沈驚春出了門，小跑著到了閆家附近。

忙活了大半夜，整個閆家都睡了，靠近他們院子，也只有前院裡若隱若現的鼾聲傳來。

點早就踩好了，沈驚春攀著閆家的院牆學了三聲貓叫，裡面立刻有三聲貓叫聲傳來。

院子高度只算一般，沈驚春輕易就翻了過去，落地也是毫無聲息。

然而，房間裡的玉荷卻遲遲沒有沒有動靜。

沈驚春一推門，就將虛掩著的房門給推開了，裡面沒有點燈，黑漆漆的，視線很暗。她拿出火摺子一晃，就被眼前的景象給驚住了，忙低聲喝道：「妳瘋了！幹什麼？」

閆老三生死不知地躺在床上，玉荷正拿著個枕頭蒙在他臉上。

沈驚春兩步上前拉了她一把，怒道：「跟我走！」

安眠藥只是起個助眠的功效，沈驚春給的這藥雖然是強效藥，但因控制了藥量，還是容易被外界喚醒的，可玉荷用枕頭蓋著他的頭，直接讓他不能呼吸，閆老三都沒醒……

沈驚春一把拉開了玉荷，摸索著探了探閆老三的鼻息，雖有些弱，但好歹還沒斷氣。她鬆了口氣，拉著玉荷就往外走。

在裡面黑暗的空間待了一會兒，出來之後，感覺月光都變亮了。先將玉荷送上牆頭，沈驚春自己才爬了上去。

兩人一路無話，又回到了趙家。

馬車已經再一次套好了，沈驚春揪著玉荷一進院子，一直等著的陳淮就將趴著睡的程江和沈驚秋叫醒了，幾人上了車就準備走。

趙二狗忙道：「姑奶奶，我們那解藥……」

沈驚春被玉荷氣昏頭了，聽了趙二狗的話才想起來還有所謂的解藥這麼一回事。她往口袋裡一摸，摸了一把用手帕包好的麥麗素出來，朝他一丟。「一人一顆，吃完歇兩天就沒事了。」

話音一落，程江已經在陳淮的指示下趕著馬車出了趙家的院子。

馬車上加上趕車的程江，一共四個人，沈驚春自己全副武裝地騎著新買的馬，近三個時辰也不過摸著黑走出去二十多里路。

天一亮，幾人就近找了個地方休息了半上午，才又接著趕路。

走走停停，等回到京郊附近，已經四天過去了。

一路上程江十分上道，不該他問的那是一句都不問。

進了京城的範圍後，一行人也沒直接進城，而是先去了爵田那邊的宅子。

一來一回加上等雪停和在山上的兩天，半個月的時間過去，這邊宅子早就已經建成了。

不等沈驚春回來，沈志清就直接按照原先說好的，叫了張大柱夫婦帶著幾個丫鬟、婆子先住了進去打掃環境、收拾院子。

馬車停在宅子外，程江一敲門，裡面很快就有人開門。

張大柱一瞧來的是沈驚春一行人，喜道：「娘子回來了！可巧老太太他們也在呢！」一邊說著，一邊又引著程江往旁邊專門開出來供馬車出行的側門去了。

「我娘他們怎麼來了？」

沈驚春牽著馬，也跟在後面往側門走。

張大柱道：「學堂那邊昨天就開始放假了，老太太說娘子不在家，他們在城裡待著也不痛快，就乾脆都來這邊了。城裡現如今就留了冬至和家具店裡的三個人在那邊看著。」

沈驚秋和陳淮早就在大門口下了車，馬車上除了趕車的程江，就只剩下一個被捆了手腳防止逃跑的玉荷。

沈驚春將馬牽到專門建出來的馬棚裡，就上車將玉荷拎了下來，還不忘招呼程江道：

「快到午飯時間了，程兄弟留下來吃頓便飯，歇息片刻，等吃完飯再回城吧！」

程江連連點頭。

張大柱瞧見被捆了手腳、蒙住了嘴的玉荷時也只是吃了一驚，就低下頭走在了前面。

這段時間在冬至和夏至的調教下，他們這些先被沈驚春買回來的人多少也學了點規矩，其中最重要的一點，就是要學會當個啞巴，不該問的事情絕對不能問。

到了二進院子裡，沈驚春隨便找了間房就將玉荷丟了進去。「剛進來的時候想必妳也看到了，這邊只有我們一戶人家，所以我勸妳還是安分一點的好。逃妳是肯定逃不走的，老實配合也能讓自己好受一點。」將蒙嘴的布條取下來後，沈驚春吩咐跟過來的夏至道：「弄點飯菜給她吃，手上和腳上的繩子不能解開。把人給我看牢了，吃喝拉撒全都在這屋子裡，哪怕晚上也不能鬆懈，什麼時候都要有人看著，不要叫她跑了。如果出了事，到時候是誰看的我就找誰，直接賣到礦山挖礦去，妳跟其他幾個小丫頭都說一聲。」

夏至意識到事情的重要性，忙應了一聲。

交代完這邊的事情，回到前院時，陳淮已經將奉持縣的事簡單地跟方氏說了一遍，當然墜崖那些事情直接被他省略掉，只說了關於沈驚秋治病的事情。

得知兒子的病終於有了起色，方氏簡直欣喜若狂，拉著沈驚秋左看看、右看看，怎麼也捨不得放手，等她回過神來想起閨女，才發現閨女早就吃完飯回城了。

沈驚春騎著馬，跟在馬車後面，先去車馬行還了車，又另外叫了一輛馬車送程江回程府，到了程家先問了程太醫在不在，得知他還沒下值，便只說晚上再來，就又離開程府去了魏府。

魏氏這人是老侯夫人親自挑選的孫媳，哪怕老夫人去世之後，崔氏不樂意魏氏成為自己的長媳，徐晏也還是按照他老娘的遺言，替長子求娶魏氏進門。

不是自己喜歡的兒媳，哪怕魏氏做得再好也得不到崔氏的青眼。可能是因為同樣不受崔氏待見的緣故，魏氏與原主的關係倒是不差，當初原主要被趕出侯府的時候，她還曾站出來替原主說過話。

原主跟魏氏關係好，也跟著魏氏來魏府玩過好多次，這才離開京城一年多，魏府的門房顯然還記得她這個宣平侯府的前大小姐。

沈驚春才一勒停馬，門房就一臉驚訝地迎了上來。「徐大小姐來了！」他說完就忍不住打了打自己的嘴，「徐大小姐」這個名頭現在早就是別人的了。

沈驚春朝他笑道：「斌叔還記得我啊？我現在姓沈，斌叔不妨稱呼我一聲沈娘子。」

斌叔先是驚訝，而後又誠心地恭喜道：「恭喜娘子覓得佳婿。」

沈驚春笑道：「多謝斌叔。不知道你家大小姐可在家？可否幫我通傳一聲，就說驚春求見。」

「在的在的！」斌叔點頭道：「我叫個人將娘子的馬牽到後院去，娘子先進來稍坐，我讓人去給大小姐傳個話，看看現在方不方便見娘子。」

沈驚春謝過他，就將馬交給了魏府的小廝，跟著斌叔進了魏府。

等了沒多久，魏氏就被幾個丫鬟、婆子簇擁著過來了。

一年多沒見，原本還算豐腴的魏氏消瘦得厲害，臉上氣色也不太好，瞧見沈驚春，眼睛一紅，喊了聲「驚春」。

沈驚春兩步上前，如同以前的原主一般挽住她的胳膊，道：「再叫大嫂不合適，不如我就叫妳紅英姊吧？」

魏紅英抿嘴笑了笑，臉上倒是恢復了幾分以往的風采。「行，妳喜歡怎麼叫就怎麼叫。這一年多妳可過得還好？我瞧著妳雖然沒有以前白，但身子骨兒倒是結實了不少。」

二人挽著手，一路往魏紅英的院子走，邊走邊聊。

到了院子裡，魏紅英叫人上了茶，屏退了左右，才問道：「妳來找我可是有什麼事情需要幫忙？」

沈驚春倒是沒想到魏氏還是一如既往的直接，便笑道：「不瞞紅英姊妳說，我的確有個事想找妳幫忙，但此事不僅僅關係到我，也關係到妳。」

魏紅英是個聰明人，聽沈驚春這麼一說，只略微一想，就猜到了個大概。「是徐大小姐還是徐夫人？」

哪怕這兩個人以前傷害過她，可再提起這兩人，她還是顯得有禮有節，以小姐和夫人相稱。

沈驚春道：「我聽說姊姊的孩子在六個月的時候沒了？」

魏紅英的臉色瞬間變得難看，抿著嘴，呼吸都沈重了幾分，閉著眼深呼吸了好幾下，才露出一個極為勉強的笑來。「連妳都知道了……不錯，我被徐大小姐推了一下，沒站穩，孩子摔掉了。」

「沒站穩？」沈驚春低聲道：「真的是沒站穩嗎？」

一個事發的時候根本不在京城的人，現在卻能說出這樣的話。魏氏看著她，問道：「妳知道什麼？」

「去年七月我被趕出侯府，侯爺叫了人送我回慶陽府，路上我差點被那個護送我回去的護衛給毀了清白，要不是跟在身邊的小丫鬟拚死救了我，只怕我是活不下來的。」

「怎麼會?!」魏紅英倏地一下站了起來，壓著嗓子低聲說道：「當時那個護衛我記得是侯爺親自點出來的啊！他……」後面的話，魏紅英又嚥了回去，沒有繼續說出口。親自點出來的又怎麼樣？誰規定了侯爺親自點的人就一定會忠於侯爺，不會被其他人收買呢？

意識到自己的失態，魏紅英扶著桌子又慢慢坐了回去，稍微有些哆嗦的手捧著茶碗喝了一杯熱茶，才將心口那種驚悸感給壓了下去。

「徐長寧是前年回的京城，到現在兩年了，其間我娘跟我哥沒有收到她的任何消息，一個多月前我們從慶陽過來，她卻收到消息上門了，說是記掛著他們，知道他們來京城了，所以去看看。恐怕有眼睛的人都能看得出來，這是假話吧？當時因為我也在場，所以最後不歡而散。前些時候我帶我哥去奉持山金林寺尋醫，在山道上的時候遇到了山石滾落，後來我在查這件事的時候，找到了一個人。」

魏紅英問道：「徐長寧身邊的人？」

沈驚春點點頭。「不錯，是她身邊的玉荷。我找到她的時候，她正被她表哥強迫成親，為了讓我救她出來，她跟我吐露了一件事——紅英姊妳當時那個孩子沒保住，並非是因為摔了一跤，而是因為徐長寧給妳下了藥。」

魏紅英的臉色一下子刷白了，手一鬆，手上捧著的茶盞摔落地面，發出「啪嚓」的一聲響，砸得粉碎，茶水撒了一身。

被魏紅英打發到外面的幾個婢女立即就推門衝了進來。

這茶剛上的時候很熱，但冬天冷得快，又說了這麼會兒話，早就變溫了，潑在身上不會燙傷，只是顯得有些狼狽。

魏紅英愣愣地看著沈驚春，任由婢女將她從凳子上拉了起來。

幾名婢女拉著她進了內室，很快就換了一身乾淨的衣裙出來。

「玉荷在哪兒？」

桌上已經重新上茶，之前的點心也被撤了下去，換上了新的。

魏紅英捧著茶杯在手，又喝了一口熱茶，這次她的手沒有抖。

「在我城郊的宅子裡，有專人看著她。紅英姊現在要去見她？」

魏紅英搖搖頭。「不，現在不去，我還有點事情要準備。年前妳看看什麼時間有空，叫人來跟我說一聲吧，我跟妳一起去。」

「好。」沈驚春點頭應了一聲。「紅英姊後續如果有什麼計劃，還請千萬不要見外，我如今雖然無權無勢，但好歹還有身手和一把力氣，但凡誰要跟徐長寧過不去，我都要來幫場子的。」

魏紅英笑了笑。

從魏府出來後，沈驚春沒再去別的地方，直接回了自家的小院子。

馬在門口一停，裡面的小寒就迎了出來。「娘子回來啦！」

「嗯。」

沈驚春將馬交給了跟出來的大寒，就進了店。

這段時間她不在，這三個小學徒也沒閒著，每天都在努力用不值錢的邊角料練手。臨去奉持縣之前，她就跟三個學徒交代清楚了，如果有人登門做家具，就直接拿製作好的家具冊子給對方看，若是不著急要的，先留下聯繫方式，等她這個當老闆的回來了再上門聯繫確定一些細節。當然，這期間，木匠還在繼續招聘。

大寒、小寒兩個是識得一些字的，小暑這段時間也跟著學了些，三個人的字雖然不太好看，但記帳還是沒問題的。

沈驚春隨手翻開櫃檯上的冊子，就被裡面的內容給驚住了。

「這什麼？這麼多人要訂做家具？」整整三頁紙，記錄的全是別人留下來的聯繫地址！

小寒靦覥一笑。「之前娘子不是往文宣侯府上送過一套茶桌嗎？聽說前兩天下雪的時候，姜侯爺就叫了同僚賞雪、烹茶，那套黃花梨的茶桌可是被好好誇了一番。姜侯爺還特意說了咱們家城外那片茶園的事情，說是來年就有茶賣了。」

沈驚春聽了這個解釋，還是覺得震驚。

就算那套黃花梨的茶桌好，也不用一下子來這麼多吧？而且……「姜侯爺叫同僚賞雪、烹茶的事，你們怎麼知道？」

小寒回道：「都是上門來訂做茶桌的各府下人們說的，聽說咱們店現在在京中這些大人們中，名氣已經傳得很大了呢！」

大不大她不知道，反正來訂做茶桌的人確實挺多的。

三頁紙上，有的是要買一套跟文宣侯府一樣的黃花梨茶桌；有的則是自備木料請她打一套；還有的則降低要求，什麼木材都好說，只要以最快的速度打一套茶桌出來就行。

粗略一數，起碼二十多單生意，後面大多還都標注了「最好年前就能拿到」。

沈驚春自問自己就算是長了八隻手，年前也做不出來二十多套桌椅啊！這又不是地裡的大白菜，拔出來洗洗就能吃！

前面來登記的倒還好，中規中矩地留了地址等老闆回來聯繫他們；後面來的大概是怕等的時間長了，居然還注明了他家老爺官拜何職，真是簡直了。

沈驚春一把蓋上冊子，捏了捏自己的鼻梁。「木匠呢？這段時間有沒有人來咱們這邊應聘？」

古代這種地方，手藝人都矜貴，學成之後大多都是選擇出師單幹，願意去給別人打工的很少，所以沈驚春的招聘上條件放得很寬，有老師傅來應聘是最好的，實在沒有老師傅，那種學到一半的也可以。精細的活不會幹，但好歹其他的雜事會幹，這樣也能給她減輕點負擔。

「有，還挺多的，不過我們不知道娘子具體什麼時候回來，就說叫他們先留下地址，到時候等娘子回來了，咱們再去聯繫他們。但他們不太願意，這幾天每天晚上我們關店前都要來問問。」

原先招聘貼出去，的確沒有人來問。

可不知道誰將姜侯爺賞雪、烹茶的事情說了出去，現在不只那些官吏們知道了這個新開的鋪子，連外面都在瘋傳戀家家具店的家具特別好用，能用上戀家老闆親手打造的家具，那就是身分的象徵。

沈驚春聽完小寒說的話，滿頭黑線。

那些話也不知道是誰傳出去的，這話粗聽沒什麼，可細聽那是很得罪人的。京城遍地都是官，人那麼多，就算有心在這裡做家具她也做不過來，難道別人都是身分低微的人？

沈驚春第一時間就懷疑這事肯定是徐長寧幹的。

「他們應該快要來了。」小寒看了看天色道。

店裡燒著個小炭爐，上面放著水壺燒著水。

天色漸漸昏暗，灰濛濛的天空又開始飄下了小雪，來應聘的幾個木匠幾乎是頂著風雪前後腳進了店。

小寒等人這幾天也是應付慣了的，人一進來，就拿了杯子給幾人倒水，雖未放茶葉，但熱氣騰騰的熱水捧在手中，在這大雪天裡倒是令人十分舒適。

櫃檯這邊沒有點燈，光線很暗，沈驚春就靠在椅子上看著那幾人圍著小炭爐坐了下來。她不說話，小寒等人也沒提，幾人一時間竟沒發現櫃檯後面還坐了人，等到兩杯熱水下肚，手腳都暖和了，幾人就起身準備走。

小寒忙道：「幾位且慢，我們掌櫃的回來了。」

幾個來應聘的人一驚，捏著茶杯就站了起來。

沈驚春將一眾人的反應通通看在眼裡。「諸位請坐，外面風雪有些大，我瞧諸位頂著風雪而來，也就沒有第一時間出聲，想讓諸位先暖暖身子再說。」

幾人站在原地你看看我、我看看你，最後一起看向眼前這名面容還有些稚嫩的姑娘。

戀家的老闆是個女人，這他們是知道的，但卻不知道這個老闆竟是如此的年輕。

店裡的家具雖然不花哨，但做工的確簡潔大方又精美，很難想像這樣的家具是出自如此年輕的小姑娘之手。

幾人又重新坐了下來。

旁邊小暑已經十分有眼色地將沈驚春的椅子拖了過來。

「我姓沈，是這家店的老闆，諸位怎麼稱呼？」

沈驚春的態度顯得很溫和，臉上掛著和煦的笑容，幾名木匠在她這種極具感染力的笑容下開始自我介紹。

沈驚春上輩子大學剛畢業就末世了，只有打工時經歷過一次面試，對於面試的流程並不怎麼熟悉，便乾脆按照記憶中的流程問了一些問題。

比如是什麼原因致使他們離開了上一個工作的地方？為什麼會選擇來戀家？覺得自己最大的競爭優勢是什麼？假如被錄取，最希望在戀家家具店得到什麼？

幾個木匠哪見過這陣仗？頭一個問題就將他們問住了。

沈默了好一會兒，才有人磕磕絆絆地道，因為上一個鋪子開不下去了，來戀家的原因是因為聽這邊給的工錢高，最大的優勢是有六年的學徒經驗，最希望在戀家得到的就是豐厚的工錢。

「諸位的情況我大致瞭解了。」沈驚春溫和地說道：「我也跟諸位說一說我們店裡的待遇問題。首先，我們店裡目前只收學徒和大師傅，不論你之前已經當過幾年學徒，只要不能獨立做家具，在我這裡就都按學徒算。學徒每個月兩百文的工錢，四季衣裳和吃住全包；已經出師可以獨立打造家具的，底薪二兩銀子，包一頓午飯，其他的店裡不管，做家具有抽成，一單家具獨立完成抽半成。當然以後店裡接到家具會指派給哪個人或者哪幾個人做，都是由我說了算。

「其次，不論是學徒還是大師傅，只要來咱們店裡上工，都要統一簽訂一份書契，五年之內除了不可抗的原因之外，不能離開我們戀家，比如要離開京城這邊去別的地方、病重無法勝任這份工作。如果因為其他的原因想要離開，將會面臨巨額的違約金，哦，解釋一下違約金的意思，就是沒有按照書契的章程辦事，要賠付給我的錢。」

幾個木匠聽得一臉目瞪口呆。

其中一個青年道：「如果因為店裡的排擠而幹不下去呢？這種情況，也要付所謂的違約金嗎？」

沈驚春讚許地看他一眼。「這位兄弟問得好，那麼我就這個問題再說一下。如果真的願意來店裡工作，大家一派祥和、其樂融融、親如手足是最好的，假如做不到這一點，我希望你們可以把爭鬥放到明面上來，提高自己的技藝，而不是使些下三濫的手段來害店裡的同事們，這一點也會寫在書契裡，如果被我發現誰偷偷摸摸地給別人使絆子，面臨的就是賠付違約金走人的下場。」

沈驚春很不想制定這種霸王條款，但古代的人可比現代的人難搞多了，學成之後轉投他人的一抓一把，如果不事先將所有東西都說好，到時候真出了事會很難辦。

那問話的青年一聽，立刻道：「我願意簽書契，什麼時候可以來上工？」

其他幾名木匠聽了沈驚春前面說的那些條件，倒是有些遲疑。

條件就是這些，光明正大地擺在這兒，來不來全看個人意願，沈驚春也沒急著催他們做出決定，只朝那青年道：「明天我還有些事情要處理，想來的後天巳時到店。時間也不早了，諸位都回去想想清楚，希望後天早上還能見到諸位。」

那青年朝沈驚春一抱拳，率先走了出去。

其餘幾名木匠一瞧，也神色訕訕地跟著走了。

等人一走，一邊已經等待多時的冬至就走上前。

聊了這麼會兒，外面的小雪已經變成了鵝毛大雪，天色已經昏沈得快要看不清路了。

沈驚春叫大寒幾人關了門，徑直和冬至回了後面的院子。

「這段時間我一直都悄悄跟著那個周公子。」冬至跟在沈驚春半步後的地方，一道往裡走。「國子監一旬一休，基本上周公子每日早上會從南通巷那邊出發去國子監，路上會在大相國寺附近吃個早飯，然後一整天都在國子監待著，散學後直接回家，偶爾晚間在狀元樓那邊跟其他學子聚會。」

對於周渭川這個人，冬至實在不知道應該怎麼形容。

他很自律，好像極為適應這種看似枯燥的生活。冬至跟了他這麼多天，發現他每天早上從家裡出來的時間幾乎沒有變化，早餐也是，每天都在同一家路邊的攤子吃一碗豆花、一籠小籠包。

沈驚春皺了皺眉。「你跟了他這麼多天，有沒有見到他去見徐長寧？」

冬至搖搖頭。「沒有，倒是徐小姐身邊的婢女給周公子送過幾次東西。」他頓了頓，遲疑地問道：「還要繼續跟嗎？娘子叫我跟著他是想做什麼？」

「做什麼？」沈驚春冷笑一聲，道：「當然是打他一頓。」

殺人是不可能的，這犯法，他們家現在好不容易開始走上坡路了，沒必要為了一個周渭川就斷送自家前程。

但是這個狗東西在國子監的時候那麼針對陳淮，她是不能忍，也不想忍。在不傷及性命的情況下，套麻袋打他一頓洩洩憤，還是能做到的。

冬至沈默了。這段日子跟著周渭川花了不少錢，他沒想到沈驚春的想法僅僅是打他一頓而已。

沈驚春瞥了他一眼。「你是不是覺得花了這麼多時間，結果最後只是要打他一頓，有點失望？」

冬至一抬頭，眼神在沈驚春面上一掃，又迅速地低下了頭沒說話。

「周家在京城的根基雖然不算深，但周桐畢竟是個三品官，周渭川如果被套了麻袋，明明對方可以把他打死、打傷，結果最後他發現自己只是受了點皮肉傷，你覺得他會怎麼想？」

冬至開口說道：「這是別人對他的警告，這次只是點皮肉傷，下次就不是了。」

周渭川跟陳淮不同。

陳淮才來京城，跟他有過矛盾的人屈指可數，如果出了什麼事，很輕易的就能排查出是誰動的手。

但周渭川不同，他從小生活在京城，京城這些官員又不全是一個派系，他若被打了，根本不知道是誰打他，誰叫周桐在朝堂上的對頭那麼多。

「警不警告不重要，重要的是，他不知道還有沒有下一次。」沈驚春頓了頓，後面的話還是沒有說出口。

在她看來，如果周渭川因為被打的事情而惶惶不可終日，然後影響了會試的成績，那是最好的。即使不會影響到他會試，那麼起碼在考試之前，這頓打也能讓他稍微收斂一點，別想著整天找這個麻煩、找那個麻煩。

冬至應了聲是。

「不過因為京中這幾日一直下雪，國子監原本是定在正月二十才放假的，現在跟其他的學堂一樣，十五就開始不上課了。」冬至惋惜地嘆了口氣。如果沈驚春他們早幾天回來，還是能打到周渭川的，現在都已經放假了，周渭川會不會出來都說不定。

「沒事，你這幾天再辛苦一下，繼續盯，總能找到機會的。」

京城最有名的酒樓不外乎三座——嘉樓、澄樓、狀元樓。

其中狀元樓是大家默認的學子聚集地，但凡想混出點名聲的，多少都會去狀元樓露個臉，周渭川還在讀書的時候就偶爾會去狀元樓，現在已經放假了，沒道理整天窩在家裡不出去吧？

瞭解完周渭川那邊的情況後，沈驚春緊繃的神經終於鬆了鬆，有點迫不及待的想要去打周渭川一頓了。

前面小寒等人關了店門，也回到後院來了。

楊嬸不在，幾個人合力做的飯，味道實在不怎麼樣，只能說熟了、能吃。

沈驚春面無表情地就著辣椒醬吃了一碗飯就溜了。

如今最要緊的事情就是給她哥治病，這個點，想必程太醫已經下值回家了。

第二十八章

從高橋到惠和坊要走大半個城，明豔的少女策馬走在街上，哪怕身上穿得簡單，也掩蓋不住身上那股出眾的氣質，一路上不斷有人回頭看她。

沈驚春老神在在，她回京這件事該知道的人知道了，不該知道的人也知道了，也就沒有必要再遮遮掩掩了。

過了澄樓，這邊住的就是非富即貴的官宦人家了。沒有林立的店鋪，喧譁聲都少了很多，但比起外面，這邊先一步有了年味，街道兩邊已經掛上了紅燈籠，在夜風中隨風晃動。

程家門口也換上了紅燈籠，大門已經關上了。

沈驚春下馬敲了門，很快就有人來開門。

門房一見她就笑道：「沈娘子來了！我們老爺剛還說娘子今天肯定會來呢！小陽，快來替沈娘子牽馬！」

門房朝裡喊了一聲，就有個少年小跑著出來接過沈驚春的馬，牽著往後門進去。

她進了門，就有人來請她往後院去。

程家已經吃過飯了，一家子就窩在花廳裡打著葉子牌。

沈驚春一進門，程夫人就道：「驚春來了，快來給我幫把手！」

程夫人這麼一喊，沈驚春就連連擺手。「夫人可別難為我，我哪會這個啊？您要是叫我給您侍弄侍弄花草，我是絕無二話。」

程夫人笑道：「不會也沒關係，妳來給我摸牌，我教妳打，贏了算妳的，輸了算我的。」

屋子裡燒了地龍，暖和得很。

除了程家的大公子今天在太醫院值夜班不在，其餘人幾乎都在，雙方相互問候了一遍，沈驚春就走到程夫人身邊坐了下來。

「行，那我就試試今天的手氣怎麼樣。不過咱先說好了，輸了算我的，贏了是夫人的。」

「行。」程夫人應了一聲，伸手在沈驚春手上摸了摸，見她雙手帶著暖意，才繼續道：「不過妳也別這麼見外了，我聽老程說了，他是比妳爹娘年紀大些，妳就叫我一聲伯母吧。」

沈驚春從善如流地喊了一聲伯母，哄得程夫人笑容滿面，她家大兒媳和閨女也在一邊打趣。

也不知是沈驚春手氣確實好，還是程夫人的牌技高超，二人就沒輸過，打完好幾圈只有程夫人一直在贏。

沒多久，有丫鬟過來說家裡小公子睡醒了，正在找程少夫人，大家這才散了。

桌上的葉子牌被收拾乾淨，又有丫鬟重新上了茶點。

「程江把事情都跟我說了，我師兄的信我也看過了。太醫院那邊我告了明天的假，跟妳一起去杏林春找老楊。放心吧，我師兄既然說了驚秋沒事，那他這病就肯定能治好。」

沈驚春相信田大夫說的話不假，但就是有點不放心。

一來是怕治療期間有人會來搗亂；二來是怕沈驚秋治好了病後只是平山村的沈驚秋，而不是現代那個為她送了命的大哥。

「我家欠了伯父您良多，以後有什麼用得著我的地方，也請伯父千萬不要客氣才好。我在那塊爵田附近又買了一塊山地，打算弄個小茶園，伯父以後的茶葉我全包了。」

程太醫笑道：「那敢情好，我可就厚著臉皮答應了啊！」

從程家出來，已經亥時過半，沈驚春也沒再到處逛，直接回了自家院子。

第二日一大早，沈驚春吃了飯又往程家趕。

京城地方大，杏林春內城、外城各開了一家店，楊大夫醫術高超，一般都在內城那邊坐堂。沈驚春先到程家跟程太醫會合，才往杏林春去了。

到了年底，家家戶戶都想無病無災地過個好年，因此醫館的人也比平日裡多，有個頭疼腦熱的就來看大夫。

門外的隊伍排出去很長，尤其楊大夫在杏林春就相當於現代的專家，想掛他號的人特別多。

二人在門口下了馬車，也沒排隊，程太醫徑直領著沈驚春直奔楊大夫那邊。

排隊的人一見，立刻伸手就要去拉人。「欸！你們怎麼回事？」

「懂點規矩好不好？不知道看病要先排隊嗎？」

「到你們了嗎，就直接往裡衝？瞧著人模人樣的，怎麼不幹人事？」

沈驚春一開始還沒想到這些人是在說自己，直到後面一個大嬸伸手拽住了她。

程太醫也有點沒反應過來。

大嬸的力氣還挺大的，她用力抽了抽，竟然沒將手抽出來。一轉頭，不僅楊大夫面前這一隊人怒視著她，連其他大夫面前的人也一臉不贊同地看著她。

程太醫懵了一下，才朝周圍的人一拱手道：「諸位請聽我說，我們並不是要插隊看病——」

話沒說完，就被人給打斷了。

「不是看病你來什麼醫館？」

「就是！有什麼事不能私下裡說，還要專門來杏林春找楊大夫？」

「對啊對啊！來杏林春不看病，你腦子不好啊？」

沈驚春的臉色沈了下來。要是只有她自己被人說幾句也就說了，她不放在心上，但程太醫是為了她家在忙活，因此她張嘴就想罵回去，但話還沒出口，醫館裡的掌櫃就跑了出來，驚呼道——

「程太醫？什麼風把您吹來了？」

太醫院統管全國藥房、醫館，程太醫身為院判，是經常要跟這些醫館打交道的，京城的大小醫館只要備案在冊的，幾乎都認識這位太醫院的二把手，哪怕他今日沒有穿官服，但杏林春的掌櫃還是一眼就認出來了。

「程太醫」這三個字一出來，周圍就靜了下來，那個拽著沈驚春不放的大嬸也訕訕地鬆了手。

太醫院有多少醫術高超的大夫，人家確實沒必要來杏林春看病。

程太醫道：「我來找老楊有點事，你先去忙，不用管我。」

他雖這麼說，但掌櫃的還真不敢丟下他自己去忙，殷勤地領著二人到了楊大夫的診室。

楊大夫正在給人施針，診室不大，跟現代的診室有點類似，但卻鴉雀無聲。

裡面的病人不是什麼大病，楊大夫也只是扎了三針，很快收了針，也沒繼續叫號，而是先朝程太醫打了聲招呼，才又看向沈驚春，問道：「這位是？」

程太醫道：「這就是之前我與你說過的，慶陽府那位找出牛痘的小娘子。」

沈驚春立刻道：「楊大夫您好，初次見面，我叫沈驚春。」

楊大夫雙眼一亮。「沈娘子好，真是久聞大名啊，今日才終於見到了真人！你們今天找我是？」

牛痘對於大周朝來說，真的是一個很重要的東西，每年死在天花手裡的孩子不知凡幾，現在有了牛痘，以後再也不會有人因為天花而喪命了。

程太醫便道：「找你確實有點事，沈娘子的兄長前些年摔到了腦袋，我師兄前段時間給他治過了，但是手上最近有別的事情在忙，分身乏術，便介紹到老楊你這裡來了。你今天還有多少個病人要看？看完了咱們去瞧瞧？」

楊大夫保養得還不錯，年紀雖然比祁縣那位楊大夫的年紀要大，但看上去卻比他要年輕些。慕名而來的病患都想掛他的號，杏林春考慮到楊大夫自己的身體情況，乾脆就限號了，每天只看診二十名病患。

這也是沈驚春明明一大早就來了，但外面卻已經開始排隊的原因。

楊大夫顯然是認識田回，想也沒想就應了下來。

「行，只是我今天出門有點晚，這才剛看了第一名病人，恐怕最早也要等到午後才能走了。」

「這有什麼，反正我今日告假不去上值了，就幫你一起接診吧！放心，不收你診費。」

在診室裡待著的學徒已經開始重新出去叫號，一次叫了兩名病患進來。

方才杏林春的掌櫃喊程太醫是大家都聽到的，但是等病患進來之後，楊大夫還是耐心地解釋了一遍，說今天因為有事，所以請了程太醫來幫忙一起看診。

楊大夫雖然醫術高超，但在病患眼裡，能被選進太醫院給天潢貴胄看病的大夫顯然更厲害，當即就滿臉高興地坐在了程太醫面前。

一共二十名病患，也都不是多嚴重的疑難雜症，午時不到就全看完了，程太醫挺高興的，楊大夫也樂得輕鬆。

杏林春有自己的食堂，飯也是早早就做好了的，幾人簡單地吃了一頓午飯，沈驚春在杏林春抓了藥，幾人就出了城，直奔茶園那邊。

田回的信程太醫隨身帶著，後面附上沈驚秋的脈案以及在金林寺的治療過程，包括用針、施藥都有詳細紀錄，一路上兩位大夫都在研究這個。

趕車的依舊是程江，他知道沈家宅子的位置，因此沈驚春告罪一聲，就先一步騎馬走了。

騎馬要比馬車快得多，到家時沈家一行人才剛吃完午飯，沈驚秋正要跟著沈志清等人上山，沈驚春忙喊住了他。

「哥你先別忙著走，我請了程太醫和楊大夫來給你治病。」

沈驚秋一聽，渾身僵硬，臉上寫滿了抗拒。

之前幾年雖然也看過很多大夫，但基本上沒用過針，直到前幾天在金林寺，被針扎的感覺實在不太好受，尤其扎在他身上的針不是一根、兩根那麼簡單。

方氏喜不自禁，彷彿沈驚秋看完這次就會好了一樣。

沈驚春揚了揚手上提著的菜籃子。「我買了些菜，你不是喜歡吃這些嗎？今天看完了病，晚上可以多吃一點。」

沈驚秋看著滿滿一籃子的菜，十分勉強地點了點頭。

有沈驚春提前回來報信，沈家準備得很充足，程太醫等人才一下馬車，就被沈驚春帶著人熱情地迎到了堂屋裡，底下人立刻就捧了熱水上來請兩位大夫洗手，等洗完了手又換了人上茶點，一應事物十分用心周到。

楊大夫看著茶盞裡浮浮沈沈的茶葉，笑道：「我說呢，程老弟今日怎麼格外的好說話，原來這茶葉也是出自沈娘子之手啊！」

沈驚春道：「都是山裡不值錢的東西，楊大夫要是喜歡，走的時候我叫人給您包上兩斤帶著。」

楊大夫當然不可能拒絕，這茶葉如今在京城那是有錢也買不到的東西。「那就多謝沈娘子了！妳是不知道，憑我跟老程這麼多年的關係，他手裡有那麼些茶葉，卻也只肯分我一兩。」

程太醫哼道：「知足吧，一兩可不少了，那張閣老來跟我要，我也不過給了他一兩。」

「行行行，是我不知好歹行了吧？」楊大夫笑著搖了搖頭，視線落在了安安靜靜陪坐在一邊的沈驚秋身上。「這是令兄？」

沈驚春點點頭。「對。」

楊大夫也點點頭，放下了手裡的茶盞道：「還是先辦正事吧。」

治病這種事情，沈驚春也幫不到什麼忙，在旁邊看了一會兒，就安靜地出了門，往廚房去了。

無論這病治不治得好，兩位大夫都是沈家的大恩人，留人吃飯也得拿出誠意來才行。

京城靠北，入冬後青菜不多，但這邊的生意人很精明，想辦法搞了各種暖棚出來，種了不少反季節的蔬菜，價格自然很貴，但沈驚春還是買了不少。

交代完做晚飯的事，她才找了豆芽問起陳淮。

「今早忽然來了人，說陸先生今天下午的船到東水門外的運河碼頭，姊夫一早就跟著去接陸先生了，姊妳沒碰到他？」

「沒有。」沈驚春搖頭道：「我今天也是一大早就出了門。後面闖著的人怎麼樣？昨晚有沒有鬧？」

說到後面闖著的人，豆芽的臉色就不好了。「沒看到我之前，她倒是沒有鬧，後面看到我了，就說有話跟我說，要跟我敘敘舊。這個蠢貨把別人都當傻子呢，這都多久了，還跟我說只要我放了她，她就去跟徐小姐說，讓我重回侯府。」想到玉荷說的話，豆芽就恨不得再衝進去給她一拳。「她腦子有病吧？當誰稀罕侯府呢？我以前可是親眼看到，徐小姐偷偷擰身邊的小丫頭呢！姊妳雖然以前名聲不大好，可對身邊的人從來都沒有說過重話。誰好、誰不好，還用得著她來教我嗎？哼，這個蠢貨都落在咱們手裡了，居然還有這麼多花花腸子！」

沈驚春失笑。「妳也說她是個蠢貨了，跟一個蠢貨計較這麼多，沒得還氣壞了自己。我不在的這些天，家裡這些人怎麼樣？」

說起家裡這些人，豆芽更是來了一身的勁，神采飛揚地就開始說她這些天觀察到的事，其他的倒是沒什麼，只有張大柱的大兒子大暑跟附近小河村一個在小山上幹活的姑娘好上了，那姑娘滿心想的都是要賣身到沈家來跟大暑共患難，但奈何她家裡死活不同意。

「鬧到咱們家裡來了嗎？」沈驚春問道。

豆芽搖頭道：「那倒是沒有，只不過那姑娘的三個哥哥把大暑給揍了一頓，揍得鼻青臉腫的。」

「我這幾天有點忙，事情多了可能也記不住這個事。」沈驚春笑道：「等四哥回來，妳記得跟他說一聲，那姑娘家裡打了大暑一頓，咱們也不追究了，但是那個姑娘以後就不要再來咱家上工了。還有，叫大暑約束著點，若真想娶妻生子，我並非不能放了他的賣身契，只是這兩年咱們茶山還沒穩定下來，暫時不能放他們走。」

「行，我會跟他說的。」

又斷斷續續地瞭解了些家裡其他的情況，沈驚秋那邊的看診也到了尾聲。

三個大夫都是醫術很高的好大夫，田大夫雖然開了方子，但在給程太醫的信裡說了，等他和楊大夫分別看診之後，也可酌情對藥方有所增減。顯然田大夫的醫術很令人信服，這張方子最後還是沒有任何改動。

楊嬸那邊有人打下手，飯菜很快就燒好了。

兩位大夫吃得很開懷，吃完之後一人包了兩斤茶葉和幾斤乾辣椒，才將人往外送。

「您看這個診費是今天就結，還是日後一起結？」沈驚春問道。

楊大夫連連擺手道：「我這又吃又拿的，怎麼好意思還要妳家的診費？只是今日有老程幫忙，杏林春那邊結束得早，我才能來這邊替妳兄長針灸，明日恐怕就沒時間登門，要你們去杏林春找我了。」

「楊大夫說的哪裡的話。」沈驚春誠懇地道：「茶葉是我之前自己說要送的，辣椒也是我自家地裡種的，不值當兩個錢。但一碼歸一碼，這個診費卻是一定要給的，您這樣大老遠跑來這邊，還分文不收，我下次也不好意思再上門叫您給我哥看病了。」

楊大夫還要搖頭拒絕，程太醫就道：「老楊你爽快點吧，還沒見過把錢往外推的。」

楊大夫想了想就說：「這出診費就不要了，我這針灸收費是一針一百文，今日一共施了十四針，沈娘子便給一兩銀子吧。」

「行，那多謝楊大夫了。」

因特意早早地做了飯，吃完晚飯外面天色也還沒黑，兩位大夫小酌了幾杯，程江卻是滴酒未沾。

沈驚春沒在這邊宅子住下，直接蹭了程家的馬車，帶著沈驚秋又回了城裡，方便後面的治療。

回到京城，天色已經黑了，留在京城宅子裡的人都早早地吃過了晚飯，只是陳淮還沒回來。

陸昀身邊的人陳淮都是認識的，他讓人來通知陳淮，肯定不會派陳淮不認識的人來，他既能跟著走，說明陸昀是真的回來了。

她躺在熱炕上翻來覆去，想的事情很多。

店裡招木匠的事情，只要明天能夠有兩、三個來，以後的問題就不大了，帶著店裡三個學徒，人手能夠忙得過來。

打周渭川的事情也不著急，左右這頓打他是逃不過去的。

她哥的病現在也基本穩定了，遲早會好的。

一切的事情都在朝著好的方向發展。

沈驚春想著事情，不知不覺就睡著了。

沈驚春再醒來時，外面天色已經亮了。半夜沒人添柴火，火炕也已經涼了下來，炕上還是昨晚的樣子，並沒有任何不同。

陳淮一夜未歸。

這種事從來都沒發生過。

沈驚春皺了皺眉，穿好衣服出了門。

穿過通往後院的小門，就見幾個人正蹲在地上用樹枝在寫著字。

「等會兒吃了早飯後，冬至你去程家問問，陸昀陸先生如今住在哪兒？去陸先生那邊看看你們二爺在不在？」

冬至放下樹枝，甩了甩手，站了起來。「我現在就去吧，今天小寒蒸的饅頭，我拿兩個路上吃就好了。」

沈驚春點了點頭。要是平時，她肯定要冬至吃完了再去，天這麼冷，剛出鍋的饅頭沒一會兒就涼了。

可今天不知道怎麼回事，她的心神有些不寧，總覺得有什麼不好的事情會發生。

冬至揣著幾個饅頭，就趕著家裡的騾車走了。

沈驚春就著幾個小菜，吃了頓早飯。

吃完了飯，幾個學徒去開了店門，門一打開就看到了已經等在外面的幾個人。

前天說的是巳時到就行了，但現在不過才辰時四刻，這些人提前了半個時辰就來了。

既然來到了店裡，就是準備來這兒簽書契工作的了，以後就是要在這個小娘子手底下討生活。明明看著很年輕，可幾人看著她就是覺得有些莫名的拘謹。

沈驚春掃了一圈，來的有四個人。「諸位怎麼來得這麼早？可吃過早飯了沒有？」

四人中看上去年紀最大的立刻道：「吃過了、吃過了……」

話音未落，不知道誰的肚子就咕嚕咕嚕一陣響，那說話的漢子一張臉一下子就紅了。

「小寒、小暑，去看看還有沒有吃的，有什麼都端上來吧。」沈驚春說道。

小寒應了一聲是，掀開簾子去了後院。

兩盤拳頭大小的饅頭很快就被端了上來，小暑在後面端著兩碟子鹹菜。

灶裡已經沒有火了，饅頭在鍋裡放著沒有拿出來，只剩下一點餘溫。

幾個漢子相互看看，最後在沈驚春的笑容中小聲地道了謝，圍在小桌子邊吃了起來。

等四人吃完，沈驚春才道：「書契我已經準備好了，我這邊也不考核諸位的真實水準，你們覺得自己可以獨立打造家具的就過來拿這邊的書契。」

四個人遲疑了一下，全都不約而同地到那邊拿了沈驚春已經準備好的書契。

做木匠的不說學問多高，但多少都是認識字的，書契是用白話寫的，通俗易懂，幾人從頭到尾看了一遍，確認了和之前說的一樣，就不再遲疑，簽上了自己的名字。

「書契一式兩份，我們雙方各拿一份，一會兒我叫人將書契拿去府衙過了紅契，到時候再將你們的那一份給你們。」

四個人對此並沒有什麼異議，那書契上並不只上次說的那些事情，還寫明了戀家家具店給木匠們的保障，過紅契不僅家具店放心，他們也放心。

沈驚春將幾份簽了名的書契收了起來才道：「你們若是有自己用慣了的工具，可以回去將東西帶來這邊，若是沒有，也可以跟大寒說一聲，店裡出錢，再給你們訂做一套。」

像這種純手工的工具，每個人都有自己的使用習慣，沈驚春當初在祁縣買的工具，也是用了好些天才用順手。

沈驚春交代完這邊的事情，就到了前院，將前後院之間的門給關了起來。

沈驚秋一天要吃三頓藥，早上那頓藥小寒他們已經燉在炭爐上了，耽誤了這麼會兒，早都煮好了。叫她哥吃了藥，她將中午的藥又重新煮上，就開始等。

既等冬至帶回陳淮的消息，也等他回來後，好一起去杏林春找楊大夫給沈驚秋針灸。

年底這段時間她的事情實在太多了，後面這些天未必每天都有空親自帶她哥去針灸，冬至身上還有監視周渭川的活，帶沈驚秋去針灸的事情，她打算交給大寒。

沈驚春原本還算穩得住，但隨著時間的流逝，她越發坐立難安，眼皮子跳個不停，總覺得有什麼不好的事情要發生。

直到吃過午飯，一早就出門的冬至才匆匆回轉。

「我先去程家問了，從程太醫那裡得到了地址，又匆匆往陸先生那裡趕，陸先生今日不在家，出門訪友去了，但陸家的門房說，二爺昨日吃了晚飯就回來了。」

小炭爐上燉著藥，水壺就被拿下來放在桌上，裡面的水早就涼了，冬至倒了水咕嚕咕嚕地連喝了兩杯，才覺得喉嚨沒有那麼乾。

他一抬頭，就見沈驚春臉色很不好地看著院中的某處，不知道在想什麼。

「或許，二爺是遇到了祁縣來的同窗？」這話說出來，冬至自己都不信。

陳淮是個什麼人，沈家上下沒有一個人不知道，在他心中，沈驚春這個媳婦是排在第一位的，甚至連科舉都得往後排，不論什麼時候，他都不會做出讓沈驚春擔心的事來。

去陸家當然不算是讓人擔心的事，但徹夜不回發生在他身上就足夠讓人擔心了。

沈驚春閉眼深呼吸了幾口氣，將心底的不安再次往下壓了壓，才睜眼朝冬至道：「你知道澄樓那邊的杏林春吧？我今天約了那邊的楊大夫給我大哥針灸，你先吃飯，吃完了飯叫上大寒，你們一起帶我大哥過去針灸。周渭川那邊的事情先放一放，這幾天主要就是看病這事。」她說著，摸了張二十兩的銀票遞給他。「錢先拿著付診費，到時候不夠了再來找我。針灸完了就回家，不要在外面逗留，回來後藥浴的事情也交給你。藥包我已經分好了，藥要先煮過才能泡。」說話間，她已經從角落裡臨時搭起來的棚子裡牽了馬出來。

出了門，直奔宣平侯府。

騎著馬比馬車快得多，穿街走巷的很快就到了宣平侯府外。

這附近住的全都是官宦人家，馬路寬闊，行人稀少，沈驚春坐在馬上，停在街角，看著不遠處的侯府，有點遲疑。

崔氏娘家的勢力不容小覷，宣平侯府也不是好惹的。

陳淮到底是不是遇到了什麼意外還是兩說，貿然去闖侯府，她沒有任何證據，只會被當成一個瘋子。

瘋不瘋的她不在意，可如果因為這樣而打草驚蛇，徐長寧惱羞成怒地對陳淮下手怎麼辦？或許，這件事可以先去找陸昀？

「驚春？」

沈驚春遲疑地調轉了馬頭，就見一輛馬車停在了她身邊，一道還算熟悉的聲音從馬車裡傳了出來。

徐長清掀開窗簾，一臉詫異地看向馬背上的女孩子。

沈驚春坐在馬上，居高臨下地看著徐長清，道：「世子。」

「何必如此？」徐長清苦笑一聲。「不論妳與長寧之間如何，我們兄妹這十幾年的情分總還是真的。」

徐晏除了崔氏這個正妻，還有幾個妾室，徐府孩子多，可在徐長清看來，嫡親的只有他們兄妹四個。沈驚春還在徐府的時候，是真正的掌上明珠，雖然崔氏對這個女兒不親近，但這並不妨礙徐長清兄弟三個對這個妹妹的百般呵護。

而現在，僅僅過去了一年多，她已經連一聲大哥都不願意喊了。

沈驚春看著他，沒說話。

「妳今天來這邊是不是有什麼事？」徐長清看著沈驚春，認真地道：「要不要進府裡坐坐？妳以前的院子還在，父親一直都有叫人打掃照料，長淙和長溫也都很想妳。」

沈驚春搖了搖頭，看著徐長清，到底還是遲疑了一下才道：「我的確遇到了難事，我可以請你幫忙嗎？」

「當然！當大哥的，照顧妹妹不是應該的嗎？」他說道。

下午的陽光照在人身上，帶著幾分暖意，沈驚春道了聲謝。「這裡不是說話的地方，咱們找個地方細說。」

宣平侯府的位置在整個京城靠北的地方，往北走一些就是嘉樓，再往後有座寺廟。酒樓這種地方顯然不太適合說事情，沈驚春便提議去沽寧寺走走。

徐長清自然不會拒絕。

兩人一個坐著馬車，一個依舊騎著馬，就往那邊去。

沽寧寺離侯府並不算遠，也就四條街區的距離。

給徐長清趕車的都是他的心腹，到了寺院門口，穩穩地停好車，他身邊的小廝就主動接過了沈驚春手裡的韁繩。

兄妹二人進了寺廟的門，就沿著小道往裡走。

沈驚春不知道應該怎麼開口。她不知道陳淮是不是真的被徐長寧抓走了，也不知道開口之後，無憑無據的，徐長清會不會相信她？更不知道徐長清現在是不是站在徐長寧那邊的？

走出去好遠，徐長清才主動問道：「妳這一年多過得如何？」

到底是十多年的感情，不可能說不在意就不在意，況且沈驚春從始至終都是無辜的，徐長清清楚楚地知道這一點。

可當時那樣的情況，不只是他，徐家所有的人包括他父親徐晏在內，都必須要做一個選擇，是選這個從小養在身邊的妹妹，還是在外過了十幾年苦日子、好不容易回到徐家的親妹妹。

這真的很難抉擇，可又不得不做出選擇。

沈驚春走後，徐長溫倒是提過要派人去祁縣偷偷照顧她，可這個提議被徐晏否決了，因為一旦涉及到這個養女，崔氏的態度就顯得非常尖銳。派人去照顧沈驚春本是一片好意，可若是哪天被崔氏知道了，只會將事情弄得一團糟。

「沒來京城之前，過得挺好的。」沈驚春道：「說實話，來了京城之後過得並不怎麼開心，徐長寧是真的很讓人厭煩。」

徐長清皺了皺眉。他皺眉當然不是因為沈驚春說他親妹妹很煩，而是下意識地覺得這個讓人不省心的親妹妹又做了什麼事情。

「她幹什麼了？」他問道。

沈驚春嘆了口氣。「她對我幹什麼了不重要，重要的是她對你或者說對紅英姊幹過什麼。」

提起魏紅英，徐長清的情緒一下子就低落了下來。

「她買通了府裡的大夫，給紅英姊下了藥，那個孩子才沒保住的，你知道嗎？」

徐長清沒有說話，但沈驚春忽然看懂了他臉上平靜的神色。

顯然，這件事他是知道的。

連他都知道，那麼徐晏未必會不知道，但這父子兩個還是選擇了保護徐長寧。

沈驚春忽然慶幸沒有一開口就說出徐長寧可能叫人抓走了陳淮的事。

她看向徐長清，微微一笑。「我覺得紅英姊跟你和離是對的，你是個好兄長、好兒子，可你絕不是一位好丈夫、好父親。」她轉身就走。

門外徐長清的兩個小廝正在馬車邊說著話，遠遠瞧見沈驚春回來，下意識的就站直了身體。

她走近了，朝二人點了點頭，算是打過了招呼，牽過自己的馬，翻身就上了馬，很快消失在二人的視線中。

出了沽寧寺這條街道的範圍，馬兒跑動的速度就漸漸慢了下來。

這種事情但凡有一丁點兒證據，也不至於這麼被動，她可以明目張膽地打上門去，踩著徐長寧的臉，問她把陳淮弄到哪兒去了。

可關鍵就在於她一點證據都沒有，所有的事情全都是她的猜測。

沈驚春甚至都不知道自己是怎麼走到陸昀的府邸門口的。出來之前，她問了冬至，陸昀的新家在什麼地方。

這個宅子就在御街附近的信陵坊，是皇帝御賜的宅子，地方很大、很氣派，門口兩座大石獅子，只是大門緊閉。

沈驚春牽著馬，坐在了人家的大門口，也沒去敲門。

真找上陸昀，他肯定不會見死不救，可是以沈驚春對陳淮的瞭解，他恐怕未必希望因為自己的事情而麻煩自己的老師。

天色漸漸黑了下來。

「驚春丫頭？妳怎麼在這兒？」

陸昀的聲音在身前響起。

沈驚春吸了口氣，一抬頭，眼淚就不受控制地往下流。「先生，陳淮不見了……」

「什麼?!」陸昀那點微醉的酒意一下子就醒了。

陸昀並非自己一個人，他身邊還跟著兩名年歲與他差不多的老者，身後是一群下人，一股酒氣瀰漫在四周，顯然是才從哪裡喝了酒回來。

陸昀朝身邊兩人一拱手道：「溫兄、曲兄，今日家中有些事，咱們改日再繼續。」

身後的小廝手裡拿著燈籠，光線雖不強，但足以讓人看清沈驚春臉上的眼淚。

那被叫做溫兄的老者道：「出什麼事了？可需要幫忙？」

「有需要我肯定不跟兩位兄弟客氣的。」陳淮不見了，五個字不難理解，陸昀也知道沈驚春是什麼意思，但現在具體情況還不瞭解，他也說不清到底需不需要幫忙。

陸昀客氣地送走了兩人，才沈著臉叫沈驚春進屋。

進了中堂，他吩咐身邊的人上了熱茶。

沈驚春捧著熱氣騰騰的茶，心裡總算是平靜了一些。

「他昨晚一晚上都沒回去，今早我叫家裡的下人過來打聽，門房的人說他昨晚就走了。」沈驚春道。

陳淮是個什麼樣的人，不僅沈驚春知道，陸昀這個老師也知道，他從來都不是一個讓人操心的人，徹夜未歸這種事發生在他身上，顯然是不正常的。

「昨天他跟我說了奉持縣發生的事情。」陸昀沈吟道：「但現在我們沒有任何證據。」

顯然，他也覺得陳淮失蹤這件事是徐長寧幹的。

可大周律法森嚴，什麼事都要講規矩、講證據，沒有證據，一切都是空談。

「她的丫鬟還在我手裡，能不能去京兆府告她？」

「沒有用。」陸昀的臉上全是無奈。「這個最多只能狀告她買凶殺人，並不能證明陳淮的失蹤跟她有關。」陸昀想了想，道：「這樣吧，妳先回去好好休息一下，我現在去兵馬指揮司問問，叫他們幫忙找找。」

沈驚春不知道應該怎麼形容此刻的心情。

她出了陸家的門，騎著馬回了家，家裡所有人都還未入睡，她一回來，幾人就都圍了上來。

沈驚春抿著嘴，一點說話的意願都沒有，陳淮顯然還沒有回來。

她將馬放在家中沒有騎，一個人摸著黑又出了門，往宣平侯府去了。

宣平侯府是個五進的宅子，得益於原主留下來的記憶，沈驚春對這個府邸還算熟悉。

一路吹著冷風過來，按照原主的記憶，她十分輕鬆地就翻牆進到了裡面。

但凡勛貴，尤其是徐家這樣的武將世家，家裡都會養一些府兵，徐家當然也不例外，但這些人幾乎都分布在院子四周，內院這些人是不會涉足的。

臘月二十還不到，朝廷還未封印，徐家不只一個官，第二天要上朝、上值，都睡得很早，這個點，整個侯府都靜悄悄的。

沈驚春沒費任何力氣就摸到了徐長寧住的院子裡，出乎意料的是，院子裡居然還點著燈，且隱隱還有說話聲傳來，或者說得再確切一點，是吵架聲，只不過吵架的雙方都壓著嗓子，所以聽上去更像是交談。

沈驚春慢慢地摸了過去，攀著附近花圃裡的大樹，兩三下就爬了上去。

這樹不知道是什麼品種，大冬天的，樹葉卻依舊翠綠茂密，黑夜之中人藏在裡面很難被人發覺。

院子裡除了徐長寧的大丫鬟玉竹守在外面，看不到任何一個人，連個看門的婆子都沒有，想必是被徐長寧特意支開了。

中間會客室的門關著，窗戶卻開著，透過茂密的樹葉隱約能看到裡面的一些情況。

刻意壓低的聲音隨風而來，斷斷續續，不能全部聽清，但從隻言片語中也能聽出，裡面說的正是徐長寧買通府醫給魏紅英下藥的事情。

毫無疑問，屋子裡另外一個人正是徐長清。

「既然如此，那妳我兄妹之情今日也算到頭了。」

門「吱呀」一聲被人拉開，徐長清的話清晰地傳了過來——

「以後妳只當沒有我這個大哥，我也沒有妳這個妹妹。」

「說什麼為了魏紅英。」徐長寧冷笑道：「我的好大哥，你難道是第一天知道這事嗎？

以前你都選擇隱忍不發，怎麼偏偏今天就發作了出來？怕不是你的好妹妹來找你了吧？」

徐長清臉色難看，見徐長寧說得難聽，根本不想再跟她多說一個字，腳下不停，直接往外走。

徐長寧忍無可忍，喊道：「沈驚春的那個書生相公你知道吧？她今天來找你是為了這個吧？你不想知道他在哪裡嗎？」

沈驚春的呼吸一停。

院子裡徐長清的腳步也同時一停，他不可置信地轉頭看向門口那個表情猙獰的人。「妳瘋了?!」他話裡全是震驚。

國朝有多重視科舉，舉國皆知，立國這麼多年，科舉制度一直在完善，哪怕是當朝首輔都不敢明目張膽地這樣針對一個才名在外的學子，而徐長寧只不過是個勛貴千金，身上無品無級，她怎麼敢？

「我是瘋了！」徐長寧臉上的猙獰逐漸平靜了下來，看著徐長清臉上還未收起的震驚之色，嘲諷道：「我是被你們這群人逼瘋的。她頂替了我的身分在這個家裡過了十幾年金尊玉貴的好日子，而我卻代替她在那窮鄉僻壤的地方受了十多年苦，可你們這些人，不心疼我過得怎麼樣，卻擔心她去了那地方受不受得了，這是什麼道理？」

徐長清臉上全是不解，他想不明白，他真的不明白。「走的難道不是驚春？」他們府裡上下，選擇的難道不是她？

「看吧，就是這種神情。」徐長寧徹底平靜下來。「好像施捨，我是乞丐嗎？回到自己的家裡，搞得像是沈驚春施捨來的一樣。你們其實更希望我從來沒有登門認親吧？這樣沈驚春就永遠是你們的妹妹，你們一家人就能夠相親相愛的在一起了。」

「妳這麼覺得？」徐長清呼出一口氣。「妳剛回家的時候，長淙本來在別莊休養，還是趕回來了，他身體不好，一路奔波回來就生了病，妳當時在幹什麼？」不等徐長寧說話，徐長清就道：「妳在忙著跟其他的世家千金應酬。妳大嫂跟妳說了，但妳只叫了身邊的丫鬟去問候了一聲，甚至──」他話沒說完，就被高處的一聲冷哼給打斷了。

沈驚春實在聽不下去了，她從樹上一躍而下，先跳到了院牆上，然後又從院牆上跳到了院子裡。

由於她速度過快，徐長寧只來得及往後退了兩步，沈驚春就已經到了她面前，一把掐住了她的脖子。

「妳把陳淮弄到哪裡去了？」

玉竹愣了一下，立刻反應過來，撲了過去。

沈驚春看也不看，直接反身就是一腳，將她踹得倒飛了出去，「砰」的一聲砸在了牆上。她向來力氣就很大，這一腳也沒留情，玉竹直接倒在地上，爬都爬不起來。

她的手像一把鉗子一樣，徐長寧被掐得呼吸都困難起來。

「驚春妳別衝動！」徐長清根本不敢上前，就怕惹怒了她，她不計後果，直接擰斷徐長寧的脖子。

徐長寧的臉色已經脹得通紅，臉上卻掛著癲狂的笑。「妳……想……知道……別……作夢了！」

沈驚春舔了舔後槽牙，好不容易被壓下去的火氣又倏地一下躥了上來。她一抬腳，猛地一腳就踹在了徐長寧的小腿上。

徐長寧竟然只發出一聲悶哼，沒有痛呼出聲。

玉竹趴在地上，痛苦地抬起頭來，張嘴就要喊人。

沈驚春瞥她一眼，直接掐著徐長寧的脖子就將她往玉竹身上一丟，將玉竹要喊出口的話又給砸了回去。

前面這一片就這麼大，沈驚春抬腳就往她們那邊走。

徐長清咬咬牙，還是攔在了她身前。

「你別說話，你要說話我連你一起打。你要想喊人就喊，來幾個我打幾個。」沈驚春微微一笑。「你別以為我不敢，誰叫我不好過，我讓他全家都不好過。」

御賜的匾額留在了平山村沒帶過來，但聖旨此刻就在她的空間裡，隨時都可以拿出來甩在徐家人的身上。

來的路上吹了一路的冷風，她也想清楚了，徐長寧一而再的挑釁，這事已經沒法善了了。原本她想的是通過其他人的手收拾她，但現在她改主意了。

她並非沒有靠山。

她最大的靠山就是她自己，或者說，是她的異能和她空間裡的那些種子。

沒有一個執政者會對高產量的農作物無動於衷的。

俗話說兵馬未動，糧草先行，高產量的農作物不僅能讓百姓吃飽，還能在戰時讓在前線拚命浴血奮戰的戰士們沒有後顧之憂。

哪怕她直接殺了徐長寧，恐怕執政者都會保下她。

沈驚春輕蔑地看了一眼徐長清，繞過他，直接一腳狠狠踩在了徐長寧的手掌上，還特意碾了碾。

徐長寧終於受不住，一聲慘叫響徹院子上空。

徐家下人多，府裡各處都有人值夜，這聲慘叫聲在寂靜的冬夜裡傳出去很遠，附近幾個院子都聽到了，整個侯府似乎都因為這聲慘叫而醒了過來。

沈驚春鬆了腳，蹲下身，揪著她的後領就將人提了起來。「再問妳一遍，人在哪兒？」

徐長寧挨了兩下，痛苦難當，額頭、臉上、脖子上已經冒著涔涔冷汗，可她卻咧嘴笑了笑。「妳不敢殺我，妳殺了我，陳淮也得死，妳怎麼可能捨得他死。」

沈驚春面無表情地看著徐長寧。「妳說得對，我的確捨不得陳淮死，所以妳暫時也不用死。」她說著一提膝，狠狠一記膝擊頂上了徐長寧的肚子。

女孩子都很柔軟，尤其是肚子。

這一下讓徐長寧痛得臉色煞白一片，下意識就想蜷縮身體，可她的衣領還在沈驚春手裡，她根本沒辦法彎腰。

徐長寧再次發出尖銳的慘叫聲。

侯府的下人來得很快，崔氏和徐晏來得也很快，連徐長淙這個病秧子來得都很快。

院門被人一腳踹開，「砰」的一聲砸在圍牆上，又慣性地彈了彈。

大冷天的，所有人都已經睡下了，崔氏來得又急又快，衣服都沒穿好，髮髻還散亂著披在肩頭，徐晏也沒好到哪裡去。夫妻兩個一進門，就被眼前的景象給驚呆了。

一個喊了聲「阿寧」，一個喊了聲「驚春」。

沈驚春看了一眼徐晏，就又低頭去看被她拎在手裡的徐長寧。「陳淮在哪兒？」

徐長寧痛得渾身都在哆嗦，根本說不出話來。

沈驚春也沒指望她這麼快就交代陳淮到底在哪兒，話音一落，又是一記膝擊頂了上去。

崔氏被眼前的景象刺激得眼睛都紅了，尖叫一聲就要往前衝，可剛跨出一步，就被徐長清攔了下來。

「娘，您別去。」

崔氏怎麼可能不去？

但徐長清強硬地攔在她身邊，任由她的拳頭像雨點一樣砸在自己身上。

徐長淙和徐長溫卻管不了那麼多，兩步就衝了過去。

沈驚春直接鎖喉，拖著徐長寧往後面退了一步。「幾位還是離得遠一點比較好，我要是一個不小心傷到徐大小姐可就不好了。」

院子裡點著燈，但光線不算強，後面趕來的下人們手裡拎著燈籠，昏黃的燈光下也能看出徐長寧的狼狽，髮髻散了，衣服也很髒，一縷縷的頭髮被汗濕黏在臉上，要多狼狽就多狼狽。

徐家兄弟的腳步一停，有些委屈地看著她。

「妳想要什麼？」崔氏漸漸平靜了下來。

沈驚春回京的消息，他們早知道了，但這麼多天她都沒有上門來，沒道理三更半夜地闖進來，難道只為了打長寧一頓？

「我想要什麼？那就要問問貴府大小姐做了什麼。」沈驚春說道。

「她做了什麼？」徐晏說道。

進來這麼久，他終於再次開口，問的卻不是沈驚春，而是徐長清。

父子倆對視一眼。

徐長清有點說不出口。

所有人的視線都從沈驚春身上移開，落在了他身上。

沈默了一會兒，徐長清才道：「她叫人抓了驚春的夫婿。」

「什麼？」

「陳淮被抓了？」

「為什麼？」

幾道不可置信的聲音同時響起。

徐長清搖了搖頭，他也想知道為什麼。

院子外面已經圍滿了人，稍高一些的地方甚至還有弓箭手瞄準了這邊，只待徐晏一聲令下，就能將沈驚春射成刺蝟。

徐晏疲倦地揉了揉太陽穴。「是不是知道了陳淮的下落，就能放了她？」

沈驚春搖了搖頭。「那不行，我知道周圍已經布滿了府兵，我若放了她，死的就是我，侯爺該不會以為我是個傻子吧？」

徐晏也搖了搖頭。「當然不是，但妳我畢竟父女一場，妳該相信我的。只要妳放了長寧，今天不會有任何人動妳，妳可以安全的離開，我也可以保證以後徐家不會找你們的麻煩。」

沈驚春笑了笑。「侯爺一諾千金，自然不會言而無信，但是侯夫人和徐大小姐卻未必了。大小姐有著通天手段，天子腳下強搶良民的事情都能做得出來，殺個小小的冒牌貨又算得了什麼？畢竟一回生，二回熟，大小姐欲取我小命也不是一次、兩次了，妳說對吧？」她伸手在徐長寧臉上拍了拍。

徐晏怔住了。沈驚春的話直白易懂，是個人都能聽出來她是什麼意思。

他張了張嘴，話還沒說出口，外面府裡的管家就喘著氣跑了進來。

管家也顧不上人多，直接就朝徐晏喊道：「老爺，外面京兆府和刑部的人來了！」

這回別說徐家人了，就連沈驚春都有點摸不著頭腦。

三更半夜的，這兩個衙門的人一起上門，是為了什麼？

第二十九章

腳步聲由遠到近，兩隊人馬不等徐晏請他們進來，就浩浩蕩蕩地過來了。

幾十支火把在外面照得亮如白晝，連院子裡的光線都亮了不只一點。

後面不斷有人說著「讓一讓」，人群往兩邊分開一條道來，很快就有幾個人從後面進了院子。

沈驚春的視線一掃，一共四個人，除了陸昀和魏紅英的父親，其他兩個她都不認識。

「見過侯爺！深夜叨擾，實在是不好意思。只是人命關天，遲則生變，我們這邊還是要盡快將疑犯捉拿歸案，這才不得不登門，還望侯爺見諒。」先開口的是京兆府尹謝大人。他生得一張圓臉，未語先笑，一拱手先朝徐晏告罪一聲。

魏大人冷著一張臉，隨手朝徐晏拱了拱手，沒有說話。

「疑犯是誰？」崔氏問道。

「疑犯自然是貴府大小姐徐長寧了。」魏大人冷冷地說。

院子裡一下子安靜了下來。

大部分人都在懷疑剛才是不是聽錯了？

宣平侯府的大小姐是殺人疑犯？

短短一瞬間，無數個念頭在眾人腦中劃過。

周邊的下人們最先反應過來，不知道誰小聲道：「大小姐殺了人？」

說話的聲音並不大，但是在寂靜的冬夜裡，還是有不少人聽到了，周邊一圈一下子喧譁起來。

崔氏反應了過來，面色陰沈地看著進來的幾個人。「幾位大人是不是搞錯了？我女兒大門不出、二門不邁，怎麼可能是殺人疑犯？我們徐家在京城也是有頭有臉的，什麼事情需要家裡的大小姐用殺人來解決？」

魏大人冷冷道：「侯夫人還請慎言，大周律法森嚴，無論哪個衙門辦案都要講證據，無論是謝大人還是在下，說的都只是疑犯。至於是不是真的殺人，請貴府大小姐跟著我們走一趟就知道了。」

從陸昀帶著人進來，沈驚春就鬆開了徐長寧。

徐長寧一身狼狽地往前一個踉蹌，差點摔倒在地，還好崔氏一直注意著她，兩步搶上前去，將她摟在了懷中。此刻聽到魏大人毫不留情的話，她忍不住打了個顫。

徐晏的臉色也很不好看。同在朝廷為官，都是身居高位，哪怕是站在對立面的，平時辦事也不會將事情鬧得太難看。

當初魏紅英跟徐長清和離，徐、魏兩家都沒有鬧起來，魏家雖不願意配合對外說些體面話，但也沒有說過徐家的壞話，現在何至於大半夜的帶人上門來？

還有京兆府。這是一個獨立的衙門，府尹一職從來都不是一個好當的官。

京城這種地方遍地都是官，皇親權貴一腳踩下去能踩到好幾個，若是府尹立不起來，京城的治安就會亂；若是府尹過於強勢，得罪的權貴就會越多。尤其是四公八侯這樣的權貴，幾乎都是天子近臣，得罪他們就要面臨被彈劾的風險。

所以京兆府尹這個職位經常換人，但現任府尹謝大人是個長袖善舞的人，各方勢力錯綜複雜，他一直以來都平衡得不錯，像是今晚這般深夜上門抓人，還是他上任以來第一次。

崔氏也是大家出身，並非是一般深居簡出的婦人，能夠讓兩個衙門深夜上門，要說後面沒有推手她是不信的，這種時候無論如何都不應該跟他們起衝突才是，可閨女在她懷裡瑟瑟發抖啊！

徐晏看了崔氏一眼，趕在她再次說話前開了口。「三位大人可否借一步說話？」

謝大人沒有立即回答，隱晦地看了一眼陸昀。

魏大人則是直接道：「有什麼話，侯爺還是直接在這兒說吧。」

竟是絲毫不給他面子。

徐晏深深吸了一口氣，將心底的煩躁往下壓了壓，問道：「煩勞二位大人深夜上門，請問出了什麼事？可否通融一下？今日家中有點亂，明日我親自將小女送去京兆府。」

「這恐怕不行。」謝大人道：「我們也是秉公辦事，還請侯爺不要為難我等，否則到時候事情鬧到聖上面前去，只怕大家面子上都不好看。」

這算是變相的提醒，這次的事情有點大了。

崔氏不敢再鬧，只摟著徐長寧，無言地看著徐晏。

「好，還請稍等片刻，待小女換身乾淨的衣服就跟你們走。」徐晏說道。

這回謝大人沒有拒絕，點了點頭表示同意。

崔氏立刻擁著徐長寧進了房。

擠在院子裡的下人們在徐晏的示意下，都退出了院子。

徐長清看了看沈驚春，又看了看崔氏等人，遲疑了一下，跟著進了屋子。

反倒是徐長淙、徐長溫兩兄弟跟在了沈驚春身邊。

房間裡，除了徐家幾個主子，就只有兩、三個心腹丫鬟在。

沒了外人，徐晏的臉色徹底沈了下來，見崔氏還摟著徐長寧不放，一股無名的怒火倏地一下就燒了起來，壓著嗓子怒道：「妳還不交代妳都幹了什麼事！」

真進了京兆府或者刑部的門，就算後來無罪，她的名聲也毀了！更何況以現在這個情況來看，她多半是真的犯了什麼事，不然京兆府不會冒著得罪宣平侯府的風險，深夜上門。

徐長寧已經從崔氏懷裡離開，卻垂著頭，依舊沒有說話。
「紅英肚子裡那個孩子並不是摔沒的，而是被她下了藥，這才沒保住。」徐長清說道。他說這句話的時候閉著眼睛，臉上說不清到底是痛苦還是憤怒，抑或是二者都有。
徐晏滿臉震驚，不可置信地看著徐長寧，但不等他說什麼，徐長清又道——
「她還幾次想要了驚春的命，這次更是直接將她夫婿抓了起來。陳淮這個名字，想必父親知道吧？是來年春闈一甲的熱門人選，甚至在坊間的呼聲比周渭川還要高，他是驚春的夫婿。」
徐晏的腦子一陣眩暈，往後退了兩步，大腿撞在椅子上，一屁股就坐了下去。

外面，沈驚春已經出了徐長寧的院子，跟著陸昀走到了一邊的角落裡。
黑漆漆的角落裡，只有陸昀手裡的燈籠發出昏黃的燈光。
「先生怎麼來了？」
陸昀忍不住搖了搖頭。「妳還問我怎麼來了，我當時怎麼跟妳說的？是不是叫妳回去好好休息？要不是我放心不下，去妳家看看，妳今晚是不是準備將整個京城鬧得天翻地覆？」
夜闖侯府，怎麼想得出來的？
「怎麼會？」沈驚春賠笑一聲。「我就是想找徐長寧問問她把陳淮抓到哪裡去了，而且我有分寸的，不會鬧出人命啊！」

陸昀忍不住扶額，喃喃道：「只怕是覺得活著才叫受折磨，死了那叫一了百了吧……」

沈鷲春哈哈一笑，她的確是這麼想的。

「不過，這到底是怎麼回事？魏大人能被請動，我還能理解，但是京兆府尹為什麼也被請動了？」她想不明白。「先生離開京城這麼多年，沒想到還有這樣的面子。」

陸昀白了她一眼，沒好氣地道：「妳這丫頭說話可真是愛扎人的心，我當然沒有這樣的面子。我與魏侍郎也是在侯府外面才看到謝府尹，如果知道他會來，我必不可能去請魏侍郎出面。」

不遠處，火把的光線浮動，將視線所及的地方照得明明暗暗，但不論是刑部的人還是京兆府的人，都沒有人說話。外面很安靜，只有小院子裡時不時地傳來幾聲壓抑的怒喝。

陸昀望著那邊，好半晌才幽幽地道：「看來關注著你們的人不只一個，如此一來倒不知道是好事還是壞事了。」

院子裡，徐晏並未耽誤多久，很快地徐長寧就換了一套乾淨的衣服走了出來，頭髮也簡單地重新梳理了一下，但臉上仍然能夠看出被人打過的痕跡。

沈鷲春站在陸昀身邊，沒有上前。

徐晏與謝大人客套兩聲，就將徐長寧往外送。

崔氏站在原地，眼裡蓄滿了淚水，忽然指著沈驚春道：「她夜闖侯府，謝大人要不也將她一起帶回去？也省得我們府上再遣人去京兆府報官！」

所有人的腳步一停，看向了崔氏，又順著她手指的方向看向沈驚春。

徐晏看都沒看崔氏，直接朝謝大人道：「好叫大人知道，這是我的養女，今晚是我叫她來府裡的，並不是夜闖，此事與她無關。」

是不是夜闖，大家都清楚，但宣平侯說不是夜闖，那就不是夜闖。

謝大人朝崔氏微微一頷首，就領著人走了。

魏大人更是連個招呼都沒打，直接帶人走了。

一群人來得快，走得也快，很快就都走了個乾淨。

沈驚春來的時候是翻牆進來的，走的時候是正大光明走的大門。

出了侯府的門，魏大人就停了下來，先朝陸昀打了個招呼，而後又朝沈驚春道：「驚春如今又回了京城，沒事就多往我們府上走動走動，妳紅英姊姊這幾天一直都在唸叨著妳呢！」

他的聲音顯得很溫和，與以前對待原主沒有兩樣。

沈驚春應了聲好。

魏大人點點頭，也沒多留，直接帶著人走了。

「上馬車吧，先送妳回去。」陸昀的隨從已經將馬車趕了過來。

沈驚春乖乖地上了車。

陸昀跟在後面上了車，嘆道：「還好京城這邊沒有宵禁，要不然這個點出門被抓住，一頓板子是少不了的。」

沈驚春跟著道：「對啊，還好沒有宵禁。」

一路無言地回到了自家宅子前面，陸昀才道：「雖然我不知道是誰叫動了京兆府尹，但是季淵那個臭小子肯定沒事，最遲明天，他一定會回來的。」

沈驚春點點頭，進了門，又去廚房的小炭爐上拿了熱水漱洗，洗完躺在溫熱的炕上，毫無睡意。

翻來覆去想了很多種可能，也想不到到底是誰能叫動京兆府的人。

再睜眼時，外面天色已經大亮，沈驚春有幾分茫然地看著屋頂，不知道自己昨晚是怎麼睡著的。

火炕半夜沒人添柴，已經涼了下來，但被窩裡還熱著。

沈驚春一轉頭，就對上陳淮的側臉，他睡得正香，神情很平和，但眼下有很明顯的烏青，顯然是這兩天沒有休息好，下巴上也長出了一圈不太明顯的鬍渣。

她怔了怔，根本不知道他是什麼時候回來的。

大約是她坐起來，被子沒壓實，讓冷空氣鑽進了被窩，陳淮很快就醒了。

陳淮看了一眼沈驚春，長臂一伸就將她摟住又躺了下來，閉著眼睛道：「再睡會兒，我太累了……」

這一睡，直接睡到了下午，冬至和大寒都帶著沈驚秋針灸回來了。

兩人坐在飯桌前，所有人都在後院看幾個木匠打造家具，廚房裡只有他們夫妻。

喝完一碗湯，她才問道：「你怎麼脫身的？」

「我沒有脫身，是有人救我的。」陳淮嘆道。

他倒是想脫身，但這次在京城，對方人手準備得很足，他又不是沈驚春，真的很難脫身。

沈驚春奇道：「誰？」

「如果我猜得不錯，是張承恩的人。」

張承恩？沈驚春視線一凝。這可不妙啊！

「他以為你是當初柱國公府的那個孩子？」

陳淮點點頭，又搖了搖頭。「或許，他是一直都以為我是柱國公府的那個孩子。」

張承恩是不是以為陳淮是他兒子，沈驚春不知道，但徐長寧的名聲是徹底毀了。

原本從宣平侯府離開的時候，她還以為刑部和京兆府的人只是虛張聲勢，結果沒想到，還真的有原告，告的還是她掠賣人口。

當初在平山村，沈明榆兄妹兩個被王氏一行人搶走的時候，沈驚春就聽陳淮說過這個罪名，是個一旦罪名成立，刑罰會很重的罪。

「我真不知道她怎麼想的，京中多少大家閨秀不夠她結交的？偏偏要去捧趙靜芳的臭腳。」姜瑩瑩的語氣裡充滿了不解。

趙靜芳是皇帝的外孫女，母親榮陽公主的出身不高，公主的生母還活著時不過是個小小的美人，死後才被追封為嬪。

皇帝的兒女不少，榮陽公主以前不受重視，生母死後更不受重視，連選駙馬一事皇帝都沒過問，由皇后一手操辦。在趙靜芳兩歲時，皇帝行宮狩獵遇刺，當時場面亂烘烘的，大家都忙著逃命，唯有榮陽公主堅定地護在了皇帝身前，也因為擋刀身亡，臨死前唯一的願望，就是希望自己的女兒能夠得到妥善的照顧。

榮陽公主死後，皇帝怕趙靜芳沒了親娘，在趙家會受委屈，就將人接進了宮裡。

原本公主之女，只能封為縣主，但因滎陽公主救駕有功，趙靜芳被破例封為了郡主，封號嘉慧。

有郡主的尊榮和皇帝的寵愛，原本趙靜芳這樣的身分，應該受到最好的教育，可偏偏不知道怎麼回事就被養歪了性子，等到皇帝發現時，她的性格已經非常暴戾，並且十分貪戀男色，郡主府裡養的面首只怕比一般人家的妾室還多。

「徐長寧簡直喪心病狂，抓了提前來京城準備備考來年春闈的學子，想要送給趙靜芳做面首，偏偏這個學子表面上平平無奇，實際上卻是張閣老的親戚。」

沈驚春一邊細心地給家具雕花，一邊聽姜瑩瑩說話。

姜瑩瑩也不在乎沈驚春不接她的話，繼續說道：「這件事如果雙方真的對簿公堂，說不定還有人不相信，覺得徐長寧是無辜的，畢竟一個從小就生活在鄉下，才回到侯府兩年的人，哪有膽子做這種事情？偏偏在上公堂之前，張閣老的那個親戚撤訴了，說一切都是誤會。」

搞了這麼一齣，於是幾乎所有人都覺得是宣平侯府威逼、利誘，才讓張承恩的親戚改了口。

沈驚春收了刀，仔細地看了看雕花，才滿意地直起了身體，一手捶了捶自己的腰。「我看倒是未必，與其說是雙方達成了和解，這件事倒更像是張閣老給宣平侯府的警告。」

「妳這話跟我爹說的差不多。」姜瑩瑩說著嘆了口氣。

姜侯爺是個文官，陰謀詭計什麼的沒少見，雖然不知道被擄的其實是陳淮，但並不難猜出，這徐家大小姐肯定是因為什麼事情惹怒了張承恩，才會落到這樣的下場。

「我聽說徐長寧鬧出這個事情惹惱了徐家族老，要開宗祠將她除族，說是徐家沒有這種傷風敗俗的姑娘。徐侯爺雖然是族長，但這次說要將徐長寧除族的人太多了，他也扛不住。最後聽說好像是崔家那邊出了面，過完年會先將徐長寧送去莊子上避避風頭，到時候再從崔家那邊給她選個夫婿。」

沈驚春聽得愣了一下，才反應過來，不由得問道：「她被周家退婚啦？」

姜瑩瑩嗤笑一聲。「是退婚，但不是周家退徐家的婚，而是徐侯爺親自去周家退的婚，說是徐長寧配不上周渭川。他這做法倒是聰明，先下手為強，也省得到時候周家來退婚，那裡子、面子可就什麼都不剩了。」說到這兒，她煩躁地捶了兩下桌子。「說到周渭川，我真的是煩我娘，老是以貌取人，因為姓周的好看，就想叫人去周家給我說親，真的煩死了。先不說我怎麼也是個大家閨秀吧，說親這種事情哪有女方主動的？再說了，那周渭川以前可是跟徐長寧郎情妾意的，這小子早就不乾淨了，哪裡配得上本小姐？」

沈驚春有點不知道該怎麼勸她。

「京城這麼多世家公子，難道就沒有一個妳看得上眼的？依我看來，姜侯爺還是很明事理的，妳要是真的有喜歡的人，就直接跟他說，也省得侯夫人再亂點鴛鴦譜。」

姜瑩瑩雙頰一紅，張了張嘴，想說點什麼，又默默地閉上了嘴。

沈驚春見姜瑩瑩這樣子，哪還有不明白的？「妳還真有喜歡的人？誰啊？我認識嗎？」

沈驚春越問，姜瑩瑩的臉色就越紅。「就是……就是張齡棠……妳應該不認識……」

沈驚春仔細想了想，總覺得張齡棠這個名字有點耳熟，想了半天才「啊」了一聲。「妳別說，我還真的聽說過張齡棠這名字！張公子當時也在聞道書院讀書，跟陳淮是同窗，我回去後提過一嘴，陳淮對他的評價還不錯。」張齡棠雖然來自京城，家中也是有權有勢，但他本人身上卻並沒有世家公子的倨傲，在聞道書院讀書的時候，住的還是書院的學生宿舍，身邊只帶著一個書僮。「我是覺得，既然妳喜歡張公子，不妨回去和姜侯爺直接說。鄉試的時候他也是中舉了的，世家公子還能這麼用功讀書，顯然是個有上進心的。」

姜瑩瑩遲疑道：「可他好像對我沒意思，我若上趕著，是不是有點那個……」

沈驚春問道：「他自己跟妳說的嗎？」

姜瑩瑩搖頭道：「那倒是沒有。」

「那不就行了？妳別多想其他的，先回去跟姜侯爺說說這件事，我覺得他是個很睿智的人，不管成不成總有他的道理在，你們先商量商量。要是侯爺覺得張齡棠還不錯，妳自己又喜歡，肯定會派人去張家探探口風。這種事情只要你們這邊露個口風過去，張家若想結這門親，必然會請官媒上門的；如果張家不想結這個親，妳也正好絕了這個心思，再找其他的，畢竟這世上不只一個張齡棠。」

姜瑩瑩細細一想，的確是這個道理，當即就點頭應了下來。

二人在後院裡曬著太陽，閒聊了一陣。

太陽漸漸西斜，姜瑩瑩的婢女已經開始催著她回去，可冬至跟小暑帶著沈驚秋去杏林春針灸，卻還沒有回來。

沈驚春關了門，一邊送姜瑩瑩出門，一邊同小寒等人打了聲招呼，準備去杏林春看看。

一行人剛出店門，迎頭就與小暑撞上了。

小暑車趕得還不穩當，是一路狂奔回來的，跑得上氣不接下氣，速度又快又急，一下子沒剎住腳，撞在了門外跟出來的姜家護衛身上，摔了個人仰馬翻。

他也顧不得呼痛，爬起來就要往裡衝。

沈驚春看他這個樣子，就意識到有點不妙，忙一把拽住他問道：「怎麼回事？」

小暑一聽到沈驚春的聲音，眼淚就開始吧嗒吧嗒地往下掉。「大爺從酒樓上摔下來了！」

短短一句話，聽得沈驚春頭暈目眩，眼前一陣發白，腿都要軟了，一把扶住了門框才不至於摔下去。

姜瑩瑩趕緊扶住沈驚春，看向小暑，問道：「人在哪兒？有沒有事？可叫了大夫？」

小暑的眼淚不停地往下掉。「人在澄樓那邊，冬至哥叫我回來找娘子拿錢……」

沈驚春深吸了一口氣，強迫自己安靜下來，站直身體就要往澄樓衝。

姜瑩瑩忙一把拉住她道：「妳別急，我送妳過去。」

旁邊姜家的護衛已經將馬車趕了過來，沈驚春胡亂地點了幾下頭，就爬上了馬車。

姜瑩瑩緊隨其後上了車，又喊了小暑一聲。「你上來坐在外面，我有話問你。」說完又朝跟著的幾人道：「我記得高橋附近有車馬行，你們幾人再去叫兩輛馬車，乘霞妳先回府，讓我娘拿著咱們家的帖子去太醫院請個太醫來，就說是驚春家這邊出了點事，讓太醫過來救命的。」

馬車上坐的人越多，跑起來就越慢，車上裡外各兩人，姜瑩瑩沒帶其他的人，直接吩咐了車伕往澄樓那邊去。

姜瑩瑩的另一個婢女雨集也知道這種時候再說什麼，自家小姐都不會聽，忙叫了餘下的人往車馬行叫車去了。

姜府的車伕都是趕了二、三十年車的老車伕，拉車的又是好馬，馬車跑起來又穩又快，車伕對城裡的路很熟，走的全是人少的路，沒多久馬車就在澄樓前停了下來。

幾人不用刻意去打聽，因為一下車，就能看到前面裡三層、外三層地圍了不少人，聲音嘈雜得要命。

來的路上，姜瑩瑩已經問清楚了。

沈驚秋會從樓上摔下來，是因為徐長寧約了沈驚秋說事情。

本來按照沈驚春的囑咐，他們二人是要寸步不離地跟著沈驚秋的，可經過這些天不斷的治療，沈驚秋的心智長了不少，他根本不讓兩人跟進房裡去。二人原本心想著反正澄樓人這麼多，也不會出什麼事，所以就在門口寸步不離地守著了，誰知道沈驚秋卻從前面的窗戶墜了下去！

是人為還是意外，沒人說得清。

沈驚春下了車，直接用力扒開人群往裡走。

澄樓占地面積很大，徐長寧他們的包廂在三樓臨街，沈驚秋就摔在外面的大街上。她進到裡面，卻沒看到人，地上只有一灘血跡，裡三層、外三層的人正對著那攤血跡指指點點。

姜瑩瑩緊緊抓著沈驚春，跟在她身邊，看見那攤血跡也是頭腦一陣發暈，吸了口氣才大聲問邊上的人。「這位娘子，請問這摔下來的人現在何處？我們是他的家人。」

旁邊被問到的婦人看了她們一眼，一臉可憐地抬手往澄樓一指。「喏，讓人抬到澄樓裡去了。」

沈驚春轉頭就走。

姜瑩瑩忙朝人道了聲謝，就跟著往裡走。

二人一進門，便有人迎了上來。

姜瑩瑩道：「方才墜樓的人在哪兒？」

那夥計看了看兩人，也不敢隱瞞。「那人的下人請了咱們樓裡的夥計去杏林春請了大夫來，咱們掌櫃的騰了後院一間房出來給他治療，此刻人都在後院呢！」

澄樓的東家來頭不小，但出了這樣的大事，還是對樓裡的生意有影響，後院裡沒了做菜的聲音，顯得很安靜。

冬至原本靠在牆上閉目養神，聽到腳步聲，抬頭一看，見是沈驚春，忙兩步迎上前。來的這一路上，沈驚春幾乎已經平靜了下來。越是這種時候，她越不能亂。「我哥怎麼樣？有沒有性命危險？」

冬至滿臉愧疚地道：「楊大夫說身上斷了好多處骨頭，好在脊柱沒斷，目前能不能挺過去還未可知，他只能說儘量。娘子……我……這事都怪我沒有聽娘子的叮囑，寸步不離地跟著大爺……」

沈驚春擺手道：「這事不怪你，他有自己的想法，不讓你們跟著進去也是他自己的決定，與你們無關，可惡的是那個推他下樓的人。徐長寧現在在哪兒？」

脊柱沒斷就是不幸中的萬幸，又恰巧楊大夫算是骨科方面的聖手，連太醫院的太醫都對他推崇備至，想來並非是浪得虛名，若是真的救不了就直說了，現在說「儘量」，說明還是有機會救回來的。

不論這個沈驚秋身體裡的靈魂是不是她現代的那個哥，但這具身體受的苦難也夠多了，如果老天真的有眼，就應該讓他挺過這一劫。

冬至道：「徐小姐本來要走，但澄樓的掌櫃將她攔了下來，說是事情沒調查清楚之前，還請她在樓裡稍候，他們叫了人去京兆府報案了，等那邊來人取證再說。現在人還在三樓那個房間裡等著。」

沈驚春點了點頭，轉頭就回到了大廳裡，往樓上走。

姜瑩瑩嘆了口氣，不得不跟了上去。

現在本來就沒到飯點，在澄樓吃飯的人不多，又出了這樣的事，三樓的客人幾乎都走光了，夥計們正在裡面收拾殘局。

徐長寧在的那個房間臨街，還算好找。

看著緊閉著的門，沈驚春抬腳就踹。門從裡面被拴上了，這一腳下去，那扇門直接就被踹開，「砰」的一聲倒了下去，裡面兩聲尖叫傳來。

徐長寧瞧見沈驚春，腦中不由自主地就回憶起上次挨的打，身體下意識地往兩個婢女身後躲。

能跟在她身邊的都是親近的婢女，除了玉竹之外，還有個頗為眼熟、沈驚春叫不出名字的。

上次沈驚春夜闖侯府、暴打徐長寧的時候，這兩人也是看到的，現在看到沈驚春，心裡也是怕極了，卻還是不敢讓開，只道：「青天白日的，妳可別亂來……」

沈驚春根本不答話，一手揪住一個，輕輕鬆鬆就將兩人往一邊推去，露出了後面的徐長寧來，隨後一拳緊跟而上，拳頭揚起，帶出一股勁風，狠狠落在徐長寧的肩頭，徐長寧的痛呼還沒出口，第二拳就已經落在了她另外一邊的肩頭上。

只是兩拳，徐長寧就痛得發不出聲音來了。她很想去摸摸被打的地方，可兩肩的骨頭已經被打斷，她的手完全抬不起來。

徐長寧跌坐在地，沈驚春卻並未停止行凶。

這次她沒用手，而是直接抬腳就往下跺，腳後跟重重地落在徐長寧的膝蓋上，發出喀嚓一聲脆響。

這是一場單方面的毆打。

玉竹和另一個婢女自然不能在旁邊乾看著，於是一個人挨打就變成了三個人挨打。

沈驚春一頓暴揍之後停了手，心裡淤積的怒氣總算是消散了一點，瞧著躺在地上的主僕三人道：「我哥要是能救回來那還好，妳只要挨這頓打，他要是救不回來，妳也等著死吧。我覺得妳應該知道我這個人的，我說話一向算話，我說能把妳弄死，就一定會把妳弄死。」

沈驚春揍人的動作很熟練，根本沒花多少時間，澄樓的人還沒發現徐長寧被打，她們已經打完人下了樓。

耽誤了這麼會兒，除了回姜家去報信的人，姜瑩瑩帶出來的其他人已經趕了過來，一群人將兩人簇擁在中間，守在後面院子裡，等著裡面的結果出來。

沒多久，京兆府的人和姜家的人就前後腳到了，反倒是離澄樓這邊最近的徐家，要比其他兩方人還晚一些才來。

徐家來的是崔氏和徐長清，一來就直奔三樓；姜家則是姜侯爺帶著府裡的府醫和一群護衛親自來了，請的太醫還在路上，暫時沒到；京兆府那邊來的則是前一次在宣平侯府見過的那名府尹的副手。

「怎麼回事？都還好吧？」姜侯爺先是上下打量了一番自家閨女，見她好手好腳地站著，才將視線落在沈驚春身上。「驚春沒事吧？太醫已經讓人去請了，這會兒應該在路上了。誰出了事？」

「是我哥，他……」沈驚春想到那一大攤血跡就有點說不下去。「他從三樓墜下來了。」

姜侯爺皺了皺眉，他思考了一下措辭，但話還沒出口，樓裡就有一聲淒厲的尖叫聲傳了出來，聲音之大，讓所有人都下意識地捂住了耳朵。

顯然，樓上徐長寧的慘狀已經被趕來的徐家人發現了，這聲尖叫大約就是崔氏發出來的。

姜瑩瑩扭頭看了眼沈驚春，卻見她的神色一點變化都沒有。

外面一陣急促的腳步聲從上至下，越來越近，很快就有人掀開簾子，進了後院。

姜侯爺是典型的文人身材，瘦且高，但站在這邊氣勢卻很足，不容小覷。

京兆府的人一進來，幾乎沒有任何遲疑，就先上前朝姜侯爺行了禮。

「不必客氣。」姜侯爺隨和地擺了擺手道：「諸位來此是？」

他雖然說不用客氣，但京兆府的人還是客客氣氣地全了禮數才道：「先前澄樓這邊有人墜樓，掌櫃的派人去報了案，我等奉命過來查驗，不想樓上宣平侯府的大小姐被人打了，傷勢很重，她身邊的婢女指認說是這位小娘子打的，故而我等過來問問情況。」

姜侯爺手握馬鞭，往一邊的廂房裡一指。「墜樓的人正是這位沈娘子的親哥哥，如今正在裡面搶救，這邊一時離不得人，諸位要問，不如去酒樓大堂裡問吧。」

這話的意思很明顯，要問就這麼問，想要把人帶到京兆府去問是不可能的。

京兆府的人當然聽懂了這裡面的意思。

就是姜侯爺不開口，他們也沒想著將人帶去京兆府問話。

說話間，姜家請來的太醫也已經到了，卻是沈家的老熟人程太醫。

沈驚春簡單地打了個招呼，拜託了程太醫一定要好好替沈驚秋看看，就跟著京兆府的人去了大堂裡。

這邊動靜鬧得太大，生意早做不下去了。

如今一樓空空盪盪的，只有滿臉疲憊的徐長清端坐在一張長凳上。

一行人進到大堂，隨意的落坐，那京兆府的屬官便問：「不知道沈娘子是什麼時候來澄樓的？為什麼要去見徐小姐？妳們在裡面談了什麼？」其實他更想問「是不是妳打的徐小姐」。

或者說根本不用問，就是這位沈娘子打的徐小姐，因為當晚在宣平侯府，人家都敢光明正大地當著徐家人的面暴打徐小姐了，現在沒有當著徐家人的面打人，實在算不得什麼。

沈驚春的臉色不太好看，定定地看著屬官好一會兒才道：「我本來與姜小姐在我店裡敘舊，後來我家裡的下人回去說我哥墜樓了，姜小姐就提出用她家的馬車送我過來，至於是什麼時間我沒注意，不太清楚。去見徐小姐是因為我哥墜樓前，最後見的人就是徐小姐，我想去問問她當時發生了什麼事？我哥怎麼會墜樓？但是因為之前我們有過一點小矛盾，所以徐小姐拒不回答，我沒辦法，只好下了樓。」

她話音一落，三樓就有個聲音歇斯底里地大喊起來——

「妳說謊！妳這個小賤人，有什麼不滿衝著我來，為什麼要一而再地傷害阿寧？妳頂著她的身分過了十多年金尊玉貴的生活，妳還有什麼不滿？妳怎麼這麼狠心……」

整個大堂都靜悄悄的。

沈驚春看都沒看崔氏一眼，繼續朝屬官道：「朗朗乾坤，天子腳下，但凡大周子民都得遵循大周律。我以前還在徐家的時候名聲是不太好，但我也還沒張狂到青天白日的行凶傷人。徐小姐的婢女指認是我打人的，哪怕去到衙門，也不能作為證詞吧？畢竟滿京城不少人都知道我與徐小姐有舊怨，我也可以說是她打了自己，然後要嫁禍給我啊！」

把自己打成重傷，只為了嫁禍給自己的仇人？

這腦子得有多不好，才能幹出這樣的事來？

可現在的確除了那兩個婢女，沒有其他的證人。

屬官只覺得腦殼疼。他無聲地嘆了口氣，看向了老老實實坐在姜侯爺身邊的姜瑩瑩。

「據徐小姐身邊的婢女說，事發的時候姜小姐也在場，不知姜小姐可曾看到什麼？」

忽然被點到名，姜瑩瑩茫然了一下，「啊」了一聲才反應過來。「我不知道啊！我當時沒有進屋子，在外面站著呢，所以沒有看見到底發生了什麼事。但是我在外面站著，除了一開始沈娘子破門而入發出的聲響外，後面並未聽到尖叫聲。我想著平時我手指頭劃了個小口子都要嚎天喊地的，徐小姐也是大家閨秀卻沒有任何慘叫聲發出，我覺得應該沒有被打吧？當然了，這只是我自己的一點想法。」

樓上的崔氏已經忍不住「咚咚咚」地踩著樓梯下了樓，她心裡嘔得要死，卻又想不到任何話來反駁，等到了一樓站穩，才勉強道：「在妳進去之前阿寧還是好好的，怎麼妳一走她就被打成重傷了？不是妳是誰？」

姜瑩瑩「咦」了一聲。「夫人這話好沒道理啊！」她說著頓了頓，見身邊坐著的老爹沒有反對的意思，才接著道：「沈娘子找上徐小姐只是因為她哥哥墜樓前見到的最後一個人是徐小姐，所以才想著去問問情況，至於徐小姐為什麼會被打？被誰打的？這不是應該去問徐小姐嗎？沈娘子怎麼會知道為何她一走，徐小姐就重傷了？」

崔氏被問得啞口無言。

沈驚春卻沒打算就此罷手，她微微往後靠了靠，視線第一次落在崔氏的身上，問道：「先前我還在徐家的時候，與世子走得近了些，夫人就說我是想勾引世子，任憑我怎麼解釋，夫人都咬定了我居心不良，現如今，貴府大小姐卻公然請我哥一聚，打的又是什麼主意？徐小姐被人打了，夫人也要賴在我身上，只因我曾去找過徐小姐，那我哥墜樓前最後見的就是徐小姐，我是否也可以懷疑，是徐小姐一言不合將我哥推了下去？」

崔氏被沈驚春一段話激得兩眼猩紅，手一揚就想打人。

徐長清深吸一口氣，站了起來，朝崔氏身邊跟著的人道：「請夫人去樓上，再出什麼紕漏，你們一家子即刻發賣出去，絕不容情！」

如同崔氏不喜歡從前的兒媳魏氏一般，侯府老夫人過世之前也不喜歡崔氏這個兒媳，對外雖然裝得婆媳情深一般，實際不過面子情。崔氏嫁進來多年，直到老夫人去世前兩年才算掌了中饋，因為老夫人多年來的打壓，她在下人中的威望還不如徐長清高，是以他一說話，幾名下人只猶豫了一下，就半拖半扶地請崔氏往樓上走。

等崔氏一走，徐長清才鄭重地施了一禮。「若有需要援手之處，只管直言，徐家絕不推脫。」

「援手就不必了，我家請了杏林春極擅正骨的楊大夫，姜侯爺也幫忙請了太醫院的太醫過來。只是請世子管好令妹，兔子急了還會咬人，人的忍耐程度也是有限的，希望沒有下一次了。」

徐長清只表達了歉意，卻沒承認沈驚秋是徐長寧推下去的；沈驚春也一樣，警告了徐長清，卻也沒有承認是她打的徐長寧。

她說完這些就不再理他，朝姜侯爺道了謝。

雙方客套一番，姜侯爺留了身邊一個小廝在這邊替沈驚春跑腿，就帶著姜瑩瑩回家了。

京兆府的人跑了個空，這次沒有府尹在上面扛著，不論是宣平侯府還是文宣侯府，都不是他們這樣的人能夠輕易開罪的，於是找店裡的掌櫃、夥計瞭解了一下情況，順便維護了一下外面的治安，就又匆匆的走了。

徐長清倒是想厚著臉皮跟著沈驚春進去，但人家根本理都不理，他只能等府裡的府醫來看過之後，帶著崔氏和徐長寧回府。

澄樓今日已經放了樓裡夥計回家，後院裡也只留了幾個看店的夥計下來，餘下就是幾個大夫和身邊跟著拎藥箱的藥僮，和後面家具店關門之後自發趕過來的小寒等人。

杏林春的楊大夫自不必說，本來就擅長骨科，姜家的府醫和程太醫雖然不是專攻這一塊，但中醫本來就是涉及到方方面面的，因此三位大夫湊到一起，倒是很快就商量出了一套治療方案。

沈驚春不懂這些，她很信得過三位大夫，所以根本不過問，只叫了冬至去澄樓附近的酒肆訂了一桌好存放的席面，只待三位大夫從廂房裡出來，就能吃上一口熱的。

這一忙就直接忙到了後半夜，三人中楊大夫年紀最大，本來就是在杏林堂坐堂大半天，還沒來得及回家，就又被請了過來，忙到後半夜，等全部收拾妥當，更是累得腰都直不起來了。

房門一響，守在外面的冬至等人就一個激靈，那點睏意瞬間消失不見。

沈驚春更是直接迎了上去，一把攙扶住楊大夫，問道：「我哥的傷勢怎麼樣？」

程太醫用力地捶著自己的腰道：「還好你們當時沒有貿然移動病人，而是等到老楊過來，要不然還真不好治了。他脊柱沒問題，其他地方多少受了點傷，命是保住了，只是這腿傷得太重，須得好好休養才是，否則日後恐怕會不良於行。」

沈驚春吊了一整晚的心終於徹底落回了肚子裡。

只要命在就好，家裡如今的事情都上了正軌，本來就沒什麼事情需要她哥，好好養著那真的是再簡單不過的事情了。

她忙道：「辛苦幾位大夫，忙了一夜，還請幾位不要嫌棄飯菜簡陋，先湊合著吃一頓，我再找人送幾位回去。」

後院通往前面的門已經上了鎖，倉庫這些地方也全都鎖了起來，只剩下一個雜物間和一個沒什麼東西的小廚房是沈驚春出錢借來用的，還開著門。

冬至買回來的吃食就在小炭爐上熱著，三位大夫確實餓了，也就沒有推讓，風捲殘雲般吃了一頓飯。

吃完飯，沈驚春讓人將程太醫和楊大夫各自送了回去，唯有姜家的府醫袁大夫還留在這邊。

沈驚秋傷得太重，這一晚至關重要，還需要他在一邊看顧。

沈驚春自己也放不下心，乾脆打發了冬至幾人回去收拾，她自己就在雜物間裡湊合了一晚。

第二日一早，外面天微微亮，院子裡就有了響動。

沈驚春後半夜睡得並不怎麼好，外面一有動靜她就醒了，乾脆將鋪蓋捲好收回了空間，先去沈驚秋和袁大夫住的廂房看了一眼，見裡面沒動靜，才打著哈欠從澄樓的後門出了門。

京城這邊，五更起就有賣早點的陸續出攤了，澄樓這邊很是繁華熱鬧，賣吃食的也多，她自己就在附近的早點鋪子裡吃了碗麵，又挑了些餅子和湯湯水水的，打包好帶著回了澄樓。

天色已經大亮，袁大夫顯然是個習慣了早起的人，沈驚春回到澄樓後院時，他正在院子的角落裡打拳熱身，沈驚春一見他就忙招呼他過來吃早點。

睡前不宜多吃，雖然昨天忙到半夜，但幾位大夫還是吃了半飽就放下碗筷，這會兒早就餓了，就著白粥吃完一個大肉包，袁大夫才想起來道：「啊對了，妳哥哥醒了，妳先去看看吧。」

驚喜來得太突然，沈驚春一時間有點沒反應過來。

袁大夫繼續說道：「昨晚我起來看了幾次，他的狀況很好，半夜沒有發燒，後面好好養著就是，問題不大。」

沈驚春總算反應了過來，將手裡的東西往小桌上一丟，就直奔廂房去了。

這間房本來是澄樓管事中午歇息的地方，裡面擺設很簡單，就一排火炕和靠牆的櫃子、桌椅，她一進門就對上一雙清亮的眼睛。

這個眼神！沈驚春脫口而出。「哥！」

沈驚春想像中的久別重逢、兄妹情深的戲碼並沒有出現。

沈驚秋在看到沈驚春的一瞬間，眼神就變了，十分震驚地問道：「我癱了？」聲音聽上去還算有活力，看來身體狀況確實還算好。

沈驚春的視線往他身上看去，這廂房裡也是燒了炕的，溫度還算宜人，他兩條腿上都上了小夾板，身上裹的是一層又一層的白細布，看上去就像是個木乃伊一樣。

「沒有……吧。」沈驚春不確定地道：「只是多處骨折，因為傷得太重，昨晚大夫給你用了麻藥，估計現在是麻醉的效果還沒過去吧。」

沈驚秋鬆了口氣，沒癱就好。他動了動自己的腦袋，才將沈驚春上下打量了一遍。「妳怎麼也過來了？妳死在人手裡還是喪屍手裡？」沈驚秋這張臉跟他現代的臉長得一樣，而沈驚春卻跟現代的長相並不相同，但他還是一眼就認出了這具身體裡的人是他妹。

「這事說來話長。」沈驚春嘆了口氣。「澄樓這邊人多嘴雜，不是說話的地方，我去問問大夫你現在能不能挪動，咱回家再細說。」

外面袁大夫已經吃完了早飯，拎著剩餘的早點進了門，正好聽到沈驚春的話，便道：「小心一點還是可以挪動的，只是不好坐馬車了，過於顛簸怕病人受不了，沈娘子不妨找幾個人將公子抬回去。」

沈驚春點點頭，也只能這樣了。

沒一會兒，冬至就帶著小暑來了，沈驚春便叫他去外面找人，專挑那種壯漢，為了她哥能舒服點，一共雇了八人。又叫小暑回去找店裡的人，送了張躺椅和幾床棉被過來。

京城這邊是燒炕，蓋的被子雖然不太厚，但棉花都是自家的，下面的墊被很厚，將棉被鋪在躺椅上，再將沈驚秋抬到躺椅上，用數根木棍穿過躺椅，做個簡單的小擔架，就能將人抬起來，上面再蓋上一層薄被，基本上就沒問題了。

沈驚春結清了借用澄樓地方的費用。

理清這邊的事情後，一行人順利地從澄樓的後門出了門。

從澄樓到自家小院，一路上走得很是順暢，除了八個人抬著擔架有點引人注目，並未發生其他的事情。

院子裡，小暑回來拿東西的時候就轉達了沈驚春的意思，他們是要回來吃飯的，因此小寒幾人早早就停了手裡的活，開始忙活做飯。

沈驚秋傷成這樣，吃不了辛辣油膩的東西，這頓飯是袁大夫給的意見，大家早都吃習慣了辣椒，中午這一頓包括沈驚秋自己在內，都有點食之無味。

吃完了飯，袁大夫這邊，沈驚春也給足了診金，客客氣氣地送走了。

等人一走，前面小院子裡就只剩下了兄妹兩人，沈驚春才開始說現代的事情。

末世已成過去式，她也不想過多提起，寥寥幾句，很快就轉了話題。「哥你啥時候穿來這邊的？你有兩個娃你知不知道？」

沈驚秋本就因為傷重而不太好看的臉色更加難看了一些。「別說了，我穿過來的時候，這身體還活蹦亂跳的，用修真小說裡的話來講，這就叫二魂一體，不過我是被壓制的那個，一直到這身體滾下山、摔到腦子，我也沒能翻身，後來就陷入了沈睡。現在是什麼情況？」

沈驚春又將她穿越過來之後發生的事情從頭到尾簡述了一遍。

沈驚秋作為一個現代人，接受能力很強，對妹妹說的這些事沒有任何排斥就接受了，直到沈驚春說到她已經結了婚。

「那這妹夫不太行。」沈驚秋滿臉不爽。「大舅哥出了這麼大的事情，他都不露面？」

沈驚春被他這不爽的表情弄得哭笑不得。「人家也有自己的事情要幹啊！上次我們帶你去治病回來後，他就成天地往陸先生家裡跑了，這幾天跟著陸先生去拜訪京城附近幾位大儒了。翻過年還有兩、三個月就要會試，這不得努力一把，考個狀元嗎？你生病了人家可沒少照顧你。」

沈驚秋冷哼一聲，嘀咕了兩句就岔開了話題。「這個徐長寧的確有問題，當初就是她哄了那個傻小子上山的，這人留著始終是個禍害，跟陰溝裡的蛇蟲鼠蟻一樣，冷不丁的就出來給你一下，防不勝防。」

「哥你難道是想……」沈驚春做了個抹脖子的動作。

「想什麼呢？」沈驚秋瞥了她一眼。「這種事能不做就不做，解決她不是只有這一種辦法，只要我們的地位變高了，她再想不開朝我們出手，自然有得是人收拾她，用不著咱們出手。等我這身體養好了，給妳搞點種田的肥料出來，先把農業發展起來。」他沈吟了片刻又道：「後面可以往其他方向發展一下，我看這時代琉璃工藝和燒磚工藝這些都還不完善，還可以提純白糖和細鹽這些，想要揚名立萬也不一定非得靠讀書、打仗。」

「你是起點男主吧……」

兄妹兩個聊了半天，將所有的事情都梳理了一遍，最後得出一個結論——無論後面怎麼發展，當務之急都是沈驚秋要以最快的速度好起來。

沈驚春穿來，異能也跟著穿來了，她想起來這個，又問了沈驚秋，得知他的異能也穿過來了之後，就從空間裡拿了些晶核出來，給他提升異能用。

做完這些，想著楊大夫那邊的病患差不多要看完了，又叫人套了車往杏林春走了一趟，將楊大夫接過來給沈驚秋複診。

這回被徐長寧從樓上推下來，雖然骨頭摔斷好多根，但也並非完全沒有好處，起碼這個傻病是一下子全好了。

沈驚秋的脈案，當初田回叫人一併帶了回來，楊大夫是知道他的情況的，對於他的病墜樓之後就自動痊癒這件事表示很好奇，但怎麼也找不出原因何在，最後只能歸咎於吉人自有天相。

第二日一早吃過了早飯，沈驚春就又帶著冬至出了門。

徐長寧沒有被徹底摁死，就如沈驚秋說的，是個隱患，在自家發起來之前，人身安全很是需要得到保障。

大寒、小寒、小暑幾人，目前看來在木匠一事上都還算有天分，沈驚春不想一天到晚抓著他們來辦事。而城外的宅子裡人雖然多，但都是有用處的，短暫調過來幾天可以，可開春之後田裡的活忙起來就不行了。

她想著，既然這樣，那乾脆再買幾個人回來。

京城這邊的牙行她只去過一次，但一進去，牙行裡那位老闆娘就很熱情地迎了上來，沈驚春本來還以為她只是客套客套，卻不想人家是真的記得她，口稱沈娘子。

沈驚春還了個禮，略微客套幾句，就說明了來意。

牙行掌櫃是個俐落的人，聽了沈驚春的要求，很快就讓店裡的夥計領了人過來供沈驚春挑選。

一回生，二回熟，買的人多了，再做這事就簡單很多，她事先已經將要求說明，帶過來的人本身就已經過了第一輪的篩選，後面再多問幾句，就將人選給定了下來。

原本冬至是買來給陳淮跑腿的，但這段時間相處下來，發覺他做事十分細緻穩妥，沈驚春就想將來培養他當管事，所以另給陳淮和沈驚秋各選了兩個跑腿的小廝，又給家裡的沈明榆也選了一個大兩歲的小書僮。

再考慮到她自己偶爾也需要人跑腿，乾脆又買了個小廝。

幾個大的包括燒飯婆子在內都是二十兩一個，連那個八歲的小的也要十兩，七個人一共花了一百三十兩，過紅契的費用由牙行出。

沈驚春揣著七張賣身契，領著人出了門。京城這麼大，牙行也不在少數，她去的這家離高橋這邊很近，一行人走了沒一會兒就到了家。

第三十章

沒過兩天，到了臘月二十三。

沈家雖然都是南方人，但現在到了北方也算是入鄉隨俗，也在這一天準備過小年。

等早上李嬸子問起來今天要不要將飯菜做得豐盛一些的時候，沈驚春才想起來，自己似乎還沒有派人去跟方氏說沈驚秋出事以及恢復的事情。

「說曹操，曹操就到」這句話哪怕在沒有曹操的時空裡，似乎也依然很有道理。早上才想起來方氏，中午不到，方氏和沈志清等人就乘車來了。

他們家具店是按照做六休一的制度營業的，重要的節日店裡也會放假，過年是從年三十那天一直放到正月初六，正月初七開始上工。

沈驚春不想將手裡的訂單積壓到明年，今年就按照大概的進度接單，一行人悶頭趕活交貨。

前院的院門是關著的，所有人都在後院裡待著，方氏等人先去了前院，見門從裡面關著，乾脆就全都到了鋪面裡，一見到滿院子的人，先是驚了一下。

沈驚春簡單地介紹了一遍，才想起來後面沈驚秋還在院子裡曬太陽！剛想叫住方氏等人，但已經晚了，幾人已經掀開簾子往院子裡去了。
「這……」方氏遲疑地問道：「難道也是一種治病的方法？」
沈驚秋身上雖然纏了很多細布，看著傷勢很重的樣子，但精神還算好，所以方氏根本沒往其他方面想。
沈驚春忙道：「是呀是呀，這是楊大夫他們想出來的辦法呢！我哥的腦子現在已經好了，只不過因為當初傻的時間太長了，所以還沒有徹底恢復，現在很多事情都記不太清。娘妳最近也不要一直提以前的事，會影響他治病。」
跟沈驚春穿越得到了原主的全部記憶不同，沈驚秋只有他穿越過來之後的所見所聞，之前的記憶是一點都沒有。
原本她還在想該怎麼解釋她哥變成這樣的事，現在倒好，方氏直接給她找好了理由。
其餘眾人也是一臉驚訝地看著沈驚秋。
「哥，你真好了？能認出來我是誰不？」沈志清滿懷期待地上前問道。
沈驚秋瞥了他一眼，道：「不認識。」他雖然沒有得到記憶，但沈驚春已經將家裡人的情況詳細地跟他說了，再加上原主沒傻之前沈志清也時常跟在原主屁股後面轉，沈驚秋自然是認識他的。
接著，他的視線就落在了兩個孩子身上。

他在現代的時候雖然沒有結婚，但不妨礙他是個女兒奴，每次看到親朋好友家可愛的小女孩，他就忍不住想要抱抱人家、捏捏人家的小臉，一直到被喪屍咬死前，最大的願望都是想要個自己的女兒，給她買好看的衣服，做個有求必應、二十四孝好老爸。

原先聽沈驚春介紹的時候，他就忍不住在想自家閨女長啥樣，現在看到真人哪還忍得住？當即就叫了沈蔓過來說話。要不是胳膊也摔得不輕，真是恨不得好好親親、抱抱、舉高高。

方氏雖然被冷落了，但她心裡一樣高興極了。

一個人傻不傻，從他說話、做事就能看出來，病好的沈驚秋雖然跟以前有些許不同，但有沈驚春提前打了招呼，方氏現在只覺得開心。

小小的院子裡，一時間全是歡聲笑語。

陳淮回來時，家裡已經開始做飯，他一進門看到院子裡的人也是愣了一下。

坐在門口幫忙摘菜的兩個小的是最先看到他的，沈明榆如今對這個姑父的敬愛更勝於他親爹，幾乎是陳淮一進門，他就放下了手裡扒拉著的芹菜，起身跑過去喊了聲「姑父」。

陳淮摸了摸他的腦袋，邊往裡走，邊隨口問了兩句。

廚房裡忙活的人聽到外面的動靜，也都探頭出來看，方氏見是自家女婿回來了，忙把閨女往外推。

沈驚春順手在圍裙上面擦了擦手，就迎了上去。

雖然只出去短短四天不到，但陳淮看上去還是顯得風塵僕僕，尤其今天是小年，不只是他，連陸昀都有點急著歸家，他們是一路緊趕慢趕回來的。

冬至已經十分有眼色地將他的行李接了過去。

沈驚春見他衣服還算乾淨，也就沒有催他去換衣服，順手拿過一邊放著的雞毛撣子就幫他拍了拍身上的灰。

「啊，對了，我哥病好了。」拍完身上的灰，又打了熱水給他洗臉，沈驚春才想起來陳淮還不知道她哥已經好了的事情。

陳淮一愣。「發生什麼事了？」

他是注定要走科舉這條路的，家裡的事情他能幫到自家媳婦的很少，全家上下，目前只有沈志清這個堂哥能夠幫沈驚春分擔一些，要不是有他跟來京城，沈驚春必不可能整天窩在城裡做家具，爵田那邊的事情就夠她忙得腳不沾地了。

如果大舅哥的病真的好了，他們兄妹兩個是親密無間的手足關係，也就能幫他媳婦分擔很多事情了。

但他跟著老師離家去拜訪大儒之前，大舅哥的病還沒什麼多大的起色，現在這麼快就好了，中間必定有什麼事情。

沈驚春看著他倒了水，將臉盆放回原處才道：「這事說來話長，等吃過晚飯回房再跟你細說，現在你還是先去見見你大舅子吧，對於你娶了他寶貝妹妹一事，他可是很不爽。」

沈驚秋比沈驚春大幾歲，都說長兄如父，這句話放在他們兄妹兩個身上是真的很合適。

陳淮一進門，沈驚秋就用一種老丈人看女婿的眼神，將他上下打量了個遍。

身高、腿長、細腰，長相俊美、氣質出眾，的確是他家妹妹的審美。

沈驚秋挑了挑眉。

陳淮不自覺地嚥了口口水，當初鄉試過後鹿鳴宴上面對那麼多地方官員，他都沒覺得怎麼樣，現在單單是大舅子一個挑眉，陳淮就覺得壓力山大。

他硬著頭皮，上前喊了聲「大哥」。

沈驚秋「嗯」了一聲，態度說不上多熱絡，一抬下巴往炕上一點，道：「坐吧。」

他雖然不太喜歡拱了他家白菜的豬，但現在的情況是，白菜已經被拱了，而且看自家大白菜的樣子，似乎還挺滿意的，所以他這做大哥的總不能當這個惡人，硬要把他們拆散。

門外，沈驚春看他們相處得還算融洽，就放下心來重新回到了廚房。

家裡人多力量大，晚飯很快就做好了，沈驚秋躺在床上起不來，但這樣的小年夜肯定是要一家人一起吃飯的，沈驚春乾脆叫人把桌子抬進了沈驚秋的房裡，也沒叫下面的人在旁邊伺候，另起了一桌叫他們在外面吃了。

小年一過，年味就越發濃烈起來，到處都開始張燈結綵，附近鄉鎮進城買年貨的也多了起來。

爵田那邊的活已經提前結束，方氏等人進城之後就在這邊待了下來，小小的兩進院子住了近二十人，雖然顯得有些擁擠，但也整天洋溢著歡聲笑語。

正月二十八這天，家具店的訂單也徹底告一段落，沈驚春給幾位師傅結算了工錢，又額外給每人多結了一個月的基本工資，用她的話來說，他們家具店也是良心店，跟現代很多公司一樣都是十三薪。除了這額外的二兩銀子，又給每個人發了些年貨。

家裡幹活的其他員工也是如此，不僅提前發放了這個月的月錢，還都額外多給了一個月的月錢，還給每個人在成衣鋪子裡買了套新衣服。

沈驚春給出的誠意很足，賣身到沈家的每個人也都覺得很滿足。

二十八號所有的事情都處理完了，沈驚春就打算帶著人回城外宅子那邊了。

這兩進的宅子看著挺大，但能住人的屋子不多，人一多就顯得逼仄，且她心中已有計劃，並不把這邊當作自己的家，過年嘛，還是在自己家裡最好。

全家上下將近二十口人，自家兩輛騾車、一匹馬，又另外從車馬行雇了四輛馬車，載著家裡的人和置辦的年貨，直奔城外。

城外建房子的地都是自家的，三進院子建得很開闊，遠不像城裡的院子那麼逼仄，東西廂房也由尋常的兩間改為三間，哪怕多了後面買回來的幾個人，住起來也還是很舒適。

之前從奉持縣帶回來的玉荷早在沈驚春闖入侯府回來之後，就叫人領著丟回侯府門口去了，如今宅子裡裡外外全是自己人。

二十九在自家宅子裡歇了一晚。

年三十這天沈驚春也沒歇著，一大早就包裹得嚴嚴實實上了山。

沈志清和張大柱都是幹實事的，三進的院子建得很好，用料很足，山上的活也沒落下，小山上那些多餘的灌木已經被全部清除，剩成了柴火堆在沈家的後院裡。

茶樹當初夾雜在其他灌木叢中的時候看著挺多，但現在被單獨拎了出來，感覺就沒剩下多少了，整座小山看起來有點光禿禿的。

年前這幾天雪已經停了，大太陽曬了幾天，山上的雪早就消融了，上山的路還算好走。

一行五人很快就上到了最高處。

這最上面沈驚春早就做了打算，沈志清也按照沈驚春的要求將上面鏟平了。

「等到開春，移栽十八棵茶樹上來。」她指著一個角落道。

茶葉這種東西雖然很招人喜愛，但在還沒批量生產的情況下，就在京城權貴圈子裡闖出偌大的名頭，靠的就是皇帝無意間的一句話。

她這十八棵茶樹，仿效的就是現代杭州龍井村那十八棵御茶。

以後她山上這十八棵茶樹產出的茶，只會專供皇帝，這個事陳淮已經跟陸昀說過。

若是其他行業想要呈上貢品，不知要費多少力氣，但茶葉不同，這種才出現在大周的物品，一出現就吸引了很多權貴的注意。陸昀已經透露，皇城那邊答應了茶山上貢的事，只等開春便會有上諭傳下。

沈志清這段時間一直在忙著這邊的建設，鮮少有跟沈驚春交流的時間，此時聽到移栽十八棵茶樹的事，還沒覺得怎麼樣，但馬上就聽陳淮說道——

「十八棵茶樹作為貢品會不會少了一些？」

沈驚春道：「物以稀為貴嘛，越少的東西就越珍貴。」

龍井村那十八棵樹，每年大約能有六、七兩的茶。

這個數量很少，她這十八棵樹也要控制在一斤左右，只有數量少了，皇帝才會省著喝，也才能體現出這茶葉的珍貴之處來。

山頂上目前只是鏟平了，並沒有鋪上石板，沈驚春拿著半道上撿到的枯枝在地面上隨意畫了兩下。「過完年，張叔就帶著大暑往周邊找找看有沒有其他的茶樹，這一邊我打算全部建成茶園。」她往未來會栽種十八棵茶樹的位置指了指。

雖然最近一直在忙著趕製家具的事情，但是茶山的規劃卻一直都在腦中進行。這片山，她打算劃分出兩條上山的主幹道來，茶園這邊一條，未來的桃林那邊一條。因坡度不算陡，桃林裡面還能養上一些家禽。

「山頂上我看不如移栽一些藤蔓。」驚訝過後，沈志清也開了口。「前段時間我在附近村子看了看，那邊大河村有一戶人家極擅打理花木，他們家院牆下面栽種了幾棵月月紅，爬得整個院牆都是，這大冬天的，我還看到開了幾朵小花，粉粉的特別好看。」

月月紅就是月季的別稱。

自從沈驚春說要買桃樹之後，沈志清閒著無事就跟工地上的工人嘮幾句，比如附近哪有花木出售？周圍人口多不多？假如沈家開春後招工，能否在這邊招到人？

「我問過了，這邊的月月紅好好照料的話，花期能有六個月，從春天能一直開花到深秋，這邊搭上花架，順著架子腳下種花，等到爬藤長起來，紅紅粉粉的，老遠就能看到，下面再擺上桌椅。」沈志清伸手點了幾個位置，比劃了幾下。

沈驚春沒想到沈志清還能有這樣的想法，微微的詫異之後，就開始認真思考這件事的可行性。

原本按照她的想法，山頂上是要建個亭子的，她遊玩過的很多地方都是這樣的布置，沈志清說的在山頂種藤蔓的想法，她還真是沒想過。

一直到下了山，祭祖放過鞭炮開始吃年夜飯，沈驚春都還在想這個事情。

沈驚秋見她心不在焉，問了一句，沈志清就將事情說了一遍。

「這樣啊……這沒什麼好糾結的啊！」沈驚秋微微笑道：「等我腿好了，給妳在上面蓋一個玻璃花房……」

他侃侃而談，除了沈驚春，所有人都神色複雜地看著他。

玻璃有多貴，大家心裡都有數。

玻璃花房……這個名字聽起來就很厲害，但是一間花房可不是一扇窗戶那麼簡單。

沈驚春回過神來，沒好氣地道：「這年代工藝和設備都不行，怎麼可能造得出來能夠建造花房的玻璃。」你還真當自己是起點男主了！

沈驚秋得意一笑。「這就不要妳操心了，別說一個玻璃了，就是這玩意兒妳想要，我也能給妳搞出來，妳說要不要就行了，其他的廢話不要說。」他的手忍著痛微微抬起，比了個槍的姿勢。

沈驚春忍不住翻了個白眼。「行，我要，你搞吧，我看你什麼時候能搞出來。」

按道理來說，這兄妹兩個真正相處的時間遠比不上他們跟其他人相處的時間，但兩個人說話間的隨意真的很像從小就在一起的親兄妹一樣，那種親暱別說陳淮這個當丈夫的，就是方氏這個把沈驚秋生下來養大的親娘都比不上。

看著他們的相處，一時間，方氏和陳淮心中都羨慕得有些發酸。

年夜飯在一種極其詭異的氣氛中吃完了，等到碗筷收拾完了，沈驚春才又將家裡所有人都叫到了一起，開始發壓歲錢。

爵田這邊的建設銀子如流水一般花了出去，目前根本還沒開始收入，但家具店那邊年前半個月的收入相對來說卻是不菲。

所有的壓歲錢都用裁好的紅紙包了起來，由方氏這個家裡輩分最大的人發給每個人。

前幾天才多拿了一個月的月錢，現在又有壓歲錢拿，所有人都不要錢地往外說著好話。

方氏那點心疼很快就消散在這些糖衣炮彈裡。

發完壓歲錢，沈驚春就拿出了抽空做出來的麻將牌，叫了家裡幾個嘴甜的丫頭陪著方氏打牌。

這新奇玩意兒，大家都是第一次見，新手上路，每個人都小心翼翼，打完幾圈下來，差距就出來了。

桌上幾人，夏至贏得最多，小寒贏了一點，豆芽不輸不贏，唯有方氏一直在輸。

她們玩得很小，但架不住一直輸，桌面上一堆銅板很快就進了別人的口袋，方氏倒不氣其他人贏了錢，就是有點心疼自己輸出去，就嚷嚷著不玩了。

屋裡沈驚秋聽了，振臂一呼，要為自家老娘找回這個場子。麻將桌被抬到了他住的屋子裡，他身上有傷不好起身摸牌，依舊由方氏摸牌，沈驚秋指揮她打牌。

形勢立刻變了，方氏一把接一把地胡牌，打到凌晨，別說之前輸的錢了，就連夏至幾個前幾天發的月錢都讓沈驚秋贏了過來。

打完最後一把，方氏看著幾個小丫頭滿臉的菜色，笑著指了指面前的一堆錢道：「妳們把錢都拿回去吧，陪我打了一晚的牌也都累了，早點洗洗睡覺。新年新氣象，第一天都要精神些。」

幾個輪番上場的小丫頭滿臉猶豫，豆芽卻是沒這麼多顧慮，笑嘻嘻地道：「還是乾娘心疼我，那我不客氣啦！」

有她帶頭，其餘幾人也就放心大膽地將自己的錢拿了回來。

正月初一這天，沈家依舊打算在家待一天不出門。

他們才來京城，沒甚親友，宅子又沒建在村子裡，正經的走親訪友拜年要到初二才開始。

但不想一大早，外面大門才打開，就有大人領著小孩上門來拜年。

沈驚春不常在這邊，對這群人不熟，沈志清幾人卻對這些在沈家打過短工的村民很熟識。

這年頭的說法，便是來拜年的人越多，新的一年日子就會越好。

方氏提前想到了可能會有人來自家拜年，但沒想到來的人會這麼多，小紅包發完沒有了，最後只能直接往人家孩子手裡塞銅板，再給人抓一把瓜子、花生什麼的。

一上午都不停的有人上門，銅錢送出去不少，方氏心裡卻很高興，因為有人上門來拜年，說明他們家現在也算是在這一塊落下根了。

年初二，沈驚春就準備帶幾個人先回京城去了。

他們家在京城雖然沒什麼熟人，但也沒到一個都沒有的地步。首先就是陳淮的恩師陸昀，陸家他們是一定要去拜年的，這是最基本的禮節所在。然後就是程家和姜家，也要叫人送點年禮上門。

家裡這邊，沈驚秋身上的傷主要還是靠養，外敷、內服的藥都是提前開好的，隔幾天叫人去杏林春請楊大夫出診就行，況且初七之後他們家具店就要開工了，每天都在那種嘈雜的環境裡也確實不便養傷。

方氏自然是要留下來照顧兒子的，連帶著沈明榆兄妹兩個也都留在了城外的宅子裡。

沈驚春本來還打算叫沈志清和豆芽一起去城裡，但這兩人卻都齊齊搖頭拒絕了。

到最後除了她跟陳淮以外，跟著一起回城的也就是家具店的三個學徒以及幫陳淮新買的兩個小廝，再有就是冬至、夏至和燒飯的李嬸。

不回城的人將回城的人送出了門，臨走之前，方氏避開旁人，將閨女拉到一邊，小聲地說了沈志清和豆芽的事情。

沈驚春一聽，徹底呆了。這兩個人會看對眼，她是想都沒想過的。

莫非是這段時間在這邊天天相處，日久生情了？

她忍不住就要往那邊看，方氏忙拍了她一把。

「妳別亂看，依我這段日子的觀察來看，目前還只是有點苗頭，還沒發現自己的心意。反正豆芽現在年紀還小呢，正好開春之後咱們家也要忙起來了，等忙完這一段再看看他們兩個到底怎麼樣，若是真的看對眼了，妳再去一封信給妳東大伯，將此事說明，如果他們同意，再把這事定下來不遲。」

方氏再三交代先不要亂看、不要問，但沈驚春還是忍不住往那邊瞄了，好在門口站了不少人，當事人並不知道她看的具體是誰。

在這種震驚的情緒中，一行人回了城。

年初三，所有人都起了個大早。

按照之前的計劃，今天是要去陸昀那裡拜年的。

本來嘛，陸昀隻身上京，沈驚春還想著讓陳淮請他來沈家一起過年，但陳淮卻說因為老師年後就要就職國子監，所以三個師兄也拉家帶口趕在年前到京了，而按照陸昀的身分，不論是去哪家拜年，他都不用親自出面，只需要叫三個兒子去跑就成。

但二人才剛收拾妥當，還沒來得及出門，院門就被人給敲響了。

幾個下人都在忙著，陳淮索性兩步上前自己開了門，門一開就露出後面高管家滿是笑容的一張臉來。

「請陳舉人安，半年未見，舉人風采更勝往昔。」

高管家這張逢人三分笑的臉，見過一次就很難忘記。當初在祁縣，陳淮也是跟他打過幾次交道的，心中雖然詫異怎麼他大年初三找上門，但還是客客氣氣地打了招呼，將人往裡請。

客人上門，出去拜年的計劃就暫時叫停了。

高管家朝後面招呼了一聲，當即就有幾個一同過來的家丁開始從馬車上往下卸東西。

幾人進了院子，陳淮將人請進堂屋裡落坐，沒說幾句話，夏至就用小托盤端著茶上來了。

大約是大過年的，高府事情很多，高管家喝了幾口茶就直奔主題了。「初六我們府上請了隆慶班過府唱堂會，大小姐聽聞舉人和娘子進京，便令小人送來請帖，望二位初六能夠過府一敘。」

京城權貴遍地，隔三差五就有人設宴請客，一般來說像唱堂會這種大事，都會提前最少半個月就下請帖，講究一點的人家更是提前一個月就要下帖邀約。

一來顯得主人對此事的鄭重，二來也是讓被邀請的人能夠更好的安排時間。

大約是看出了沈驚春的詫異，高管家當即解釋道：「大小姐十一月就去了外祖家小住，年前幾天才回來，昨日從姜小姐那邊聽到二位進京的消息，年禮準備得匆忙，還望舉人和娘子不要嫌棄禮薄才是。」

高家也是開國功勛，府裡老太太極擅經營，誠毅伯府爵位雖不高，但單論錢財，整個京城能跟高家相提並論的也沒有幾個，這一點從當初高橋還是縣令時準備的謝禮就能看出一二。

當初那麼費盡心力的找關係，就是為了陳淮的科舉之路能夠順暢一些，要是沒有遇到姜瑩瑩，說不定他們夫妻二人早就想辦法聯繫上高橋了。

但他們沒主動去找，並不代表不關注這些。

先前那一批來家具店訂製茶桌的世家裡，並沒有高家，再結合高管家的解釋，想必高家是真的沒有關注過這些，不知道他們已經進京。

高管家並未多坐，閒聊了幾句就起身告辭。

能跟這樣的權貴搭上關係是多少人夢寐以求的事情，但沈驚春卻並未立刻答應。

她的身分放在這兒，一個被趕出家門的假千金，再混進這樣的千金圈子，得到的只會是落井下石的嘲諷。她雖然不在意別人怎麼說，但真被人奚落也是挺堵心的事。

高管家走後，夫妻兩人翻了翻高家送來的年禮，並沒有什麼特別珍貴的東西，反倒大多數都是很實用的物品，其中最為昂貴的大約便是兩張白狐皮子。

看到這樣的年禮，兩人反而鬆了一口氣。

等兩人略看了看高家的年禮，再次準備出發時，陸家、姜家、程家來送年禮的人也相繼到了。

這一通忙活，直接就到了正午。下午按照慣例是不拜年的，於是初三去給陸昀拜年的計劃再次擱置。

沈家在京城就這麼幾家有交情的，初三年禮都來送完了，初四也就沒什麼事了。

於是初四上午，夫妻兩人帶著年禮跑了一趟陸家，冬至、夏至兩人則分別帶著店裡夥計去姜家和程家送年禮。

一眨眼時間，就到了初五晚上。

夫妻二人躺在床上，商量著初六高家請了戲班子唱堂會的事情。

大周朝出過女帝，雖然現在是男人執政，朝廷裡也基本看不到女官，但在男女大防一事上倒是寬鬆許多，男女之間正常的相處並沒有多少人會跳出來指責。

高家的堂會請了很多後宅的夫人、小姐，但請的爺們也不少，說是堂會，其實更像是年輕男女一次變相的群體相親。

高橋不是伯府嫡長子，自然是繼承不了爵位，但他在家裡的地位不低，在祁縣時跟陸昀也算是老交情了，所以這次堂會也是請了陸家。

按照陸昀的意思，這次堂會沈驚春去沒關係，但陳淮還是不要去了。

之前他領著陳淮拜訪的人，大多都是不問朝政多年、專心做學問的大儒，少數幾個有官職在身的，也都是陸昀的弟子，而這種堂會去的人多是權貴子弟，陳淮一個普通學子混跡其中，若是被皇帝知道，難免會落下一個還未入朝為官就開始汲汲營營的形象。

有了陸昀這番叮囑，陳淮就不打算去了。他不去，沈驚春一個人也懶得跑。

在她的印象裡，後宅這些千金小姐，並非每一個都像姜瑩瑩這般好說話，一群名媛聚在一起爭奇鬥豔都是小事，但隔三差五就有人會搞些小動作，用讓別人出醜的方式來突顯自己。

與其在這些人身上浪費時間，倒不如在家規劃規劃年後的安排。

她想得很理所當然，但防不住初六一早，姜瑩瑩就乘坐馬車上了門。

家具店規定的是初七開始上工，初六對於全家人來說都是最後一天年假，所有人都分外珍惜，姜家下人將門敲響的時候，沈家人才剛起床沒一會兒，幾個小子正湊在一起漱洗、說著閒話。

陳淮倒是雷打不動地早早起床，開始看書，但沈驚春還賴在被窩裡看著從空間裡拿出的實體小說。

姜瑩瑩一進門，先朝陳淮打了招呼，而後就在門口開始魔音傳腦，催促沈驚春起床。

這若是沈驚春自己的閨房，她就無所顧忌地衝進去了，但這是人家夫妻兩個的房間，她直接往裡衝實在是有些不合禮數。

薄薄一扇門，自然擋不住姜瑩瑩嘰嘰喳喳的聲音，沈驚春只堅持了幾十秒就敗下陣來，將不合時宜的東西收回空間，認命地爬起來穿好衣服，下床開了門。

「妳怎麼還沒起床？我都跑過半個城到妳家了！」

門一開，姜瑩瑩就嫌棄地將沈驚春上下看了一遍，指著她被抓得亂糟糟、如同鳥窩一樣的頭髮道：「妳看看妳，以前雖然也沒個正形，但好歹還注意自己的外在打扮，怎麼說妳也是成了親的人了，就妳這個樣子，我那姊夫受得了妳？」

兩個人關係好，姜瑩瑩又比沈驚春小，跟陳淮碰面老是「陳舉人、陳舉人」的叫，多少顯得生疏，沈驚春把她當小姊妹看，就乾脆讓她叫聲「姊夫」。

「大姊，妳搞清楚好不好？妳晚上睡覺難道不卸妝、不散髮？妳頂著滿頭珠翠睡覺啊？」

姜瑩瑩嘿嘿一笑。「不說這個了，妳快點梳洗裝扮吧，從妳家去誠毅伯府還要一會兒呢！」

「嗄？」沈驚春詫異地看了她一眼，道：「我什麼時候說要去誠毅伯府了？」

姜瑩瑩也詫異地道：「高靜姝說的啊！前幾天我見到她，她還特別誇張地說跟妳在祁縣有過命的交情呢！說是給妳下了帖子，妳一定會去啊！她還特意向我打聽了妳以前的事，有哪些人跟妳不對盤，說是這回要給妳找場子呢！」

小學雞鬥毆嗎？還找場子。

「高靜姝這個人的脾氣可不太好啊，她娘又沒得早，伯府老夫人將她看得跟眼珠子一樣，這脾氣要是上來了，大過年的鬧出點不愉快，被欺負的人不敢找她麻煩，多半會將事情算到妳頭上。」

沈驚春一陣無語。這都是什麼事啊？天上飛來一口大鍋，招呼都不打一聲就要她揹？

想想當初在祁縣菊園裡初見的第一面，高靜姝那種目中無人的樣子，說不定她真的會做出什麼事來。

沈驚春煩躁地開始梳洗。

選衣服的時候，也只是選了一身中規中矩、九成新的衣服，只在衣襟和裙襬上繡了花，看上去素淨清新又低調。

收拾妥當，兩人就上了姜家的馬車，直奔高家。

在京城，權貴圈子幾乎都集中在皇城周邊那一圈，誠毅伯府也不例外。

他們家有錢，請的又是炙手可熱的隆慶班，今天這場堂會，受邀前來的人很多，但姜瑩瑩先去了一趟高橋接沈驚春再回轉，客人們大多都已經被請進府了，所以姜家的馬車很順利的就停在了誠毅伯府的門外。

這種堂會自然不會只請姜瑩瑩一個，姜家跟高家離得不算遠，姜瑩瑩的母親和嫂子早都已經到了，姜夫人身邊的大丫鬟正由高靜姝身邊的大丫鬟陪著等在門邊。

兩人一下馬車，那邊就迎了過來。

高靜姝身邊這個丫鬟是在京城時就在她身邊，然後又跟著去了祁縣再跟著回來的，跟沈驚春見過一面，知道自家小姐對沈驚春的親近，因此態度放得挺低，處處透著恭敬，倒把高府其他下人看得愣了。

兩人被迎進府裡，那喚作印霜的丫鬟就叫了小轎過來，抬著兩人往後院走。

小轎子一路過了二門，繼續往裡，最終停在了一處二層的戲樓前。

整個樓的布局倒跟沈驚春在現代見過的那些相聲劇社有些相像，一樓今日用來招待男客，二樓招待的則是各家夫人、小姐。

印霜在前面領路，進了戲樓之後，直接從一邊樓梯上了二樓。

時間未到，戲還沒開始唱，請來的賓客們三五成群地聚在一起閒聊，可等姜瑩瑩和沈驚春一踏入二樓才站穩，場面就安靜了一瞬。

無數道目光越過走在前面的姜瑩瑩，落在後面的沈驚春身上。

但凡接到高家帖子的人家，今日能來的都來了，很大一部分原因就是因為有人透露，宣平侯府那位假千金也在高家宴請的名單之內。

而宣平侯府作為本朝老牌勛貴，這樣的熱鬧，高家不可能不請他們家。

但讓所有人都感到的失望的是，侯夫人崔氏稱病沒來，徐大小姐也稱病沒來，至於徐府那些庶出的小姐，當家主母和嫡出大小姐都沒來，她們自然也沒資格來。整個徐家女眷裡，只有已經分家出去的二房夫人言氏帶著兩個女兒來了。

現場只安靜了一瞬，下一刻高靜姝的聲音就從不遠處響了起來——

「妳們總算來了，叫我好等！再不來，我都要叫他們套馬車，親自去請了！」二樓眾人面面相覷。

高小姐常年不在京城，但自從去年回京之後，短短時間裡就給人留下了一個不好惹的形象，她的嘴尤其的毒，對於看不上的人，連搭理都懶得搭理，若碰到那種非要湊上去跟她攀關係的，更是會毫不留情的出口諷刺。

當著外人的面，姜瑩瑩又變成了端莊的大家閨秀，她抿嘴一笑道：「路上車馬行人有些多，就走得慢了些。」

高靜姝不過隨口一說，當即就挽著沈驚春的手往裡走。「走，先去給我祖母問個安，姜夫人也在那邊。」

這座戲樓不小，呈凹字型，凹進去正對著戲臺的那塊，坐著的自然都是身分最高的夫人們。

姜瑩瑩與沈驚春走得近，姜夫人也對沈驚春很熟悉，二人才一走近，姜夫人就朝她們招了招手。「驚春來啦？我們正說到妳呢！」

四面八方的目光還聚集在她身上，但沈驚春卻絲毫不見驚慌，先朝伯府老夫人行禮問安，又朝就近坐著的其他夫人們問了好，才笑道：「說我什麼？」

最好的位置早已經坐滿了人，兩人一來就有機靈的丫鬟去搬了兩個矮凳過來。

姜夫人起身拉著沈驚春在身邊坐下，才道：「喏，就是這個棉鞋。」

她將裙襬微微往上提了提，露出下面棉鞋的一截鞋面來。

原本從祁縣老家帶棉花過來，沈驚春打的是賣錢的打算，但後面真的到了京城，這個棉花就成了送禮的首選。京城相比起祁縣，那真的是冷得多，在家可以燒炕、燒地龍，但出門卻沒辦法。

男人們出門還能穿厚厚的皮毛製成的靴子，但對於女人而言，靴子穿著就不夠美觀。

姜侯爺同意投資沈家的茶山之後，沈驚春就送了些特產去姜府，其中就有一包棉花。

姜夫人腳上這雙棉鞋，跟沈家人穿的那種灰撲撲的棉鞋看上去完全就是兩個東西，鞋面上繡著精美的繡花，鞋尖上還鑲著一顆指甲蓋大小的珍珠，給人的感覺也並不臃腫。

「還有這茶葉，聽說也是去年高侍郎從祁縣帶回來的，吃著倒是與妳送給瑩瑩的味道差不多。」

二人坐了下來，已經另有小丫鬟端著茶呈了上來。

往日裡像這種場合，喝的大多是點茶、煎茶，但今日不同，來的客人們人手一盞泡出來的茶葉，泡的茶多了，樓裡似乎都飄蕩著一股茶葉特有的清香。

高靜姝笑道：「好叫夫人知道，我家這茶葉與瑩瑩帶回去的正是同一種。我父親去年回京述職之前，正是茶葉採摘的時候，因父親十分喜愛，驚春就送了幾斤給他帶回來，若非今日貴客臨門，這茶葉連我們姊妹等閒都是喝不著的。」

這話一出，眾人本來已經移開的視線再次聚集到了沈驚春的身上。

原本在沈家人沒到京城之前，只有高侍郎和程太醫手裡有茶葉，而與程太醫不同的是，高侍郎將手裡的茶葉看得很緊，除了家裡老爺子和老夫人，連他的兄弟都只一人得了二兩，餘下的茶葉說什麼他都不分，這才能將茶葉留到現在。

可這些茶葉居然是出自這個被宣平侯府趕出門的假千金之手嗎？

眾人都感到不可思議之時，就又聽高靜姝道——

「我前兩日進宮，聽德妃娘娘說，從明年開始，妳家有十八棵茶樹要專門養了做貢茶啦？真的假的？」

貢茶?!這麼厲害的嗎？

德妃娘娘是高靜姝的大姨母，與她娘是一母同胞的親姊妹，高靜姝能夠這麼囂張，裡面固然有高侍郎和老夫人的寵愛，但更多的底氣就是來自德妃。

德妃是當年潛邸就伺候皇帝的老人，皇后早逝，當今太子小時候就是養在德妃膝下，她說的話那自然就是真話。

伯府老夫人因為心肝寶貝的孫女而對沈驚春另眼相看，文宣侯夫人也對沈驚春青睞有加。

崔氏和徐長寧這對彷彿跟沈驚春有血海深仇的母女不在，其他的夫人、小姐們看在姜夫人和伯府老夫人的面子上，也不會明目張膽的跟她過不去。

上午唱了一齣戲，中午誠毅伯府安排了豐盛的午宴招待諸位來賓。下午要看戲的看戲，不看戲的三五成群逛園子。

沈驚春這場堂會是看得無比舒心，一點波折都沒有。

來的時候是姜瑩瑩去接她，回去的時候本來高靜姝要喊人送，但依舊被姜瑩瑩給拒絕了，高高興興地上了馬車，要親自送沈驚春回去。

一直到馬車駛出誠毅伯府所在的那條街，沈驚春才睜開眼睛嘆氣道：「妳可真是會給我找事啊！」

她一開口，姜瑩瑩就懂了她是什麼意思，一攤手，很光棍地道：「這妳可就冤枉我了，以我的小腦袋瓜哪能想到這許多？茶葉的事情，是臨出府前，我爹跟我娘說的。」

反正不管沈驚春這個當事人怎麼想，姜瑩瑩自己覺得挺爽的。

沈驚春還是忍不住嘆氣。

爽是挺爽的，可這跟她的初衷就有點背道而馳了。

原本她只想低調掙錢的，現在這麼一搞，還怎麼低調？

姜瑩瑩見她還是一臉無奈，拍了拍她的肩頭，轉了話題。「別想這個了，咱們還是說說開春之後茶山的規劃吧。上次妳說要在另外一邊山上種上桃樹，現在準備得怎麼樣了？」

當初拿到投資的時候，雙方就簽了書契，姜瑩瑩作為投資方，可以派人來學手藝什麼的，但並不參與管理，儘管如此，她還是很好奇，沈驚春到底能做到哪一步。

「妳聽說過玻璃嗎？」沈驚春問道。

她沒先說桃樹什麼的，反倒是說起了玻璃。

姜瑩瑩雖然奇怪她為什麼這麼問，但還是老老實實地點頭道：「當然。」

沈驚春繼續道：「茶山頂上，我準備建一座玻璃花房，外面種上月季或是紫藤什麼的，妳覺得怎麼樣？」

姜瑩瑩老老實實地搖了搖頭。「爬藤月季或者紫藤都是很好看的，但是玻璃花房我想不到是什麼樣。」巴掌大的玻璃，鑲嵌在小格子裡，建成一個花房，那能好看嗎？

「這樣啊……」沈驚春再次嘆了口氣。

如果她是這個時代的土著，估計也想像不到玻璃花房是個什麼樣的。

更何況，她老哥能不能成功製造出玻璃都還未可知。

「那說說種植問題吧，我那些田之前買山的時候就問過了，因為不用納稅，隨便我種什麼都可以，我打算其中一百畝拿來種植各類辣椒，餘下的再有五十畝留著種糧食，三十畝種點各類蔬菜，二十畝待定，剩下的田地我打算用來種果樹。」
姜瑩瑩點了點頭，她對種植上的事情可以說得上一無所知，自然沈驚春說什麼就是什麼。「那很好啊，全部的地都有用處。」
沈驚春道：「現在我就是在想，山上是否要全都種桃樹。」
這個時代的桃樹種類不算多，尤其是京城這一塊，能買到的桃樹幾乎都是差不多的時間開花，差不多的時間掛果，差不多的時間成熟。
如果要搞一個農家樂採摘的話，未免有些單調了。
姜瑩瑩想了想，道：「不如各種果樹都種上一些吧，全部都種桃樹的話，確實到時候比較難賣。」畢竟京城這麼大的地方，果園本來就多，權貴們在外面的莊園裡，也不乏栽種了果樹的。
「梨樹、杏樹、桃樹，這些開花的時候都挺好看的，我覺得都可以種上一些。還有梅花，雖然只能用來觀賞，但是京城這邊的人尤其喜愛賞梅，就高靜姝他們家在城外有個莊子，種了不少梅花，一到開花的季節，總有許多人借他們家的莊子宴請賓客，每年靠這個也能賺不少錢呢！」
二人在車上一路聊到了沈家院子外，姜瑩瑩對種植上面雖然沒有什麼心得，但是在遊玩、賞花上面倒是頗有見解，沈驚春跟她聊了一路，也是受益良多。

馬車在院子門口停下，姜瑩瑩也沒下車，直接打了個招呼，車伕就調轉馬頭走了。

到了初七，年前招的幾個木匠回來上工。

他們各有所長，或單獨完工、或分工合作，都是在這一行幹了多年的老木匠，沈驚春與他們相比，多的也就是一些偏現代的構想，偶爾提點幾句，都能讓這些木匠靈光乍現，茶桌並不需要雕刻多少精美絕倫的花樣，沈驚春便將餘下的訂單完全交了出去。

她自己則開始構思隔斷屏風。這個當初在平山村就閃現出來過的構思，在初六到高家做客之後，再次出現在沈驚春的腦中。

去高家做客的時候，她被高靜姝領著到處逛過，高家這樣的家世，家裡擺設自然不差，其他東西暫且不說，各類屏風她就看到不少，但大多都是木板刷漆之後彩繪，又或是紙製、絹緞繡花，幾乎看不到雕鏤屏風和浮雕屏風。

只是雕刻是個費時費力的事情，若只是桌屏這樣的小件，可能還好一些，不費什麼精力，如果是圍屏，那要投入的精力、人力可不是一星半點兒了。

這樣一來，四個木匠帶著三個學徒，大概到時候就真的跟不上進度了。

想要做大做強，不僅需要人力，還需要後臺。

首先自家這院子就有點跟不上了，一個好的家具店，展示品是必不可少的，前面作為店面的屋子是打通的，但並沒有大到哪裡去，後面的院子又是做倉庫、又是住了人，地方實在有限。

或許應該另外再找個地方，將家具製作和銷售分開？

晚上漱洗過後回房睡覺，陳淮在知道了她這些想法之後勸了幾句。

「可以先規劃一下，提前做一個詳細的計劃書出來。」他說道。規劃、計劃書什麼的，都是從沈驚春嘴裡聽來的，原先還覺得奇奇怪怪，但沈驚春說了幾次之後，他就開始覺得這些陌生的辭彙形容得都很貼切。「馬上就要會試了，以目前的情況來看，我落榜的可能性非常小。等到開春，戶部那邊應該就會有人來接洽棉花種植事宜，先有牛痘在前，後有棉花在後，我殿試的名次不可能會在一甲之外，到時再做安排就要妥貼得多。」

陸昀教過的人很多，但正式收為弟子的卻沒有幾個，這為數不多的幾個人幾乎都走上了仕途，當老師的很看好這個關門弟子，陳淮對自己也很有信心。

他說這話的時候心態很坦然，沒覺得這樣有什麼不好，媳婦能力過強，他只覺得與有榮焉。

「你說得對，還是先好好做計劃才是。我就是從來沒幹過大事，沒啥經驗心得，這不就有點抓瞎嗎？」她頓了頓，又道：「要不再另外租個房子給你備考？家具店開工之後，院子裡一天到晚都吵得很，恐怕你也無法安心看書吧？」

陳淮一陣無語。「也不用吧，過了上元之後，國子監就復學了，老師也會正式走馬上任擔任祭酒一職，我如今還在那邊掛了號，到會試之前，我白天都會去那邊與姜二公子他們一起讀書，姜家是書香世家，與他們一道讀書，對我而言也多有裨益。」

「這樣最好。」沈驚春也很同意地道。

沒過幾天，上元節還沒到，反倒是一張意料之外的請帖遞到了沈驚春的手裡。

與家具店初七開工不同，很多行業都要過了十五才復工，因此茶山那邊到現在還歇著，沈驚春也就省了兩頭跑的工夫，專心待在城裡研究木質屏風。

院門被敲響的時候，她正跟陳淮窩在書房裡研究線稿。要做屏風，畫畫是肯定繞不過去的，總不能一直麻煩陳淮幫忙畫稿。沈驚春自己有些繪畫基礎，乾脆就趁著國子監還沒開學，陳淮還在家的時候，臨時抱抱佛腳。

帖子用團花箋製作而成，看上去十分華貴，遠非沈驚春日常能接觸到的紙張可比，送帖子的人態度也十分恭敬，沒有表現出一絲一毫的倨傲。

但沈驚春看著這名自稱平陽長公主府的下人，卻有點轉不過神來。

杏林春背後的東家、當今皇帝的長姊，在整個大周朝可以算得上是一人之下、萬人之上的人，為什麼會給她這樣一個名不見經傳的小婦人下帖子？

高家請她去看堂會，那是有之前在祁縣救了高靜姝的原因在。

就目前而言，沈家跟長公主之間，那是差著十萬八千里啊！

更何況，長公主已經多年未曾辦過什麼賞花宴了，怎麼會忽然想到這個？

那管事模樣的人並未多說什麼，將帖子送到，連冬至偷偷塞過去的銀子也沒收，就又坐馬車走了。

帖子就放在桌上，屋裡只有夫妻二人，冬至和其他下人都出去了。

沈驚春盯著那張帖子好半天才道：「這事不太正常。」

「這事當然不正常。」陳淮也盯著那張帖子看了半天，遲疑地道：「別說我們了，就連老師也是很多年沒有見過長公主了。」

與皇帝一母同胞，據說這位平陽長公主的個人能力甚至遠在皇帝之上，當初的皇位之爭，如果沒有平陽長公主給皇帝保駕護航，他未必能夠登上大位。

最關鍵的是，在朝局穩定之後，平陽長公主就卸了兵權，再不問朝政，身邊只留了幾百親衛。也正是因為如此，皇帝對這位長姊不僅十分信任，甚至到了有求必應的地步。

百官如何評論他，皇帝不在乎，但如果有人造謠平陽長公主，輕則羈押流放，重則抄家砍頭。

現如今雖然已經立了太子，可所有人都在猜想，如果有哪位皇子入了平陽長公主的眼，皇帝也會毫不猶豫的廢太子。

但自從三十多年前長公主的兒子重病不治之後，她就很少出現在人前了，就連除夕皇族吃年夜飯，她都不一定會去。

「我找姜瑩瑩問問，姜家家大業大，說不定她家會知道些什麼。」

她並未親自跑去姜家，只是叫夏至帶了一封信過去。

姜瑩瑩也未來沈家，同樣寫了一封信叫夏至帶了回來。

信裡說，這次長公主設宴賞花，是皇帝拜託的，因為宮裡好幾位皇子都到了適婚的年紀，但因為皇子們平日裡管教很嚴，鮮少有玩樂的時間，也不認識什麼貴女，所以皇帝拜託長公主辦了這個賞花宴，邀請了京城很多未婚男女赴宴，希望能有貴女看上他兒子。

這個說法，沈驚春能夠理解。

大周朝沒有指婚這個傳統，一些老牌的書香世家也並不想將家裡的姑娘嫁到皇家，像崔氏的妹妹淑妃以及高靜姝的大姨母德妃這樣的情況，在大周是很少見的。

皇帝既希望兒子們能找個才貌俱全的好媳婦，又不希望以勢壓人，所以才搞出來這個賞花宴。

但這個事情跟她有一毛錢關係嗎？她已經結婚了啊！

陳淮拿過信封看了看，從裡面拿出了另外一張信紙來。「這兒還有一張。」

攤開一看，後面一張說的就是這個問題，因為皇帝怕大家都不想把姑娘嫁到他們家，所以想讓自己的意圖不那麼明顯，這次賞花宴不僅請了貴女們，還請了各家貴婦夫人們，以及京城的青年才俊。

「嗯……這……」沈驚春還是覺得無語。「無論是哪一項，好像都跟我沒有任何關係吧？」

要是陳淮已經考中了狀元，或是她身上有爵位在身，那勉強還能說得過去，可這……偏偏這又是長公主下的帖子，要是不去，被皇帝知道了，可能就要治她個大不敬之罪了。

沈驚春一連想了幾天，也沒想明白這個事情。

——未完，待續，請看文創風1114《一妻當關》4（完）

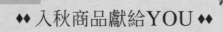

不繫舟 著

人生若只如初見，
何事秋風悲畫扇

冒然從空間裡拿出許多這世間沒有的種子太惹眼了，先種玉米就好，
待玉米豐收後，無辣不歡的她又種起了辣椒，
之後還有關乎百姓穿得暖的棉花、讓貴族們求之不可得的茶葉要種，
想想她一個農村姑娘卻擁有種啥皆可長得無比厲害的異能，
這不就是老天賞飯吃，要讓她妥妥地邁向致富之路嗎？

10/25、11/1 上市

文創風 1111-1114 《一妻當關》 全套四冊

要不要這麼驚險刺激啊？沈驚春才穿來，就面臨再度領便當的逃命大戲！
原來原身是宣平侯府的假千金，當年被抱錯了，與正牌大小姐交換了身分，
如今真千金回府認親了，她這個本來就不得侯夫人疼愛的狸貓只得滾蛋，
不料那個送她返回沈家的侯府護衛，在途中竟想對她來個先姦後殺！
幸好她是從充滿喪屍的末世來的，當初一路廝殺，練就了一身本領，
她連吃人的喪屍都不怕了，而今又怎會怕他區區一個人類？
輕鬆解決掉黑心護衛後，她帶著忠心小丫鬟順利返家認親。
某日上山時，她在一座孤墳前撿了個發燒昏迷的漂亮男子回家，
經沈母一說，這才知道男子叫陳淮，是個身世坎坷的讀書人，
生父進京趕考後另攀高枝，由母親獨力撫養長大，前幾年病逝後獨留他一人。
留他在家養病的日子，他可能感受到了家庭的溫暖，竟自願嫁她當上門女婿！
但婚後她意外發現他身上明明有錢啊，那幹麼把自己過得這麼窮苦潦倒？
一個才學過人、美貌沒話說、身上又有錢的男子，為何甘願當贅婿？
莫非……他對她一見鍾情？嗯，這倒也不是不可能，
畢竟她這人雖貌美如花又武力值極高，偏偏腦子還挺好使的，誰能不愛呢？

莫顏 著

有一種愛情叫莫顏，
有笑也有甜

七妹剛從村裡逃出來，初出江湖，自是不知險惡，
遇到有人求助，她定是二話不說，伸出援手，
但世上的人，不是每一個都像她那般單純。
於是她懂了，凡事不可輕信，在這險峻江湖，她要靠自己！

11/8 上市

文創風 1115-1116 《姑娘深藏不露》 全套二冊

安芷萱一開始並不叫這個名字，而是叫七妹。
七妹出生在溪田村，爹娘死後被二伯收養，
誰知無良二伯和村長勾結，一心只想把她賣了賺錢。
她才不願讓他們得逞呢，天下之大，何處不能容身？
她乘機逃脫，路上偶然得到法寶幫忙，
原以為靠著法寶，她可以美滋滋過著自己的小日子，衣食無憂，
誰料得到，竟是將她拉進一連串驚心動魄的旅程……
易飛身為靖王身邊的得力護衛，什麼江湖高手沒見過？
誰知一個看似無害的姑娘，竟讓他有如臨大敵的感覺。
易飛覺得安芷萱很可疑。「她一路跟蹤我們，神出鬼沒。」
好夥伴喬桑狐疑道：「可是她沒有內力，也沒有武功。」
安芷萱趕緊附議。「我是無辜的。」
易飛認定這姑娘有問題。「她掉下萬丈深淵，竟然沒死。」
軍師柴子通，捋了捋下巴的鬍子。「丫頭，妳怎麼說？」
安芷萱回答得理直氣壯。「我吉人自有天相，大難不死！」
一旁的護衛們交頭接耳，還有人說她是東瀛來的忍者……
安芷萱抗議。「怎麼不說我是仙子？」
靖王含笑道：「小仙子是本王的救命恩人，不可無禮。」
安芷萱眉開眼笑。「殿下英明。」
易飛冷笑，一雙清冷眉目瞪著她。妳就裝吧，我就不信查不出妳的秘密！
安芷萱也笑，回瞪他。你就查吧，看我怎麼玩你！

Family Day 2022 秋日紛紛

送粉絲好禮

是的！驀然回首，幸運就在轉個身ヽ(✽°▽°)ノ

抽獎辦法 活動期間內，只要在官網購書並成功付款，系統會發e-mail給您，並附上抽獎專用之流水編號，買一本就送一組，買十本就能抽十次，不須拆單，買越多中獎機率越大。

得獎公佈 11/30(三)於狗屋官網公佈得獎名單

獎項
- 10名 紅利金 200元
- 3名 文創風 1117-1119《金蛋福妻》全三冊

Family Day 購書注意事項：

(1)請於訂購後**三日內**完成付款，最後訂購於**2022/11/13**前完成付款才算有效訂單喔！

(2)購書滿千元(含)以上免郵資。未滿千元部分：
郵資65元(2本以下郵資50元)／超商取貨70元(限7本以內)／宅配100元。

(3)特賣書籍因出書時間較久，雖經擦拭、整理，仍有褪色或整飾痕跡，故難免不如新書亮麗。除缺頁、倒裝外無法換書，因實在無書可換，但一定會優先提供書況較良好的書給大家。若有個人原因需要換書，需自付來回郵資。

(4)各書籍庫存不一，若遇缺書情形可選擇換書或退款。

(5)歡迎海外讀者參與(郵資另計)，請上網訂購或是mail至love小姐信箱(love@doghouse.com.tw)詢問相關訊息。

狗屋有權修改優惠活動的實施權益及辦法。

流浪貓狗介紹所

為流浪貓狗加油 和貓寶貝 狗寶貝

廝守終生(一定要終生喔！)的幸福機會

對人來說，貓寶貝狗寶貝只是生活的一部分，但妳（你）對牠們來說，卻是生活的全部，領養前請一定要考慮清楚——

▲ 冠上名為「勇氣」的王冠 辛巴

性　　別：男生
品　　種：米克斯
年　　紀：2個月
個　　性：活潑親人、不怕犬貓、喜歡抱抱
健康狀況：近期規劃打預防針；有癲癇，已藥物控制穩定治療中
目前住所：台中市

本期資料來源：等一個幸福-喵喵中途之家
https://www.facebook.com/profile.php?id=100064110635130

『辛巴』的故事：

今年七月初，在二手市集網上有好心人士撿到一隻約兩週大、被貓媽媽遺棄的奶貓，失溫且營養不良的辛巴已毫無生氣，處在一個隨時會被死神接走的狀態，但求生意志強大的辛巴在我們接手照顧後日益強壯了起來，成為一名勇敢的生命鬥士。

興許被人工奶大的關係，很輕易跟人類打成一片，喜歡在我們做飯時像無尾熊抱著尤加利樹一樣抱著你的腳；睡覺時不願睡自己的窩，喜歡窩在你的脖頸旁入睡；抑或是在你洗完澡，從浴室出來時總是能看到一團小毛球在踏腳墊上迎接，然後撒嬌討抱，蹭得你不得不再洗一次澡。

看似快樂的辛巴，其實也有自己的生命課題要面對：癲癇。我們猜測應是在資源有限的野外，因為小辛巴患有癲癇，迫於無奈下才被貓媽媽遺棄。中途接手後約一個月多，小辛巴第一次發作。發作時會不自主地抽搐、亂衝、嚎叫，發作後辛巴總是會虛弱地舔舔我們，似乎告訴我們別擔心，牠會好起來的。所幸在藥物的控制下，現在幾乎不再發作（過去一個月僅一次），目前正在慢慢減低藥量中，未來有機會不用再服藥。

縱使發生了種種不如意，辛巴還是很勇敢面對生命，嚥下每一包醫生開給牠的藥，在貓砂盆裡處理好自己的大小便，珍惜每次遇到其他貓貓的機會交朋友，認真踏實過好每一天。正如我們為牠取名「辛巴」，而牠正在賦予這個名字新的意義——在自己的生命中做一隻雄偉的獅子王。辛巴的好朋友呂小姐，歡迎大家至FB發送訊息或是Line ID：0988400607，讓我們一同幫助牠迎接嶄新的未來。

認養資格：

1. 認養人須年滿25歲，有穩定的經濟能力，若非獨居，請徵求同居人（包含家人、伴侶等）同意。
2. 不關籠、不遛貓、不放養，必須同意施做門窗防護。
3. 須同意簽認養寵物切結書。
4. 須同意送養人日後以照片方式定期追蹤探訪，對待辛巴不離不棄。

來信請說明：

a. 個人基本資料：姓名、性別、年齡、家庭狀況、職業與經濟來源等。
b. 想認養辛巴的理由。
c. 過去養寵物的經驗，及簡介一下您的飼養環境。
d. 若未來有結婚、懷孕、出國或搬家等計劃，將如何安置辛巴？

風 文創
1113

一妻當關 3

國家圖書館出版品預行編目資料

一妻當關 / 不繫舟著. --
初版. -- 臺北市 : 狗屋出版社有限公司, 2022.10-11
冊 ; 公分. --（文創風 ; 1111-1114）
ISBN 978-986-509-372-3（第3冊 : 平裝）. --

857.7　　111014675

著作者　不繫舟
編輯　黃淑珍
校對　沈毓萍
發行所　狗屋出版社有限公司
地址　台北市104中山區龍江路71巷15號1樓
電話　02-2776-5889～0
發行字號　局版台業字845號
法律顧問　蕭雄淋律師
總經銷　知遠文化事業有限公司
電話　02-2664-8800
初版　2022年11月
國際書碼　ISBN-13　978-986-509-372-3

本著作物由北京晉江原創網絡科技有限公司授權出版

定價280元
狗屋劃撥帳號：19001626
網址：love.doghouse.com.tw　E-mail：love@doghouse.com.tw